李長聲 著

閒看蒼蠅搓手腳

代章詒和題

書　　名　閒看蒼蠅搓手腳

作　　者　李長聲

編　　輯　宋寶欣

美術編輯　楊曉林

出　　版　天地圖書有限公司
　　　　　香港皇后大道東109 -115號
　　　　　智群商業中心15字樓（總寫字樓）
　　　　　電話：2528 3671　傳真：2865 2609
　　　　　香港灣仔莊士敦道30號地庫 / 1樓（門市部）
　　　　　電話：2865 0708　傳真：2861 1541

印　　刷　亨泰印刷有限公司
　　　　　柴灣利眾街德景工業大廈10字樓
　　　　　電話：2896 3687　傳真：2558 1902

發　　行　香港聯合書刊物流有限公司
　　　　　香港新界大埔汀麗路36號中華商務印刷大廈3字樓
　　　　　電話：2150 2100　傳真：2407 3062

出版日期　2018年6月初版 · 香港

目　次

前　言

　　我是 1988 年東渡的，趕上昭和尾，日月如梭，今年已經是平成三十年，僑居日本也就整整三十年了。明年（2019 年）老天皇退位，新天皇登基，又要改年號。這叫「一世一元之制」，明治維新時跟我大清學來的。昭和年代發生過戰爭，不大配「和」字，平成年間出現了經濟不景氣，頗有點不「成」，而新朝第一件大事是後年（2020 年）日本又傲然亞洲二度舉辦東京奧運會，應該取一個使人心一新的年號罷。

　　年號用漢字，採自中國的古典，我們看了也覺得親切。不過，積三十年之經驗，我覺得漢字也常使我們漢字本家對日本產生誤解。因為日語中的漢字早已變成了日語，卻不知是自以為是，還是自作多情，很多人不把人家日語當日語，望日文而生華義。例如「晚酌」，這是個日常用語，翻譯過來就是晚飯時喝一點小酒，但有人見了竟好似見到中國的詩詞歌賦，驚呼日本人真雅，誤解就這麼產生。筷子不叫筷子，叫作「箸」，名片不叫名片，叫「名刺」，偏巧還記得「最笑近來黃叔度，

自投名剌占陂湖」，唐代的詩句吧，東瀛猶是漢唐風，讚歎不已，讓日本人都不好意思活了。

「忖度」，意思仍然是中國原裝，平時很少用，可能好多日本人不認識，更不知道它出自中國的《詩經》，近來卻藉着「忖度上意」的政治事件而流行，有中國人就扯到日本人具有中國古文的教養，真是會搞笑，只怕關於這個辭的來源他也是從網上查來的。多次見到網上當作新鮮事，驚怪中國的詞語很多是從明治時代的日本拿來的，這倒是不假，總不能因此說中國人都懂得日本的古文罷。

我們愛用「精神」一詞，而日本人愛用「美學」，我們說「雷鋒精神」，他們可能說「雷鋒的美學」。甚麼自殺美學、暴力美學，「乃木希典大將固執己見是他的美學」，「希望作為一個武士而死是三島由紀夫的美學」，「小說家池波正太郎的餐桌美學」，此類說法比比皆是。「美學」在這裏已不再是原來的哲學術語，意思是引申的，不大好翻譯，若無其事地照搬過來，語言明瞭，意思不清，漢字的字面便給人造成一種印象，彷彿日本人愛美，有高度的審美修養。都使用漢字，看似便於交流，有時反而障礙了我們深徹地了解日本。

一般西方人讀日本文學，例如夏目漱石的《心》、太宰治的《人間失格》，得到的印象是「日本人，奇怪」，「日本人，陰暗」。我們中國人常做出一副很明白日本人的樣子，大談「傳統」啦「細節」啦，似是而非。其實，對於別國的事情，

我們的看法往往與本國人不同。例如周作人曾大讚「閒適的下駄」，但谷崎潤一郎遭遇了死亡十餘萬人的關東大地震，竟高起興來，說這下子東京就能變漂亮了，男女老少穿西服，他的小女兒也不用坐在榻榻米上，再不用穿沉甸甸的「下駄」——木屐了。

寫日本寫了將近三十年，深感日本不好寫。周作人說過：「在非親日時或者覺得未免親日，在親日時又似乎有點不夠客氣了。凡對於日本事情說真實話的，永遠難免此難。」（見周作人〈《中國文學與日本文學》序〉）恐怕世界上再沒有哪兩個國家如中日這般糾結，糾結於歷史，糾結於現實，倘若以政治為立腳點，處於當間，大概很有點尷尬。幸而我的興趣完全在文化上，不管他結冰抑或融冰，只是坦然地發表一些自己作為中國人的看法，這個態度就叫作「閒看蒼蠅搓手腳」。本來是小林一茶的俳句，他在日本俳句史上幾乎與「俳聖」松尾芭蕉比肩。顏回不改其樂，而一茶活靈活現地寫出這種樂。

感謝天地圖書總編輯孫立川兄給了我這個出書的機會，我又藉機請章詒和先生題寫了書名。所謂拉大旗作虎皮之譏是難免了，但真心喜愛先生的字，給我寫過好多呢，多年來勉勵我率真作人，認真作文。

也感謝責編和美編付出心血，把小書做成了「大作」。封面用的是與謝蕪村的俳畫，他是日本俳畫史上的巔峰，也是步芭蕉後塵的俳人。自畫自讚，畫上題寫了一首俳句，妙趣橫生，

字面的意思是學問從屁股放出來，螢火蟲呀。但願我這些以囊螢映雪的工夫寫出來的隨筆猶如夏夜裏飛舞的點點螢火，亮不到哪裏，卻能給讀者以消暑的樂趣。

關於隨筆的隨筆

　　日語的漢字詞有些很好玩，例如風來坊、日和見、四方山，字面看上去有趣，但究竟甚麼意思呢？單說四方山，1917年以官費留學日本早稻田大學的作家、翻譯家謝六逸在《茶話集》裏寫到了，原來意思是：「『擺龍門陣』是一句貴州的俗話，四川人也有說的。意近於『閒談』、『說故事』之類，即英語的 gossip，日本人的『四方山的話』是也。」

　　「四方山」意指世間，自不免紛紜雜多，「四方山話」那就是天南海北侃大山，說閒話。閒話在酒桌上常常會變成醉話，寫下來或打出來就算作隨筆吧。古人也喝酒，也東拉西扯說閒話，所以隨筆這玩藝兒當然古已有之。

　　要說古，東晉的《西京雜記》、南北朝的《世說新語》、唐代的《酉陽雜俎》之類可覓其源流，而南宋洪邁的《容齋隨筆》亮出了隨筆二字。洪邁為之定義：「予老去習懶，讀書不多，意之所至，隨即記錄，因其後先，無復詮次，故目之曰隨筆。」當今不少人寫微博好像就有點復這個古。宋隨筆蔚為大

觀，《老學庵筆記》是一個巔峰。宋明年間日本與中國往來熱絡，《容齋隨筆》梓行三百年後，有個叫一條兼良的，當文抄公編輯了一本《東齋隨筆》。

中國的隨筆，用今天的話來說，特色在於掉書袋，抖機靈。這也是日本人的隨筆概念，文學研究家吉田精一說：「時常是秀學問的人的研究斷片」。此外日本還另有一種隨筆，那就是公元 1000 年前後清少納言撰寫的《枕草子》，片斷地記述日常生活中對自然和人生的觀察與感受。13、14 世紀又接連產生鴨長明的《方丈記》、吉田兼好的《徒然草》，與《枕草子》並為日本三大隨筆。兼好甚至被稱作日本的蒙田，這就是用西方文學的標準來評判日本文學了，其實《徒然草》比蒙田《隨想錄》早了將近三百年。倘若唯西方馬首是瞻，《枕草子》也就不能算世界上最早的隨筆。

據說英語的 essay 來自法語動詞 essayer，是嘗試的意思，法國隨筆開山祖蒙田 1580 年出版《隨想錄（essai）》，用的是這個意思。日本起初把 essay 譯作試論，學生用以指小論文。有人音譯為越勢，或曰莫不如叫悅世。受蒙田影響，培根 1597 年出版《隨筆集》，開創了英國隨筆。蒙田談自己，「我描述的是我本身」，而培根不談自己，「我的隨筆是深究人事或人心的東西」。就此來說，譬如村上春樹，寫《談跑時我要談的》是「一種『回想』」，「（某種程度地）老實寫我這個人」，應屬於蒙田系統吧，讀者感興趣的是他的隱私。

自 19 世紀末葉，日本興起用音譯 essay 稱呼的隨筆。它不是傳統隨筆脫胎換骨，而是用西方的隨筆概念另起爐灶。文明批評家廚川白村說，這種隨筆「所談的題目，天下國家大事不消說，也可以是市井雜事、書籍批評、熟人傳聞以及自己過去的追憶，把所思所想當作四方山的話付諸即興之筆」，「最重要的條件是筆者要濃重地寫出自己個人的人格色彩」。觀照自我、表現自我是近代隨筆的精神所在。它藉助傳媒擴大讀者群，並且對讀者有啓蒙之功。

隨筆是隨性率意的，英國人有英國式幽默，天然寫得來，譬如蘭姆自 1820 年發表的《伊利亞隨筆》，他說：「我愛愚人。」向來以嚴謹內斂著稱的德國人則不宜，他們不像法國人那樣，思想和生活緊密聯結着藝術。因戰後問題常被拉來跟德國人比較的日本人生來有直觀的、藝術的性情，善於把日常生活搞得很藝術，又善於把藝術弄得很生活，很日常，也特別喜好隨筆。

我們的散文一詞有廣義與狹義二解，日本只使用其廣義，與韻文相對，而所謂隨筆，似乎比散文的狹義更寬泛。他們現今猶並用隨筆與 essay，雖然寫 essay 式的或 essay 似的更普遍。如若把 essay 譯作隨筆，看似抵制外來語，但兩樣東西混為一談，恐怕就容易引起窩裏鬥，用西方感化的內容和寫法來否定東方的傳統樣式。內田魯庵是評論家，也是小說家，翻譯過托爾斯泰的《復活》，廣交博識，晚年專門寫隨筆。司馬遼太郎

也這樣。1924 年內田魯庵寫道：「隨筆讀來確實是即興或隨感的不着邊際的斷想，以畫而言，就像是素描，名家畫的東西、外行的靠不住的圖樣、孩子的亂畫都被一樣看。近來拙劣的畫得勢，稱作自由畫甚麼的，頑童塗壁被當作藝術品處理，好像隨筆中也有自由畫。大雕刻家製作的一手一足陳列美術館，但丟在彩車匠倉房裏的手或足不是美術品。從隨筆中搜尋優秀的高級的東西就好像從破爛舊貨店找寶。」當代的日本隨筆我愛讀三島由紀夫的見識，丸谷才一的學識，出久根達郎的知識。丸谷才一說：「寫的和讀的都必須有遊樂之心，此心通學問。而且，寫和讀都需要教養，這又關係到學問。」像小說一樣，要有會寫的隨筆家，也要有會讀隨筆的讀者。

內田魯庵又說：「小說是畫，即便不好，情節也能讀得津津有味。而隨筆是字，不好就連狗都不吃。」沒有三分灑脫和二分嘲諷不能寫隨筆，而且懶人不能寫，只耽於一事的人也不能寫，看來我寫這玩藝兒實在是誤會。但是改也難，若再有機會，那就出一本「畫行燈閒話」。

聰明人不寫小說

　　村上春樹上中學時第一次讀長篇小說，讀的是肖洛霍夫的《靜靜的頓河》，不大有意思，卻讀了三遍，那麼長的長篇小說。他說，他的文學教養根底是 19 世紀小說。所謂 19 世紀，是歐洲的 19 世紀，至於日本文學，他向來不大放在眼裏。這兩年《1Q84》賣得不亦樂乎，這是他「要寫自己的綜合小說，作為目標，當作最大樣本的是陀思妥耶夫斯基。」「或許也可以說，《1Q84》是對 20 世紀『現代文學』譬如薩特式的東西的、我本人的對抗命題。」

　　對於日本文學，村上究竟是怎麼個看法呢？

　　以往村上對媒體避之唯恐不及，最近文藝春秋出版社把他 1997 至 2009 接受的採訪集為《每天早上為做夢而醒》，十三年間僅只十八次，其中國內七次，國外十一次。出版《1Q84》以來的採訪未收入。2010 年 7 月他在《思考者》雜誌上發表了長篇訪談，其中也談到對日本文學的看法。

　　他說：「極簡單地說，戰後文學是前衛與寫實主義的對

立。寫實主義中有馬克思主義的寫實，有私小説的寫實，但根本上沒多大變化。與之對抗、拒絕寫實主義的是前衛派的理性小説，後來被吸收為後現代主義。哪個陣營都不特別看重『故事』。日本戰後文學讀了能覺得真有趣的，僅僅對於我來説，不大有。」

對於他來説，寫小説這事本來是不好意思的，甚麼最不好意思呢？那就是心理描寫之類。日本所謂純文學以寫實主義文體、心理描寫為主，也就是囉囉唆唆寫囉唆事。讀來一點都沒意思，更不想自己寫。大學時代讀美國作家理查德‧布勞提根啦，庫爾特‧馮內古特啦，這才知道不描寫心理也能寫小説，沒必要囉唆。

近代大文豪夏目漱石的文章，除了課本上，村上在結婚之前沒讀過，敬而遠之。上大學時結婚，那是 1971 年，沒有錢買書，只好讀夫人的藏書，其中有漱石全集。他喜歡《三四郎》《其後》《門》，怎麼也不喜歡《心》和《明暗》。對作品做客觀評價是另一回事，從個人的角度喜歡《礦工》，這個小説在村上的《海邊卡夫卡》裏也出現過。喜歡它完全沒有進展性，沒有可以叫作主題似的東西，不大明白寫這個故事的目的，這樣不得要領的後現代主義式氛圍非常好。《明暗》好在哪裏？何必費那麼大工夫把這種明擺着的事寫成小説呢？被他這麼一説，水村美苗續寫《明暗》就成了無聊。這個在耶魯大學讀過法文博士課程的女作家認為日本文學的好壞不能聽外國人説三

道四，大概是暗指村上。

　　現代小説家谷崎潤一郎的書也是婚後才讀的。《細雪》有意思，谷崎本來是東京人，移居關西，用觀察異文化的眼光創作了栩栩如生的小說。村上是關西人，若不是 18 歲來東京上早稻田大學，而是一直在關西（京都、大阪、神戶一帶），悠然度日，或許就不會寫小說。另一原因是語言問題。關西生關西長，說的是關西話，來到東京說東京話，使用雙語，自然而然地意識語言性，頭腦多層化。這樣在東京生活七、八年，驀地想，不能用第二語言（東京語）寫小說嗎？村上從高中時代讀英文書，養成用英文讀書的習慣。從關西話到東京語，再到英語，多層化語言環境造就了他的文章風格。

　　三島由紀夫，村上說幾乎沒讀過。他認為自己跟三島不同，大概三島覺得自己是特殊的人，具有別人沒有的藝術感性。他不喜歡三島由紀夫和川端康成的文體，也沒有興趣拿來當工具。從文體來說，戰後文學中最喜歡安岡章太郎，也喜歡小島信夫。這兩位小說家在日本文學史上屬於所謂第三新人（1953 至 1955 年出現的一批小說家，夾在第二次戰後派與石原慎太郎之間）。雖然不愛讀日本文學，但是要逗留美國，必須當客座教授，不得不講授日本文學，村上講的就是這第三新人。要不是這種機會，他也不可能如此熱心地細讀日本戰後文學。他寫道：「我對日本戰後文學的主流怎麼也無法有興趣，但是對『第三新人』一代的作品（至少其中的某種東西）能抱

有共鳴而接觸。恐怕吸引我心的是他們初期作品中的自由與質樸。然而，這些美點隨着時代倒退，變身為別的東西。」他選了六位作家，其中丸谷才一出道晚，算不上第三新人，但正是他，第一個盛讚村上，說村上的出現是一個事件。有意思的是，對丸谷持否定態度的人大都對村上不以為然。

聰明人不寫小說，村上說，因為「小說真正的意義和長處莫如說在於對應性之慢、信息量之少和手工業式進度。」而且，「對於小說來說最重要的是用時間來檢驗。」村上寫作三十年，作品經住了時間的考驗，為人們所愛讀，雖然未必都讀得明白。或許就因此，他曾給自己的「全作品」寫解題，《1Q84》上市後也一再接受採訪，詳加解說。他抱怨：國外說他作品具有獨創性的評價多，除了村上誰也寫不來云云，然而在日本，誇也好，貶也好，幾乎不提他寫的東西是獨創。他歸因於日本不大重視獨創性。

如他所言，關西人跟東京人不一樣，十分話只說五、六分，即便在東京生活了半輩子，畢竟是關西人，大概村上還有一半話沒說吧。

翻譯是批評

村上春樹不單是小説家,與創作並舉,還翻譯英語作品,擁有一大群讀者。但作為翻譯家的一面,通常就不是外國讀者關心的了,或許聽説他最近出版了一本《翻譯夜話》要覺得奇怪。

村上出版第一部小説《聽聽風的歌》之後不久就着手翻譯美國文學,長年由柴田元幸校正。柴田是東京大學副教授,給學生上翻譯課,把村上請來,回答師生的提問,整理成《翻譯夜話》的第一部份。同樣的作法,在翻譯學校重複了一次,構成第二部份。第三部份是回答年輕翻譯者和研究者的提問,內容更深些。還有一部份是村上和柴田的「競譯」。同樣的原文,一個譯得比較感性,作家式的,一個譯得比較理性,學者式的,這就是文體的差異。

村上小説的文體獨具特色,淺白而沉靜,那種敍述腔調甚至有點懶洋洋,但關於翻譯的文體,他這樣主張:「一用文體這個詞,表現就極其含糊了。所謂捨不得孩子套不住狼,搞翻

譯時，要暫且把自己這東西丟開。不過，自己是怎麼也丟不開的，那就想着徹底丟開，還有剩餘，當作文體不是正好嗎？一開始就想用自己的文體來譯，譯文會有點討厭。自己想全部丟開，丟剩下的部份澄清就足夠了。所以，極少數例外且當別論，實際上文體的問題幾乎沒必要考慮。我想，只要側耳傾聽原文的音響，譯法就自然而然地決定了。」「想借翻譯來自我表現，要是有人抱着這種念頭搞，那我認為就錯了。翻譯並不是自我表現，雖然結果也可能變成了自我表現。想搞自我表現，就該寫小説。」

　　三島由紀夫是特別在乎文體的小説家，在名為《文章讀本》的隨筆中，他談到翻譯的態度，舉出兩種截然不同的典型。直譯他那繁縟得近乎囉唆的文體，兩種典型的翻譯態度，「一種，多是個性強的文學家的翻譯，明知外國的文物、風俗不可能原封不動地迻譯成日語，於是用本人的個性強的牙齒咀嚼外國文學，浸染自己個性的色彩，並且把自己對原作者的出自精神和感覺的深層的愛情就那麼移入翻譯，製作有如自家作品的特徵很突出的譯文。另一種被認為是正統的作法，是具備結合了終究不可能、但哪怕十分之一也好、盡可能用日語再現原文的氣氛、原文的獨特東西的、有良心的語言學家和文學鑒賞力豐富而深厚的語言學家的能力的人嘗試的翻譯。」三島欣賞的是前者。他在寫給美國的日本文學研究家和翻譯家唐納德·金的信中説：「把翻譯當作『自己的東西』是頭等重要的，日本

明治以後給文學以影響的也只是那樣的翻譯。詩有《海潮音》等，小說有《即興詩人》等，原作的文學價值是另一回事，造成強烈文學影響的翻譯都要是『自己的東西』。就我的經驗來說，沒有小說像崛口大學譯的《德爾謝爾伯爵的舞會》（拉迪蓋）那樣強烈地影響了少年時代，以至覺得不是崛口造作的文體好像就不是拉迪蓋的小說。別人的翻譯其後出了幾種，誤譯也少，但風味這東西全然沒有。」從現代翻譯論來說，三島的閱讀尚停留在創作與翻譯混沌未分的前近代。那時期譯者每每是作家，尊重原作的人權意識猶處於朦朧狀態，把人家的作品當作自己的跑馬場，興之所至，隨意加工和發揮。所謂名譯，甚而被驚嘆超越了原作，其實是改編或改寫，被超越的是翻譯的概念而已。非叫翻譯不可，那就只能算誤譯。

　　中國在翻譯上一直很講究近代翻譯家嚴復提倡的標準信、達、雅。郭沫若說過，所謂雅，應該是譯文的文學價值或藝術價值比較高。但如果說，信是對原文的理解和把握，達是用中文表達的準確和生動，那麼，我以為，文學價值或藝術價值在信與達上就應該見高低。嚴復的本意，雅是指翻譯的文體，所以梁啟超批評他的「文人積習」——「吾輩所猶有憾者，其文章太務淵雅，刻意摹仿先秦文體，非多讀古書之人，一翻殆難索解」。現代翻譯的準則是忠實於原作，包括忠實於原作的文體。就此而言，雅不無蛇足之嫌。大江健三郎說：德國人能讀懂他的書，是譯者在迻譯過程中進行了「易懂化」。日本朋

友聽我說讀過《源氏物語》，一臉的驚訝，我趕緊聲明是漢譯本，驚訝卻凝固着，帶了些疑惑。在他們心目中，《源氏物語》是讀不懂的日本古典，竟忘記自己讀的西方古典也是被「易懂化」的。要說的是，「易懂化」不可以抹殺了原文的文體。聽說電視卡通片《蠟筆小新》在北京的大學生宿舍裏引起陣陣笑聲，那個小色鬼說話怪腔怪調，正是把日本原作的「文體」翻譯了過去，使天各一方的觀眾獲得相近的感受。

翻譯的標準若只有「信達」兩個字，總覺得缺少點甚麼，不大合習慣。那麼，在雅的位置上提出甚麼樣的主張來表示翻譯與原作的關係呢？村上春樹提出對原作要抱有「帶偏見的愛」，而且「越偏見越好」。大概有了這種偏愛，投身於原作之中，是雪地則凍透全身，是激流則從頭濕到腳，筆下自然會帶了寒氣或水跡。不過，作為翻譯家，對於原作的感情和見識應該從偏見而偏愛上升到批評的層面。翻譯是一種批評。如同音樂家演奏，大家都演奏貝多芬的作品，聽來卻各不相同。演員表演劇作家的作品也一樣。從事翻譯的是人，不是機械，對作品不可能無動於衷，必然有自己的感受、理解和演繹，這就是批評。翻譯的批評不止像食客，品嘗了菜餚之後，讚嘆一番就完事，他還要有烹飪的手段，用另一種語言把同樣的菜餚重新做出來，批評即滲透在重做的整個過程中，字裏行間造成了一種取向。翻譯必須站在原作的立場上，但譯者畢竟不是作者，況且他面對的全然是另一類讀者。機器翻譯最終無法代替

人工的，不正是批評麼？

在日本作家中，村上的作品被其他語言翻譯的比較多。對於英文版，他談了一通讀後感：「我自己寫的小說，一般不重讀，因為重讀總覺得臉紅。寫的時候很拼命地寫，可一旦寫完了，一般不去翻書頁，覺得那好像聞自己脫下來的襪子味兒。不過，若是英語，就一定重讀，因為我寫的東西和那裏所翻譯的東西之間有某種乖離或游離。是自己寫的東西，又不是自己的東西，有二重性，當中縫隙似的東西讀來很有趣。」從翻譯和被翻譯的雙重體驗中，村上得出貌似偏激的結論：「正確的翻譯從原理上來說是不可能有的」，或者說，「翻譯基本上是誤譯的總和」。對於翻譯，不能像電器那樣追求「原裝」，不能像把現成建築拆開來，換個地方組裝復原。不同的語言並非不同河流裏的水。但是，把玻璃瓶的威士忌倒進瓷瓶裏，在空氣中暴露不免走了味，應該照樣是威士忌。

和創作相比，村上春樹覺得在情緒上翻譯要快樂得多，因為翻譯幾乎只追求語言的、文章的、技術的問題就行了，寫小說必須從零開始，平地起高樓。所以，喜歡舞文弄墨的人，若缺乏編故事的才能，就不妨搞翻譯。可要做真正的翻譯家，還得有批評家的眼光。

巧取書名

　　書名沒有著作權，也不能登錄為商標，似乎表示書畢竟有別於一般商品。所以，村上春樹可以隨意套用人家的書名，譬如《1Q84》出自英國作家喬治·奧韋爾的《1984》，隨筆《談跑步時我談的》則源於美國作家雷蒙德·卡佛的《談愛時我們談的》。

　　這其實是一種取巧，但村上春樹名氣大，也就沒人去說他，興許附他驥尾，原著才廣為人知。戰後日本整個是模仿乃至剽竊美國，文學也不例外。村上春樹借鑒外國小說恐怕也有點過份，乃至被人拿去為剽竊辯解或炒作。

　　為書取名，作者有時倒不大用心，傷透腦筋的是編輯，因為賣點首先在書名。一旦有書暢銷，不僅內容，連書名也會被競起效顰。你賺了《國家的品格》，我就賣《女人的品格》；出「力」賣錢，就甚麼都「給力」——「抑鬱力」、「鈍感力」、「煩惱力」。日本文藝家協會婉言相勸：「文藝作品的題名是作者的苦心所產，獨創性高的也很多。應尊重作者這番苦心與

獨創性，但也要確保取名的表現自由。現成作品的題名獨創性高，其作品已有定評，搭人家名聲的便車或冒用，將傷及作者的感情，以避免題名雷同為好。」不過，村上春樹高就高在勝於藍，變 9 為 Q，其鳴啾啾，便具有村上特色。

日諺有云，「借別人的兜襠布比相撲」，這也是水村美苗的擅場，且另有巧妙。水村第一本小說叫《續明暗》，模仿夏目漱石的文體，續寫他未竟之作《明暗》。又創作《私小説》《本格小説》，後者用挪移大法，把英國作家埃米莉·勃朗特的《呼嘯山莊》寫成日本故事。2010 年伊始，在《讀賣新聞》上連載小說，名為《新聞小説》。水村所用的這些題名全都是日本文學樣式的固有名稱。

單說「新聞小説」。日語裏「新聞」是報紙，《讀賣新聞》應譯作《讀賣日報》，據說發行量世界第一。「新聞小説」那就是報紙連載小說，凡報紙必有帶插圖的連載小說，據說這也是日本傳統。《讀賣新聞》百餘年前連載尾崎紅葉的小說《金色夜叉》，為水村祖母輩所愛讀，她的《新聞小説》即由此落筆。寫百年三代人，她們分別照報紙連載小說、電影、電視劇描畫自己的人生。

水村美苗自稱「用日語寫現代日本文學的小說家」。12歲移居美國，讀完法國文學博士課程，也曾在美國大學講授日本近代文學。跟村上春樹一樣，不嘗試「雙語寫作」。她說，日本文學的好壞不能聽歐美人雌黃，這話卻像是暗諷村上。只

出了三部小說，可怪的是出了就獲獎，但我只讀過她的隨筆，也獲了獎的，叫《日語消亡時》。其實，這個書名也是有出處的，見夏目漱石的《三四郎》：

「『可今後日本也將一步步發展吧。』辯護道。

那個人就板起面孔，說：『消亡喲。』」

讀序隨想

　　在舊書店門口翻檢無限近乎垃圾的舊書，見書中夾一紙條，上印四個字：敬請高評。日本的出版社出書後，每以著者的名義把書寄呈書評家或權威人士，殷望其妙筆在報刊上成人之美。他可能不予置評，也可能不加翻閱，末了賣到舊書店，把書送入六道輪回。

　　古人云：士子聲名未立，應共獎成，無惜齒牙餘論。特別是羽翼未豐的著者出了書，請人寫書評是正常的，無可非議。書評也是出版流程的重要一環——宣傳與推銷。偏不找人評論，很顯得另類，卻算不上清高，也可能是不識市場之時務。至於說好說壞，溢美與否，那就是評者的事情了。報刊賣給芸芸眾生看，當然是好話連篇，沒必要舉出一本無聊的書來否定，除非意不在讀書。

　　序也屬於書評之類。

　　顧炎武說：人之患在好為人序。永井荷風鄙視明治以來輕薄的日本文明，以花街柳巷為舞台的花柳小說寫得好，或許就

因為怕患，不大為他人作序。某女士寫了偵探小說要出版，找到他頭上，他只好寫，如下：

「我不知道此書的著者是何等人。著者拿着我敬畏的友人的介紹信來找我。給我看已經在印刷的此書，求我為序。我友為何把這個著者介紹給我，我並不知道；著者又為何需求我的序，我也不得而知。我答以既不知著者其人，又不知其著，不知該如何作序，予以推辭，但著者不許。無奈，在此擠出無用的數語。著者是否把這樣的無用序言放在著書之前，我不知之。我只記下我是如何為難的，聊以塞責。荷風老人。」

此序抄錄在《斷腸亭日乘》中，這是永井荷風的日記，記了四十二年，孑然一死的前日才輟筆。他序過谷崎潤一郎的《近代情癡集》，序過堀口大學翻譯的《青春火焰》，均未抄錄在案，看來是認定那位女著者不會用這樣的序文。如若真的用了，倒不失為出版史趣話，不用，那就只能是永井的逸聞，足見其偏奇（他把獨居自適的木造洋樓叫偏奇館）。為人作序，誠如汪曾祺所言：要看作品，還要想問題，寫起來很費勁。但序無定規，周作人似的作序可能就較為輕鬆，他說：「尊集序文容略緩即寫，大抵敝文以不切題為宗旨，意在借機會說點自己的閒話，故當如命不瞎恭維，但亦便不能如命痛罵矣。」之所以不切題，想來是因為壓根兒不打算讀「尊集」。這種不切題的序文，永井荷風也寫過：

「那是大川河道搭乘叫一錢蒸汽的渡船通行的時候。秋晴

之日，從船上眺望岸邊景色行進，臨水人家的窗前或檐下在河風中晾曬女人的和服、腰帶和襦袢等物，其中交雜着前代流行的染色、花紋，望之驀地想起已故祖母的模樣，乃至母親年輕時的姿容，日月流易，比之於秋日西斜之速，也成了令人無限悲傷之物，竟自何時呢？是我們住在東京街裏的人根本不知道震災之火的往昔，還是比那更可怕的戰亂之火也終於熄滅之後的某日呢？花柳章太郎來訪，出示所著《着物》一書，説是已完成續稿，網羅了服飾流行諸事，我不禁想起過去河邊人家晾曬的衣物，應其所請，記此事作為新著的序言。昭和廿三年秋九月荷風散人。」

序，也就是前言，置於卷首，很有點書前顯貴。有人説它既是著作的判詞，又是讀者的嚮導，倘若從這兩點來説，我覺得最好把它放在書後。書還沒有讀，先灌輸了一堆成見，讀下去就可能按圖索驥。一張白紙似地開卷，讀完了再參考後序或後記，比較一下自己的讀後感，或許更有益。序，有自序，有他序，而所謂譯序，到底是譯者為原作寫的他序呢，還是為譯作寫的自序呢？我總覺得譯序有一點霸道，哪怕著者還健在，譯者也擅自踩上著者的肩頭，擋在作品的前面，指手劃腳。好像不寫個譯序，所譯作品就算不上成品似的。日本的出版慣例是在書後加一個解説，適得其所，看着就不覺得礙事——是為隨想。

作家的學歷

倪匡寫道：

「三毛還曾『救』過我一次。那次在台北，一個不知是甚麼的座談會，與會者自我介紹，個個自報學歷，都極之輝煌，不是博士，就是碩士。輪到我，是『初中畢業』。

場面多少有些尷尬，三毛在我之後，大聲自報：『小學畢業！』

相視莞爾，後來她說，她正式學歷，真的是小學畢業。這更說明，她天生是寫作奇才。」

但說來在當今社會，大概作家這一行是最不講學歷（約定俗成，指大學文憑，起碼是學士）的了。國文系畢業，能當上作家的，不問東西，似乎並不多，甚至有人連「手紙」（日語是書信的意思）也寫不利落。安藤忠雄，日本建築家，名聞世界，被張揚的名目之一是沒讀過大學。倘若是作家，有沒有學歷就不大被當回事，讀者不會因博士而作便另眼看待。學歷這塊磚敲不開文學創作的大門，作家一般也不好拿學歷叫賣。沒

有學歷的人想要改變境遇，提升地位，最自由而充滿機遇的途徑就是奮鬥當作家。不過，作家當出名，被授予名譽博士甚麼的，到底還得向學位鞠躬。至於七老八十的名作家還去讀學位，人們就只能覺得怪異，好似讀武俠小説。

日本是學歷社會，自然有學歷的作家多。例如綾辻行人，1987年出版《十角館凶案》，吹響新正統派推理的號角，他讀完了京都大學博士課程。這一派主要作家我孫子武丸（中途退學）、法月綸太郎與綾辻同校，當年都參加課外社團推理小説研究會，而有栖川有栖畢業於同志社大學，學的是法律。科幻小説家田中芳樹也讀過國文學博士課程，愛寫中國歷史題材，還翻譯《隋唐演義》。寫科幻小説，學歷很顯得有用，讀者相信其學識，那幻想彷彿也有了科學保證。瀨名秀明是藥學博士，所作《寄生夏娃》獲得日本恐怖小説大獎，美國也翻譯了。寫推理小説需要有聰明的頭腦，但未必學歷高就聰明，倒可能賣弄學問，把小説寫得玄而又玄。推理小説巨匠松本清張只具有小學文化程度，繼他之後坐上推理第一把交椅的是女作家宮部美幸，高中畢業，後來又學過速記。她和綾辻行人同年同月同日生（1960年12月23日），1992年又同時獲日本推理作家協會獎。宮部美幸和大澤在昌、京極夏彥三人組成小團體，網頁叫「大極宮」；大澤現任日本推理作家協會理事長，大學沒唸完，京極畢業於設計專科學校，以妖怪小説名世，擅長把作品寫得厚如磚頭。

當紅作家淺田次郎是高中畢業，當過兵，以中國晚清及近代為題材的長篇小說《蒼穹之昴》《中原之虹》皆暢銷一時，現在他一身榮任三大獎項（直木獎、山本周五郎獎、吉川英治文學新人獎）的評審委員。山本一力畢業於職業高中，愛騎自行車，能說會道，當初寫小說是為了賺錢還債，如今已儼然一「時代小說」大腕。2008 年以小說《乳房與卵子》獲得芥川獎的川上未映子是名副其實的美女作家，出身卻寒貧，給弟弟掙學費還當過陪酒女郎，本人只讀了職業高中，現今函授學哲學。人在學歷社會，不具備學歷可能終究有自卑情結，總要做出點另類的舉動，例如花村萬月，初中畢業，1998 年獲得芥川獎，公言日日手淫以預防疾病。高中畢業的女作家岩井志麻子寫恐怖小說，長相倒不算恐怖，但戴着男人生殖器形狀的項鏈上電視，言行恣肆，就不免令人恐怖。

　　日本學歷社會的歷史其實並不長。17 世紀初德川家康在江戶（今東京）開設幕府，史稱江戶時代，長達兩個半世紀。人分士農工商，士是武士，領導一切。武士子弟上領主開辦的學校，農工商之類的庶民只能上「寺子屋」，望文生義，這叫法來自寺廟裏和尚教孩子讀經。武士的兒子當武士，農民的兒子當農民，社會地位幾乎不能變，所以農戶識幾個大字，商家會打算盤，足矣，沒必要花錢學更多的文化。明治初年（1872）福澤諭吉寫了一本書，叫《學問之勸》，說「有道是，天不造人上人，不造人下人」，學習就能夠出人頭地，於是就成了不

起的啓蒙思想家，這二十多年來日圓升值也罷，貶值也罷，他的頭像一直印在萬元大鈔上。明治新政府於 1872 年設立「學制」，強行「義務教育」（源自英語，當時也譯作「強迫教育」），但就學率僅百分之三、四十，其中能讀完四年制小學的頂多百分之二十，首要原因是窮人沒有錢讀書，乃至憎惡學校，暴動時連同村公所一同搗毀。這種狀況的改變，要等到明治已過去二十八年，即 1895 年，打敗我大清，索取了相當於日本國家財政四年總額的賠款。這下子有了教育基金，1900年起小學免費，就學率達到百分之九十以上。再過三十年入侵中國，我們從電影上也時常看到，那些鬼子兵像是比我們土八路有文化。有文化也終於戰敗，此後義務教育提升到中學，至於上高中，1960 年還僅只百分之五十。1970 年代前半，當領導中國人民的人擔心太苦了日本人民而放棄賠款之時，高中就學率達到百分之九十以上，從此進入所謂學歷社會，算來迄今三十年。

在《明報月刊》2008 年 5 月號上讀到倪匡懷念三毛的隨筆，涉筆學歷，覺得很有趣。想來尷尬之中最妙的是有人聰明地說一句，那就是自學成才啦，倪匡和三毛聽了一定要相視大笑。

書齋妄想

　　書齋是讀書寫字的空間。

　　家有書齋，足見其住居寬綽，令人艷羨。或許也表明有學問，學富五車——這個成語已過時，如今搬起家來，焉用牛車，那是要動用卡車的。登門造訪，觀覽書架起碼有兩個作用，一是遮掩作客的尷尬，二是窺見主人所好。彷彿天天坐在書齋裏讀書、作文、待客的周作人寫道：「從前有人說過，自己的書齋不可給人家看，因為這是危險的事，怕被看去了自己的心思。這話是頗有幾分道理的，一個人做文章，說好聽話，都並不難，只一看他所讀的書，至少便顛出一點斤兩來了。」這話也有幾分沒道理，聽說錢鍾書學問那麼大，心思那麼深，家裏幾乎不藏書，斤兩如何顛得出來呢。

　　作家的書齋是製造文學產品的作坊，大小好壞，興許對創作也會有影響。有的作家不喜歡關在書齋裏面寫，到咖啡館要一杯咖啡，思如泉湧，或者住溫泉旅館，以旅人的姿態寫，例如川端康成寫《雪國》。谷崎潤一郎特意去伊豆半島寫，但和

式旅館不備桌椅，於是又換到洋式旅館，乘巴士轉移，途中遭遇關東大地震，此後舉家移居關西之地，文風也為之一變。

蘇格拉底走着思考，躺着思考，和人對話思考，書齋是街頭或廣場。英國 15 世紀以前書是朗讀的，作為共同體行為的讀書也無須書齋。日本的傳統房屋沒有書齋這種獨立空間，把自己和書關在一個人的世界是對於家人的疏離。農家和商家的家不單是住處，也是勞作的場所，現在東京也常見前店後家，譬如舊書店。明治時代有書齋的，只是所謂知識人，為數甚少。夏目漱石的書齋鋪絨毯，當中置紫檀書案，周圍立書架，不許家人進。日常生活中發生不愉快，他立即躲進書齋。書齋不僅是讀、寫之類文化行為的聖域，也是獨處的清淨之地。大正時代改善生活，改良住宅，興建西歐式個人主義思想的居住空間，叫文化住宅，書齋兼客廳。

書架是西洋家具，擺在客廳裏充當裝飾，也是個文化符號。對於讀書人來說，書架是必需品。戰敗後復興出版業，一度掀起全集熱，《昭和文學全集》《現代世界文學全集》或甚麼全集，家家跟風買一套，使作家先富起來。時代一變臉，各種電器紛至沓來，住宅仍然像兔子窩，書架及藏書就只好讓位，傾巢豐富舊書店。日本父親們在家裏佔有專用空間，上世紀 80 年代為百分之四十，本世紀初將近百分之六十，多數當書齋。年齡越大佔有率越高，大概是孩子離巢獨立，騰出了地方。

經濟發展，社會進步，書齋大眾化，不再為富貴人家所特有。個人所據有的空間日見擴大，偏偏這時候，開玩笑似的，出現電子書，好像有孫悟空的本事，佔據空間的書本被大大縮小。2010 年美國發售 iPad，對讀書、出書是一個衝擊。它備置了一個「書齋」，可以收藏電子書。日本人善於改造，便有人把自家的藏書掃描，收在 iPad 裏。這個書齋的空間是 16GB，把一冊書電子化，所佔也就 5MB，一千冊才 5GB，一壁書架而已。這樣就可以攜帶千百冊圖書上下班，四處遊走，像蝸牛一樣背着書齋，隨處閱讀。有的書被讀過，可能就變成雞肋，不妨收藏在 iPad 裏，說不定哪天念舊，還可以拿出來嘲一嘲。不過，書被拆開來掃描，殘骸只能送去化紙漿，就斷了舊書店的貨源。日本曾發生書堆倒塌壓死人的事情，好像香港或台灣也出過，死在書中是所願，但畢竟悽慘，iPad 之類電子閱讀器「書齋」，哪怕發生大地震，也無須擔憂。多少年來人類創造了書齋及其配套設備，譬如下面可以伸進腿的桌子，但紙書本電子化，甚至書齋電子化，變成便攜式，必然改變傳統的閱讀方式。當然，喜愛紙書本，滿架圖書，一覽形形色色的書脊就是個樂趣，那就繼續保留傳統的書齋吧，像古董那樣增值也說不定。

　　住居追求洋式，書齋也極盡其洋，譬如 17 世紀巴洛克式或者 18 世紀洛可可式，但中國圖書的外觀似乎太簡素，雖然開本越來越大，只怕還是不相配。安德魯·朗格以編寫世界童

話聞名，還寫過一本《書齋》，説 19 世紀，「大書齋的時代已成為過去」，「現代愛書人渴望的不是書頁的數量，不是常見裝幀的書山，不是神學的二折本，不是古典的四折本，能擁有幾冊具備個性和氣派的書籍、印刷裝訂的傑作，或者以往聞名的搜集家、政治家、哲學家、已故美女們的神聖遺物，那就滿足了」。

　　好像現在一般叫書房，不大叫書齋，莫非因這齋字，空間如神在。書齋甚至比寢室更具有私人性。一進書齋，心便靜下來，或讀或寫或思。反過來説，心靜何處不書齋。不去按眼耳鼻舌身的快門，游離於現實，精神自適，任是鬧市長椅也能當書齋，這是大庭廣眾之中的最私人行為，孤獨而沉迷。躲進小樓成一統，那就是躲進書齋的意思吧。日夜生活在囂喧的都市裏，還得為五斗米競折腰，不妨把書齋當作隱遁的陵藪，所謂隱之為道，大隱住朝市。把書齋曝光於天下，就不好隱遁了，這種書齋或許本來是住宅面積的富餘。

日本作家與英語

　　在有些人看來，走出國門，用當地語言寫小說甚麼的，以至獲獎，非常不得了，與有榮焉，雖然從語言來說，有點像生養他或她的民族的敗北。卻說日本，有這麼一個人，叫水村美苗，女，說出這麼一番話：

　　「請想像一下，一百年之後，二百年之後，三百年之後，不僅頂有教養的人們而且頂有明晰頭腦的人們、頂有深邃精神的人們、頂有纖細心靈的人們只用英語來表現之時，其他語言都變成墮落的語言——欠缺知性的愚昧語言之時；請想像一下，一種『logos＝語言＝邏輯』行使暴政的世界，那是多麼可惡的世界，又多麼悲慘的世界。活在那樣的世界比活在被迫的非對稱性（按：英語充當世界『普遍語』，其他語言的功能無法與之對稱）更無限悲慘。」因而，「就連我這樣的人，也要用如此孤立的語言（按：日語）寫，為拯救『人類』——從悲慘的命運中拯救『人類』而天天奮鬥。」

　　水村美苗 12 歲隨家移居美國，但她不去融入那裏的社會，

每天把自己關在房內耽讀日本小說。二十來年始終拒絕美國，為回歸日本而猶豫。若讓中國人來寫她，可能要想方設法幫她進入所謂主流社會，那才算成功人士。實際上美苗在美國已經成功了：畢業於耶魯大學的法國文學博士，在普林斯頓、斯坦福等大學講授日本近代文學。然而她掛出「用日語寫現代日本文學的小說家」的招牌，天天奮鬥，寫出了《續明暗》《私小說 from left to right》等幾部小說，都獲得日本的文學獎。至於疏離美國的原因，可能有社會學的，有心理學的，但最根本的是讀書，越耽讀用日語寫的東西越背對英語。也就是她說的，「通過閱讀這一行為，不得不經常並不可避免地面對無法還原為其他任何東西的、兩種語言的、無法挽救的不同——強制她活在兩個世界兩個主體之中的、不能還原為其他任何東西的、兩種語言的、也可說是物質性的不同。」

對於英語，如果說水村美苗是抗拒型，那麼，村上春樹就是個鮮明的對照，屬於利用型，利用英語創造出自己的文體。

談論村上春樹時，人們說得最多的，是他為甚麼那般廣泛被閱讀，豈止日本，甚至脫了亞，走向世界。有個叫福田和也的，認為村上春樹是夏目漱石第二，不過，這位風頭頗健的文藝評論家幾乎把石原慎太郎捧為第三，奉承之態可掬，所言便讓人覺得不可信。放眼歐美，村上的名聲倒是比夏目大得多，連大江健三郎也自認（並不愧）弗如。他說：

「準備文學素材之際，英語是極其強有力的。也可以說，

領導世界文學的是英語這種語言，尤其小說更如此。若擁有英語，那麼作家即使離開英國也照樣是偉大的作家。這適用於 Lawrence、Laurence Durrell、E. M. Forster。我認為一雄・石黑也是和這些人一樣的英語作家。另一方面，村上春樹是用日語寫作的小說家，但不能斷然說他的作品是真正的日語。被譯成美語，就能在紐約毫不彆扭地閱讀。村上春樹那樣的文學風格不是既非日語文學亦非英語文學嗎？不過，一個年輕日本作家為美國所愛讀是不爭的事實。我覺得這對於日本文化是好兆頭。他做了我、三島由紀夫、阿部公房都做不到的事情。」

大江曾批評村上沒有社會性，對於這一點，事關諾貝爾文學獎，村上也頗為在意，2009 年出版的《1Q84》便隱約寫到了震驚過日本的歐姆真理教事件。但日本人讀村上，其魅力首先在文體，也就是被大江說得非驢非馬的文體。1979 年村上以《且聽風歌》出道，文藝評論家三浦雅士即指出：「故事並不新，是到處可見的，卻還是給人以新鮮的印象，因為文體新。」

這文體是打哪兒來的呢？當作家三十年來總有人提問，村上經常要夫子自道。他說寫《且聽風歌》，「為盡量使文章簡單，我就做實驗一般把開頭幾頁用英語寫。當然知道我的英語能力不足道，文章幼稚，也就是高中生的英語作文水平，但對於我來說，最大的收穫是得以發現，如果想要寫，只用最基本的簡單語彙也能寫文章。」

又說過：「十多歲的時候就想過，能用英語寫小說該多好。覺得用英語寫遠遠比用日語寫能老實地直截了當地寫自己的心情。但是憑我的英語能力，根本寫不來，所以費了相當長時間才總算能用日語寫小說了，以致我直到 29 歲完全不能寫小說這東西。原因就是我必須用自己的手製造出為自己能寫小說的日語，新的日語。我不能借已有的日語文體寫小說。在這個意義上，我認為自己是原創。」

甚至還說過：「我不大意識日語的日語性這玩藝兒。常有人說日語很美，但我毋寧要把它當作工具寫故事。想用非常簡單的語言講非常複雜的故事是我所指向的。」

總而言之，他從翻譯中找到了自己的文體。他說自己的英語課成績並不好，但喜歡把英語譯成日語，由於非常喜歡，上高中時就作為考試練習，翻譯了杜魯門·卡波特的小說。這意思就像是半吊子英語把他的日語弄得洋涇浜，反而產生了異乎尋常的效果，讓半個多世紀不屈不撓地嚮往着橫着寫的英（美）語的日本人終於從豎着讀的日語裏讀到了英語味兒。在現代日本作家當中，村上是特別熱衷於翻譯的。有人批評他把雷蒙德·卡佛筆下的工人階級也翻譯成他那樣灑脱的形象了，但他說過，「所謂翻譯，若不是土生土長的人譯成母語則幾乎不可能」，翻譯尚且不可能，遑論創作，這或許就是他不事所謂「雙語寫作（bilingual）」的原故吧。

說來大江健三郎似有點「五十步笑百步」，其實他的文體

也來自過多地閱讀外國文學，但路數跟村上春樹正相反，晦澀難解，據說讀來像詩。村上追求簡單，擄獲了比大江多得多的讀者。他的文體有英語味兒，終歸還是日語。聽流行歌曲，日本的或中國的，歌詞常夾帶英語，歌手唱得很洋溢，我卻想，萬一他或她走向世界，歌詞要譯成英語，那夾帶的英語怎麼辦呢？恐怕不能用日文或中文唱這幾句吧，惜乎哀哉。

編輯造時勢

　　好多年以前，在東北一家出版社當編輯，某日，一位同事接電話，但聞：這兒是出版社……出甚麼板兒？同事答曰：棺材板兒！室內哄然大笑，為他的脫口秀叫好。那年月盛行打家具，連外國進口貨的包裝箱木板也成為奇貨，大概掛錯了電話的人不知道世上還有出版這一行，以為歪打正着，讓他撞上賣木料的了。當今圖書已經是大量生產、大量消費的商品，但出版以及編輯這個行當似乎仍然不大為人所知，比不上報紙記者乃至有第四權力之稱，真有點為他人作嫁衣裳的滋味。所以，日本這本書叫作《創造時代的編輯101》，我們會覺得扯淡，充其量喉舌，哪裏造得出時勢呢？若把書名譯作「編輯那些事兒」，似乎更合乎國情，也頗為時尚，付梓能多賣掉幾本也說不定。

　　此書為日本近現代一百零一位編輯立傳，群賢畢至，每人佔對開兩面。篇幅有限，筆法不一，卻也大致能看出這些人辦刊出書起到了推動歷史的作用，或多或少。編者寺田博，先後

主編過幾種純文學雜誌，擢拔了中上健次、島田雅彥、吉本芭娜娜、小川洋子等作家，名重文壇，因而所選也偏重文學編輯。他說：收錄的一百零一人全都是過渡時期的編輯，毋寧說在過渡時期改變時代的人，那就叫編輯。過渡就可能處於激流之中，未必非具備甚麼目的或理論不可，但一名好編輯需要有靈敏的感覺。憑感覺走在時代的前頭，起碼比讀者先行一步，可能就不免反權威、反權力，這也像是出版的宿命。編輯在文學領域似乎作用更大些。文學史以作家及作品為中心，但是從文壇或文學制度來看，也不可忽略編輯，有時候沒有某編輯就不會產生某作家，甚至某時期的文學，文學史就可能改寫。編輯對作品應具有批評的慧眼，但不是批評家，不是要通過批評建構自己的領域。批評家的批評是馬後炮，他們在浪潮裏衝浪，而編輯協助作家掀起浪潮。一部近現代文學史，換個角度就是編輯史、出版史。

　　日本編輯說到編輯那些事兒，何謂編輯，何謂出版，常說是「志業」。志始志終，那就不得不以「思想上高標準，生活上低標準」的態度來工作。可是，起碼從上世紀 70 年代以降，社會劇變，出版的牧歌時代過去了，出了好書就能到達讀者裏已成為神話。有人說，出版是行業，不應該是產業，出版產業化，勢必跟其他產業一樣向錢看，不容許編輯施展個人之志。而且，編輯在工作上仍舊是手工的、個體的，與產業化之間的縫隙也加大，上班族化也不可避免。很愛談人生的老作家

五木寬之抱怨：大出版社的編輯變成了官僚，把編輯的事交給甚麼工作室，把宣傳的事交給廣告公司，自己只坐在那裏算成本，考慮賠賺。

如今不再是出版一枝獨秀的時代。出版媒體與網絡媒體的區別之一即在於後者沒有編輯，即便有，也不做傳統的編輯工作，倒像是所有的利用者都是作者，也都是編輯和批評家，不專而多能。網絡或手機的作品還要借出版問世，便多了一道編輯工序，按說就能夠提高質量。

文學編輯應該大都有文學才能，或許只是缺少創作激情罷了。過去人們不承認文學的商業性，雜誌也被視為文壇的公器，譬如小田久郎本來是詩人，為了辦思潮社，辦《現代詩手帖》雜誌，便放棄作詩，以確保不偏不倚，使雜誌成為公器，製造了新詩的戰後潮流。大久保房男主編《群像》雜誌十餘年，退休後寫小說獲獎，60歲出道。大村彥次郎主編過多種雜誌，野阪昭如、井上廈、村上龍、村上春樹等作家均出自他手下，和寺田博一樣，退休後援筆寫作。有意思的是，二人都筆耕大眾文學領域，特別是武士小說（日本叫「時代小說」），莫非從圍城裏出來的，根本不看好所謂純文學？大村著有《武士小說興衰史》，寺田著有《武士小說舉要》，兩書大大提升了日本武士小說研究的水準。編輯涉筆文學史，自覺不自覺地總要寫作家及作品的逸事秘辛，叫作文壇史更為確切。實際上純文學雜誌主要靠出版社當作招牌存活着，一旦良心開小差就停了

刊也説不定。像村上春樹這樣的作家，對文學滿懷敬意，卻不睬文壇傳統、出版慣行，不在雜誌上發表作品，也使純文學雜誌減少了存在的價值。

日本編輯搞選題喜歡在酒館裏邊喝邊侃，但經濟不景氣，出版業驚呼「崩潰」，編輯囊中羞澀，自己喝了酒也拿來報銷，假託請作家。以漫畫大發其財的集英社最近被逮個正着，偷税漏税已多年。《創造時代的編輯101》當中沒有收漫畫編輯，至於理由，寺田博説是標準不好定。

暢銷之罪

　　我不會唱歌，也不愛唱歌，連《東方紅》都唱走調，當年對不起毛主席他老人家，現今不知道一個人孑然在卡拉 OK 單間裏我為歌狂是甚麼感覺，不明白同唱一首歌興奮在哪裏。但若說讀書，倒有點我為書狂的意思，卻不大讀暢銷書，起碼是偷懶，既然周圍的人都在看，都在講，聽來聽去也就恍若讀過了，何不省下錢買酒喝。日本以一年裏有沒有銷行百萬冊的圖書，有幾種，衡量出版業興衰，我覺得搞笑。譬如 2009 年出版業績跌回二十年前的水平，可也有一本村上春樹的小說《1Q84》，推理＋奇幻，風吼般大賣，乃至獲得出版文化獎，評論出版就有話可說了。然而，這只是一個小說家獨秀，一家出版社獨贏，至於其他三、四千家，出書賣不掉，怎一個愁字了得。出版的正道是多品種、少數量，百花齊放，也就是文化的正道。同讀一本書，把芸芸眾生讀傻也說不定。

　　走筆寫下「偷懶」二字時想到大江健三郎，2009 年底他出版了小說《水死》，那位主人公當作家五十年，「奮勵努力，

沒功夫怠惰。」大江是十五年前獲得諾貝爾文學獎的，還記得當時江藤淳擔任日本文藝家協會的會長，一大早被堵在門口，答記者問，說自己多年不讀大江了，無話可說。這下讓全體日本人鬆了一口氣，不然，沒讀過大江，豈不是有眼不識泰山。其實，知道大江，表明你有知識；不讀大江，或許表明你有常識。大江是現代文學的方向，宏大難解的神話和瑣碎難纏的私事攪合在一起，村上春樹也相似乃爾，他們被稱作純文學。

評論家江藤淳起初是大江健三郎的戰友，後來分道揚鑣。他自殺多年了，曾明言：保衛文學（純文學），最好的方法是不出暢銷書，文學書出一萬冊就夠了。這一點，和大江所見略同，據一位評論家轉述，大江也說過：純文學的讀者哪個國家也只有三千來人，而且有這麼多就可以認為那個國家的文化是健全的。

與純文學相對的是大眾文學，但「大眾」不再風潮，現在流行叫「娛樂（entertainment）」了。純文學作家單憑一支筆不易為生，幾乎唯有村上春樹，銷量不僅壓過娛樂文學家，還可以跟漫畫家一爭高下。尾田榮一郎預告 2010 年 3 月把漫畫週刊上連載的《ONE PIECE》結集第五十七卷，首印三百萬冊，創出版史記錄，那時節村上也將出版《1Q84》第三卷。小說的書價比漫畫貴得多，《1Q84》半年裏兩卷傾銷二百多萬冊，估算一下，版稅至少進賬四億日圓，而韓國購買翻譯權出價一億四千萬日圓，還有其他語版也要與有「發」焉，真令

人眼紅。三島由紀夫終於沒得到諾貝爾文學獎，他預言「下一個是大江」，但這麼賣錢的村上文學，恐怕大江健三郎是不會舉薦的。

出版人希望出暢銷書，用角川書店前老闆角川春樹的話來說，書暢銷，文化就跟來。照他的意思，文化就像跟屁蟲。這位老闆手下有一員幹將，叫見城徹，角川春樹與弟弟明爭暗鬥，毒品事發而鋃鐺入獄，見城便掛冠走人，創辦幻冬舍，在出版被說成大崩潰的歲月大獲成功。得意之餘，把多年來的講話、對談、雜文湊成兩本書，大同小異，介紹出暢銷書的秘訣，無非抓商機，用機心，變出書、賣書為炒作，為角川春樹開創的角川商法又做出「野性的證明」。

森村誠一有一本推理小說叫《野性的證明》，和他的前一本推理小說《人性的證明》一樣是角川商法的成功戰例，即出版圖書與改編電影並舉，相得益彰。角川春樹蹲大牢，一些作家從角川書店撤走版權，例如曾野綾子，她說：角川商法徹底砍掉沒銷路的作品，早已不再是培育文學的土壤。被角川商法帶壞，整個出版業徹底商業化。《1Q84》暢銷固然是文學的勝利，但角川商法式的大肆宣傳也功不可沒。花那麼大的本錢來宣傳，一本無聊的書也可能暢銷，因為書是消費了之後才悔之晚矣的商品。

有一位社會評論家叫大宅壯一，認為出版這個行當是極其特別的，出版社分作兩類，一類像打魚，一類像種地。打魚要

及早發現魚群，撒下大網，但具有投機性，趕上天不好，網網打不到魚，就只有破產。這就是出暢銷書，發橫財暴富。種地則踏踏實實，勤勤懇懇，一鋤一鏟地耕耘，當然也靠天吃飯（天就是讀者），有好年頭，也有壞年頭，但一年又一年，基本有收成。種地型出版社的典型，他舉出岩波書店。

日本最大出版社講談社有民間教育部、文化部之稱，是大眾出版的龍頭。思想史學者丸山真男曾比較岩波書店和講談社，說岩波書店所形成的岩波文化是西歐型知識分子支撐的，而講談社文化由「次‧亞知識分子」支撐，兩相比較，當年日本法西斯主義勃興是因為講談社文化戰勝了岩波文化。

有人說，書之所以暢銷，是因為平常不讀書的人也跟風購讀，讀就好——出版有理，暢銷無罪。讀就好，這說法不免有武俠小說裏的江湖氣，現實裏跟風而成狂風，橫掃一切，我們見識或領教的還少嗎？

莫須有的日本文學全集

　　全集，可說是日本出版的常規形態。近代作家第一個掛上「全集」招牌的，是 1897 年刊行的《一葉全集》。樋口一葉於 1896 年病故，年僅 25 歲，貧苦一生，現而今肖像卻印上了五千元紙幣。活着出全集，始作俑者是福澤諭吉，從此日本全集的一大特色是「不全」。八十年前的 1926 年，勃興了一場文學全集出版熱，戰後也幾度興時，使作家們先富起來，但 1970 年代石油危機後進入「輕薄短小」時代，盛況不再。家居素有兔子窩之譏，一壁書架讓位給電器，作家出久根達郎正好那時候開辦舊書店，幾卷手紙就換來一套全集。上世紀 90 年代以來經濟不景氣，再不見日本文學全集問世。似乎終於耐不住出版的寂寞，三位有名氣的作家丸谷才一、鹿島茂、三浦雅士鼎足而坐，紙上談兵，「編撰」了一套「最新的」日本文學全集。

　　這樣的全集當然只能是選本。魯迅有言：「選本所顯示的，往往並非作者的特色，倒是選者的眼光。眼光越銳利，見識越

深廣，選本固然越準確，但可惜的是大抵眼光如豆，抹殺了作者真相的居多，這才是一個『文人浩劫』。」這三位選者點到為止，正是要顯示自己的眼光。且將鼎談捏合成獨語，看看他們梳理文學史的眼光大抵如豆，抑或如炬：

選取不以文學史價值為標準，第一個原則是現在讀來有趣，兼顧非主流文化。20世紀文學從森鷗外起步，他是一腳前世紀一腳後世紀，一卷史傳、一卷小說，足矣。夏目漱石總是能跟上時代，要給他三卷，小說之外還要收評論、演講、書信。島崎藤村的《黎明前》讀來讀去天不亮，簡直算不上小說，還是選《家》吧。田山花袋已漸漸被遺忘，正宗白鳥有甚麼意思，都只能跟別人合為一卷。永井荷風，一卷還是二分之一卷？這個人就會搞醜聞，算不上大家。《濹東奇譚》不行，《法國故事》好些內容是抄譯旅遊指南。志賀直哉被譽為小說之神，神的是短篇，那就不收長篇。向來在全集中獨佔一卷，這回讓他跟妻子的表哥武者小路實篤合卷。谷崎潤一郎可得有三卷，這樣與志賀直哉反差強烈，才表明戰後六十年來文學眼光的變遷。白樺派都是「死盯客」，合為二卷吧。芥川龍之介還不如中島敦，半卷也就夠了。他學法國的安那托爾·法朗士，可能讀的是英譯本，沒學來寫情慾。佐藤春夫半卷，而夏目漱石的弟子內田百閒有才能，有意思，給他來一卷，這可是歷來全集未曾有的待遇。大眾文學的中里介山和岡本綺堂、大佛次郎和吉川英治，每一位半壁江山。川端康成一卷，橫光利一一

卷。林芙美子的小說現在年輕人很接受，但夠不上一卷級。阪口安吾是現代小說的破壞者，卻寫得不好，那些評論等可以立一卷。太宰治一卷，後期作品不如前期和中期好。所謂第一戰後派，例如野間宏，想寫大作卻沒有那個力量，描寫及議論都圖示化。武田泰淳是搞中國文學的，認為中國文學否定戀愛，小說《司馬遷》寫得好。埴谷雄高是戰後文學的社會派，而大岡升平屬於藝術派，《萊特戰記》是太平洋戰爭的紀錄，值得來二卷。中村真一郎的隨筆體小說比永井荷風好，再加上評論，湊半卷。三島由紀夫是沒有幽默的人，作品往往前半非常好，後半就邏輯混亂，《金閣寺》是一個典型。小說再加上劇本，一卷可以了。娛樂小說的翹楚井上靖，人非常好，可以當鄰居，但文學全集就免了。司馬遼太郎和山本周五郎結夥，松本清張與水上勉搭幫，各成一卷。最後是第三代新人，雙雙起舞，合為三卷。但大江健三郎是諾貝爾文學獎得主，特殊對待。曾有人把日本文學分為三類：私小說、普羅文學、藝術派，如今作家也無非私小說似的、普羅文學似的、現代主義似的。村上春樹是現代主義的代表，井上廈是普羅文學，而大江健三郎是私小說似的，有一種拉美風格，是現代年輕小說家的先驅，來一卷收尾。

從古至今皇皇一百七十二卷，誰家給出版呢？文學與出版都不見起色，呵呵，畫餅充飢。

可愛的日本文學史

　　幾年前，為一種雜誌寫日本文學小史，恰逢中央公論社印行唐納德・金撰寫的《日本文學的歷史》，便零零散散地買來參考。小史連載了一年，結束後收拾敗鱗殘甲，不禁吃了一驚：金著十八本，摞起來沒膝，居然被瀏覽一過。若不是為了作文，諒我逛書店也未必有翻閱它的興致，雖自嘲小題大作，但相比之下，這位日本文學研究家閱讀那麼多作品，教日本人也驚嘆，唯有佩服而已。他不承認自己是天才，但我非說他是天才不可，這樣，作為普通人才得到一點自慰。事後這套文學史一直擺在書架上，不單壯觀，更因為可當作工具書，時常翻檢。

　　唐納德・金（Donald Keene）是紐約人，生於 1922 年。在哥倫比亞大學讀書時發生太平洋戰爭，入海軍接受日語特訓，從事情報工作。戰後轉向日本文學研究。自 1948 年在劍橋大學就學並執教五年；那時，英國瀰漫着反日情緒，劍橋人更難忘日軍酷使戰俘修築緬甸鐵路的噩夢，金講授日本文學，需要用「東方文學」掩人耳目，很有點傳教士一般的心情。他

第一次來日本是 1953 年，在京都大學留學兩年，專攻近世文學。後來半年在美國當教授，半年在日本生活。母校哥倫比亞大學設置了唐納德‧金日本研究中心。著譯「超」身，在日本得過不少獎，一枚是勛二等旭日重光章。三島由紀夫自裁前給兩位外國朋友寫了信，金是其一，委託金翻譯他最後的小說《豐饒之海》。

金最初用日語寫的文章是談論谷崎潤一郎及其作品的英譯，沒說好話，日後與谷崎有了交往，又寫信道歉。所以，他自許論及不喜歡的作品也不隱瞞觀點就不免令人懷疑。他的文學史本來是講給那些毫無日本文學知識的學生聽的，幾乎不觸及他本人不喜歡或者學生會感到無聊的作品，儘管著書時做了補救，但到底掩不住主觀的色彩，也就顯出特色。這種態度，通常為標榜客觀的本國史家所不取。不過，取捨也不曾遠離既成的框架。例如近世隨筆（日本文學史上，近世指德川時代，近代指明治時代以降），他認為，「人在一生裏能閱讀的作品量有限，而且通觀近世隨筆，也未必能說水準高到值得廣泛研究。同樣的理由，儒者寫的作品之中雖然也時有經得起文學評價的東西，但也暫且放到一邊，不作為這部文學史處理的對象」。這就與日本的文學史家向來不重視近世隨筆有關。即便是《花月草紙》那樣的名隨筆，或因其「擬古的雅文體」，也成了「不被讀的大作」。雖然，金的側重詩歌、小說、戲劇，也可能基於西方文學史視角，忽略了日本文學的隨筆本色。

一度聽説有人打算把《日本文學的歷史》迻譯為中文，但不知下文如何，大概此舉需要出版人付出點文化使命感。對於中國人來説，此書遠遠比日本人撰著的文學史可讀，況且還具有東西方文學比較的長處，但厚重太長，怕是文學專業的學生也難以卒讀。想起一句品評唐代柳公權書法的話：若縮為小楷，尤為可愛。唐納德‧金用功二十五年成就這部文學史，若盡量刪去大量的作品引述（説來也是作品部份不好譯），縮為兩三卷，當尤為可愛。

對　談

　　對話與對談，從詞典的解釋看不出多大區別，但就我的感覺，日本人使用這兩個詞還是有所不同的。柏拉圖的著作叫對話，不叫對談。對談是真談，對話則較為抽象，可能是虛擬，紙上談兵，似乎比對談高一個檔次。大人物和小人物交談，看似平等，但名之為對話，就不同尋常，帶有了俯就與仰望。

　　歷史小說家司馬遼太郎說：和西方或印度不同，人與人相見，就一定的主題交談——當然並不是蘇格拉底那樣的，無非有點抽象性的雜談，這種習慣在日本直到明治年間幾乎是沒有的。江戶時代末葉，志士從各地匯聚京都，卻沒有共通的口語，雖近在咫尺，要緊話也得用書面語言寫下來，由人來回傳遞才得以溝通。

　　江戶時代最高的教養是純粹漢文，文化人可以借助於筆談和朱舜水、黃遵憲們交流，受教獲益。古漢文言簡意賅，筆談起來不會像現今這麼囉唆，寫一大堆也不得要領。

　　極端地說——這也是司馬說的——能進行對話的日語在二

戰失敗後的社會才終於成熟了。不過，日本對話並不像西方那樣立論反論，而是尋求跟對方相似相近的部份，使彼此的這部份重合，皆大歡喜，其根源在於稻作社會所造成的性格。

二人相對而談，三人鼎談，人再多就座談，是日本很常用的活字表現形式。一旦出了名，就會在雜誌上對談，談來談去便結集出書。作家當中有不少對談的高手，例如評論家、小說家丸谷才一常領銜對談，集在他名下出版。對談的內容及風格因雜誌而異，丸谷曾列舉各類雜誌的對談高手，文藝雜誌是小說家武田泰淳，綜合雜誌是劇作家山崎正和，週刊雜誌是小說家吉行淳之介。小說、戲劇靠會話（主要是對話）成立，小說家、劇作家善於對談也像是理所當然。二人面對面，但心存讀者，是在為讀者而談。對談不是問答，不是訪談，有主次之分，卻不能聽一人侃大山。逢場則滔滔不絕，這種人最自我中心，目中無人，缺少每事問的謙遜。對談是交流、交鋒，雙方都得到啓發、刺激、誘導。欠缺邏輯性，用語不明確，丸谷才一絕不跟他談。小說家遠藤周作在世時也很會對談，他給兒子講過竅門，那就是充份調查對手，倘若是建築家，就要去參觀他的建築，通過各種渠道了解他最近的興趣嗜好。主談要能使甚麼話題都津津生趣，訥於言的人也能跟着談起來，還要會聽對方的話，耐心聽。

對談有如北京人踢毽子，各逞其能，卻不讓毽子落地，而不是打乒乓球，一心要把球扣死在對手的台前。從技巧來說，

有贊同，有反論，也要有讓步。專攻歷史社會學的小熊英二當過編輯，根據他的經驗，對談這件事說容易那是再容易不過了，但認真做好也非常費工夫。不即不離，泛泛而談，很容易，而彼此能動中肯綮地交流，內容充實，就有了難度。作家村上龍高度評價小熊英二的著作，出版社請他們二位對談，小熊要求給他一週時間，先閱讀村上的作品，若深感興趣，有話要說，那才能應允。一場好對談，事前準備為三分之一，實際對談的好壞為三分之一，為發表而整理也要佔三分之一。

池田大作可能是日本對談第一人，已經和國家首腦、有識之士七千人進行過對談，出版對談集五十餘種。就中國人來說，他曾和常書鴻、金庸、季羨林對談；最近又和饒宗頤對談（孫立川主持），在《香港文學》雜誌上連載，這大概是他首次在日本內外同步把對談發表。池田很愛用「戰鬥」的說法，他說：「所謂戰鬥，就是觸發，就是喚醒人性的對話，我要把畢生用在這上面。」1972、73兩年，他和英國歷史學家湯因比在倫敦對談四十個小時，結集出版，已譯成二十七種語言。年長四十歲的湯因比鼓勵池田：「我強烈希望你在世界上捲起對話的旋風。」新儒家代表人物杜維明稱讚池田「和湯因比博士對談以來，推進真正的文明之間的對話」。池田大作可以跟任何人對話，基礎即在於「同樣是人」。身為宗教領袖，他主張人不是為宗教，而宗教必須為人。池田大作還是攝影家，把自己在世界各地舉辦的攝影展題為「和自然的對話」。

閒看蒼蠅搓手腳

　　杜甫有詩，吟他不關心雞蟲得失，掉轉了眼光，去看窗外的寒江。那種心態，恐怕不是常人如我者往窗前一倚就學得來的。不過，不看是一種態度，看也是一種態度，像小林一茶的俳句那樣，看蒼蠅在那裏搓手搓腳，倒也蠻有趣。

　　聽說測試人的時間感覺，才五、六秒，上年紀的人就覺得有十秒了，而年輕人過了十秒還覺得沒到，由此可見，歲數越大越有時間緊迫感。上學年代，聽一堂課很難熬，在書桌上刻下記號，看日影一點點移動。這時，偶爾有一隻蒼蠅落在書桌上，舉起一對手腳搓來搓去，煞是好玩。看得入神，直到一片巨大的陰影遮過來把牠驚飛──老師站在了身旁。蒼蠅是四害之一，人人口誅筆伐手拍，當然不可愛，「凍死蒼蠅未足奇」。下放到農村，抽泣地接受淒厲的再教育，更加痛恨蒼蠅嗡嗡叫，一隻就足以搞得你無法偷懶打盹。倘成百上千，轟轟然，密匝匝，聚集在黑黢黢的天棚上，一掀開鍋蓋，熱氣蒸騰，便紛紛熏落到鍋裏，好一幅眾生投身飼虎圖。幸而飯黃菜綠，蠅

屍歷歷，不至於囫圇吞下去。現在想來，那時若有些一茶似的心情，或許不至於在那麼廣闊的天地裏無所作為。

小林一茶（1763-1827）是江戶時代後期的俳人。他的俳句如實表現自己的生活和情緒，在自然主義勃興的大正時代被另眼看待，乃至提升到與芭蕉、蕪村齊名的位置，分別代表俳句史上一個時期。自然主義文學的代表人物島崎藤村說：「一茶是在詩歌上極度樹立了自己的詩人。像他那樣以自己為中心，不憚使用『我』或『己』之類的詞語，在俳諧世界很罕見。」周作人推崇「一茶的詩」，恐怕也是受時潮影響。他說：「一茶的詩，敍景敍情各方面都有，莊嚴的句，滑稽的句，這樣那樣，差不多千變萬化，但在這許多詩的無論哪一句裏，即使說着陽氣的事，底裏也含着深的悲哀。」這卻是我還不能玩味的，所以，「不能說真已賞識了一茶的詩的真味」。

芭蕉閒寂，蕪村飄逸，而一茶不失率真與素樸，把感動單純化，滑稽中童趣益然。動物有生存能力，而人類在生存能力之上還具有生活能力。一個嬌生慣養的女孩兒出門在外，如過去的上山下鄉，如現在的漂洋過海，她可以靠本能在陌生而冷酷的環境裏活下去，活得令人驚疑，那往往不過是維持了生存（生命的存在）而已，絕然談不上享受生活（人生的快活）。一茶人生頗悽慘，是「貧困的庶民詩人」。他熱愛萬物，與其說關心生活，不如說熱愛着生存本身。從最低的生存之中討出生活的最高樂趣，蒼蠅、跳蚤、青蛙快樂地活躍在筆下。但童

心深處，潛伏的是無常感。他有一句名俳，廣為人知，也是吟青蛙：瘦蛤蟆，有一茶在此，別敗退。給青蛙助戰，沒有芭蕉的閒寂禪味，在軍國主義時代被選入國定教科書。

　　話再回到蒼蠅上來，我最喜歡這句歇後語：蒼蠅叮在玻璃上——有光明沒前途。似乎可改作一首漢俳，試之：光明燦燦呀，蒼蠅叮在玻璃上，前途幾萬里。

奧之細道

　　芭蕉於元祿二年三月二十七日（公元 1689 年 5 月 16 日）從江戶出發，有時乘船，偶爾騎馬，基本是步行一百五十天，9 月 6 日抵達大垣，行程二千四百公里。年過不惑，他決心把今後的人生消耗在旅行上，到 51 歲去世，十年間多次出行，這次最壯大。

　　後人對出行的原因百思不解，眾說紛紜。一說，元祿二年是芭蕉敬仰的西行辭世五百年，他要沿着這位歌僧（善於和歌的僧人）的足跡走一趟。確實，《奧之細道》遊記中多有緬懷西行的辭句。也有小說家言，丸谷才一在小說《輝煌的日宮》中寫到芭蕉不遠千里去祭奠源義經的冤魂——源義經幫異母兄源賴朝討滅平氏，反倒被相煎，在平泉自殺，時值五百年。

　　平泉在岩手。明治新政府廢藩置縣，如今行政區劃為一都（東京都）一道（北海道）二府（京都府、大阪府）四十三縣，面積最大是北海道，其次為岩手縣。與北海道隔海相望的東北地方有六縣，即福島、宮城、岩手、青森、秋田、山形，古時

候是陸奧國和出羽國，陸奧國別稱奧州。芭蕉此行不限於奧州。從構居所在的深川啓程，一路北上，然後西折，沿日本海迤邐而下，最後轉向內陸，在岐阜縣大垣結束了旅程。整個行程是奧州、出羽、北陸，而且在大垣停留半個月，又前往伊勢。他居無定所，心無所住，總是在漂泊，旅行也無所謂結束，只是在哪裏告一段落而已。

端午前一天，芭蕉走到仙台，結識了當地一個叫加右衛門的畫工，他多少懂俳句，而且把藩內各地的「歌枕」調查了一番。歌枕，指古代和歌裏吟詠的名勝之地。詩云：人事有代謝，往來成古今；江山留勝跡，我輩復登臨。（孟浩然《與諸子登峴山》）芭蕉的遠行就是要遊歷這些歌枕，為此，伴隨他行旅的曾良事先查閱古籍，寫好「名勝備忘錄」。行旅歌枕的世界也就是徜徉於古典世界。

加右衛門殷勤導遊，讓芭蕉處處能想起古人的吟詠，展現了歌枕世界的魅力。他還給畫了松島、鹽灶等處的地圖，又贈送草鞋。第二天芭蕉就按圖遊覽，發現了一條叫「奧之細道」的小路，山邊生長着菅草，它是編席子的材料。《伊勢物語》曾寫到「蔦之細道」（在今靜岡市），這條細道在古代歌枕當中很有名，是旅行之本義的象徵，芭蕉也要在奧州走出一條「細道」。時間在空間移動中流逝，一路上遊覽、思索、創作，和門徒們聚會，使地理性移動昇華為精神之旅，審美之旅，這就是「不求古人之跡，求古人之所求」。芭蕉為門人許六題寫

離別辭，說探尋前人如西行的和歌留傳下來的「細細的一脈」傳統，絕不迷失。

元祿四年（1691）十月二十九日返回江戶後，芭蕉並沒有立即援筆記述這次遊歷，可能是四年後，元祿六年（1693）「閉關」一個來月寫成。時過境遷，和現實隔開了一段距離才能更清醒地把握，也才能浪漫起來，便於創作。尤其重要的是，這一期間芭蕉從思想到風格，即所謂蕉風，成型而定型，基本理論都寫進這篇遊記《奧之細道》裏。

曾良記有日記，1943 年公佈於世，雖沒有文學價值，但有關旅途上的事情，看來比《奧之細道》更可信。人們這才恍然，《奧之細道》並非如實紀行。芭蕉壓根兒不打算記錄行程，而是要創作文學，尤其要抒寫自己的文學主張。把《奧之細道》當作一般意義上的紀實讀，自不免頗多不解之謎，傷人腦筋。

芭蕉寫了幾種遊記，唯有《奧之細道》能確定書名是他本人起的。元祿七年（1694）五月，芭蕉回鄉，把謄清的稿本送給哥哥。十月在大阪病倒，一命嗚呼。元祿十五年《奧之細道》在京都刊行。

1995 年發生阪神大地震，大阪市一個舊書店主人從倒塌的自宅看見了幾年前買進的《奧之細道》抄本，劫後餘生，便請人鑒定，居然是失傳二百五十多年的芭蕉親筆草稿。草稿上貼紙修改，多達七十四處，有的地方甚至貼了兩層紙，可見推敲之認真。

《奧之細道》在芭蕉的散文中最為著名，是遊記文學的巔峰之作，被列為日本十大古典之一。和文與漢語間雜，俳句與散文融合，雅俗一體。若譯作中文，也就萬把字。開篇引李白名句「夫天地者，萬物之逆旅」，旁徵博引，有人查考計，引據中日典籍多達一百二十三部。

　　莫非為便於乞食，芭蕉旅行常打扮成僧侶，「似僧而有塵，似俗而無髮」。仗劍也好，拄杖也好，遊歷名山大川，讀萬卷書行萬里路，是我們自古崇仰的人生，但芭蕉似乎太多些愁苦。早於《奧之細道》，他在另一名篇《幻住庵記》中寫道：「雖然這麼說，卻並非一味地酷好閒寂，要隱跡山野，只是有點像病倦而厭世的人罷了。」

　　大致沿芭蕉的細道走一圈，如今當然要利用電車巴士之便，自駕則更妙，領略江山留勝跡，往來成古今，也不妨浩嘆一聲人事有代謝，我輩復登臨。

蛙跳水

一本日本書，如果封面畫了蛙，那就很可能是關於俳句的。蛙幾乎是俳句的象徵，皆由於芭蕉的那首蛙跳水。

奠定近代俳句之基礎的正岡子規對芭蕉不大恭維，說「芭蕉的俳句過半盡是些惡句劣句，堪稱上乘者是少數，不過幾十分之一」，但他也得說：「天下對俳句一無所知的人無不能背誦古池」。

這首俳句在日本是一個常識，好像我們的床前明月光，膾炙人口，可能也是翻譯最多的，百花齊放。周作人認為俳句是不可翻譯的，也真就不再勉為其難，只照搬字面：古池呀，青蛙跳入水裏的聲音。從寫作的手法來說，它大概跟中國古詩的池塘生春草、潮來天地青之類差不多，還有一句更相似：娵隅躍清池。見《世說新語：排調》：郝隆為桓公南蠻參軍，三月三日會，作詩，不能者罰酒三升。隆初以不能受罰，既飲，攬筆便作一句云：娵隅躍清池。桓問：娵隅是何物？答曰：蠻名魚為娵隅。桓公曰：作詩何以作蠻語？隆曰：千里投公，始得

蠻府參軍，那得不作蠻語也。——呵呵，真乃「俳調」也。照此辦理，試譯：蛤蟆躍古池。日語的「蛙」是總稱，芭蕉未必就確定了青蛙，故譯作蛤蟆才是。

據說把蛙跳水譯到英語世界，照譯為 frog，由於讀者對青蛙早已有固定的文化印象，就會像猴子、驢一樣，使意境變成了滑稽或諷刺。不過，我覺得那也得照譯，因為這正是一個了解並理解異文化的機會，也如賞能戲，不可以把面具替換成歐羅巴的鬼臉。值得注意的倒在於主語，主語是古池，古池發出水聲，而不是青蛙造成水聲，就是說芭蕉着眼於古池，用青蛙跳入，寫主體古池的沉寂，響動，再沉寂。倘若寫青蛙，或許就會按傳統寫蛙鳴吧。芭蕉厭煩了貞門派的語詞遊戲、談林派的獵奇以至搞怪，轉而為藝術而生，取材於日常生活，平易地抒寫閒寂之趣。這古池就是沉寂而陳腐的俳壇，被一聲水響打破，蕉風乍起，誠如正岡子規所言，「芭蕉本人以這一首為自家新調的劈頭第一作」。

這首俳句在江戶時代就已經聲名遠播，影響甚巨，有人這樣記述：「我祖芭蕉翁，以古池之高吟，俾正風之俳諧遍及海內，樵漁之民亦排比五七五，而逐犬之童，擊毽之女，說翁則皆知乃芭蕉也。」之所以能做到這個程度，首先就因為它簡單至極。但越是簡單，反而越是令人猜疑，好似一張白紙沒有負擔，任人畫新或不新、美或不美的圖畫。正岡子規就付之一笑：「物換時移，這首紀念性俳句被忘卻其紀念意味，反而誤解為

芭蕉集中第一佳句，終至臆說百出，生出奇奇怪怪的附會，蠱惑俗人」；「古池句的意思就是字面所表現的意思，沒有別的意思。」

雖然詩無達詁，但解釋得玄之又玄，就近乎夢囈。高濱虛子把正岡子規的意思說得更清楚：「其實如這首俳句，不能認為好得那麼不得了，無非說院子裏有古池，而且青蛙跳進去的聲音聽來很寂寥罷了。加以牽強附會之說，將其弄成神聖不可侵犯，是不值得一談的，無須解釋得更複雜。說它使芭蕉開創出所謂芭蕉俳句，畫一個紀元而有名，這是可以接受的說法。芭蕉頓悟的俳句就是這一首。以往的芭蕉拘泥於叫作談林調、竭力地滑稽俏皮的時代，自從作了這首俳句便造成像今天這樣照寫實情實景的芭蕉派俳句。」

虛子出自子規門下，主張「客觀寫生」，主張「俳句應以古池那樣照寫實情實景為正道」。周作人談俳句，基本是沿用他的主張。順便一提：高濱虛子著作權於 2009 年 12 月 31 日過期。

池塘生春草，生這個動詞承前啓後，我們覺得是一句，若照用芭蕉的手段，變成池塘生的春草，話就好像沒說完。青蛙跳入水裏的聲音，寫的是實景，但水聲怎麼啦？作者不作聲了，讀者只好自己去猜想以及瞎想。俳句基本用名詞收尾，似乎就是為話留半截。與其說是含蓄，不如說是殘缺，這種不完整卻正是日本自古以來的審美。

水聲，有人戲譯了一聲噗通，本來正岡子規就這麼解説的：「聽見青蛙跳進古池噗通一聲響，芭蕉就照直吟詠了」。説來俳句的半截話，真有點像我們説歇後語：青蛙跳進老池塘——噗通（不懂）。這首俳句是芭蕉 42 歲時創作的，他 51 歲那年與人唱和，創作了這樣一首：

　　噴薄一輪出
　　太陽要聞梅花香
　　山路暖和啦

　　據説妙在創造了一個被我譯成「噴薄」的擬態詞，形容太陽的溫暖與上升速度，道人所不能道，驚世駭俗，以致擬態詞流行。那麼，或許蛙跳水用擬聲或擬態詞更好些呢。當年下鄉務農，茅屋就蓋在湖畔溪邊，夜裏常聽見蛤蟆受驚跳進水裏，響動很輕微，但利落而清亮，那個跳水女王的入水庶幾近之。
　　小説家阪口安吾説，這首俳句有語言的純粹。

蜀山人

　　東渡之初，還曾想專攻日本漢文學史來著。

　　這是有取巧之心。漢文學，哪怕是學走樣的或者與實際相結合的所謂變體漢文，對於中國人，也應該比現代日本語容易吧，當初就這麼想。記得多年前一位名聞讀書界的學者批評台灣某日本學專家把日文翻譯成中文有如「芭蕉的蛤蟆跳池塘──不通」，其實，專家是照搬了變體漢文，未施加翻譯。譬如有這樣的七律：先生趣似東方朔，玩世年來面白遊，一段機嫌酒疑浴，百篇狂詠筆如流，近鄉在町聞風起，遠國波濤結社稠，打犬兒童知寢惚，名高六十有餘州。詩中「面白」、「機嫌」等費解，原來是日本人製造的漢字詞語。古時候日本劃分六十八國，也叫州，江戶時代浮世繪師歌川廣重（1797-1858）畫有六十餘州名勝圖。這位「寢惚先生」名氣真夠大，連招貓逗狗的兒童都知道，何許人也？

　　他就是「蜀山人」。此人和漢融通，雅俗兼具，為人瀟灑，處世達觀，像我們的唐伯虎一樣，死後也變成一個傳說（有些

說法就是從中國抄來的，例如舊僕賣紙燈籠，他揮毫題詞，於是乎遠近爭購），與一休和尚齊名。卒於 1823 年，現代文學家永井荷風說：死後一百年，江戶時代雷名一世的名士隨維新以來的時勢漸次被忘卻，唯獨蜀山人聲名依然如故，世人猶珍重其斷簡殘編。然而，又一場戰爭過後，蜀山人湮沒無聞。近年人們對江戶時代及文化感興趣，流為時潮，也幾乎未見蜀山人復出，恐怕原因只在於蜀山人是漢文的。雖然江戶時代最高級文化是漢文，但戰後漢文教育衰敗，已經幾代人讀不來漢文。

近代文學家森鷗外的漢文老師依田學海為蜀山人立過小傳，漢文，有云：「大田覃，號南畝。幕府人士。好學，善文章，旁作遊戲國歌。滑稽詼謔，雖村老野嫗莫不絕倒。世所謂蜀山先生者也。」他生於 1749 年，19 歲印行《寢惚先生文集》，一舉成名天下知。這個小文集裏收錄「狂詩」二十七首。明治以前，說詩就是指漢詩，也叫作唐歌，即中國舊體詩。蜀山人學詩，學的是荻生徂徠（1666-1728）一派。徂徠醉心於文必秦漢、詩必盛唐的明朝古文詞派，以模擬為能事，傳到蜀山人，已經是末流，以至於變態。看似漢詩，卻是在搞笑，被稱作狂詩。甚麼都能拿來搞笑是日本人的天性，但也可說是學詩不走正道。況且學人家的東西就要模仿，模仿很容易流於諧謔。不過，能夠狂起來，玩語言遊戲，也表明把漢文漢字學到家，由雅倒向俗，或可藉以緩解外來文化的壓抑，

鬆動傳統體制的禁錮。

狂詩古已有之，並非蜀山人始作俑，但豈止江戶，《寢惚先生文集》也衝擊京都和大阪，一時間狂詩盛行於世，以致定型為滑稽文學之一，所以稱他為鼻祖亦不為過。後來又戲仿《唐詩選》裏一些詩，刊行幾本狂詩集，例如李白詩《越中覽古》中有句「宮女如花滿春殿，只今惟有鷓鴣飛」，被篡詠為「越中褌」，一種有帶子（紐）的兜襠布（褌）：「木虱如花滿縫目，只今惟有懷中紐」。狂詩是江戶文化由爛熟走向頹廢的產物，玩世不恭，或許有「以無意義對抗體制意義」的意義。作為時代的寵兒，蜀山人獨領世風，但井水犯河水，文壇領袖被誤植為學界權威，就不免慘遭譏諷。精於考據的大田錦城不把他放在眼裏，蜀山人懷恨，作詩回敬：一混巴人下里群，不能詩賦不能文，錦城上客如相許，五月薰風醉此君。中國文學研究家青木正兒也貶斥蜀山人的狂詩是劣等手段的愚作。

狂詩畢竟是漢詩，賞玩者限於讀解漢詩文的知識人，讓「村老野嫗莫不絕倒」的不是狂詩，而是「狂歌」，即「遊戲國歌」，也就是滑稽詼諧的和歌。狂歌也古已有之，蜀山人1775年編纂刊行《萬載狂歌集》，用自己的才氣和熱情使這種遊藝變成一種文藝樣式，並風行於世。永井荷風認為「蜀山人的狂歌確然冠古今」。民眾文化追求笑，18世紀中葉狂歌與浮世繪同時勃興，共同之點即在於笑。有如當今中國民眾之熱衷於小品，以富有機智的快活精神享樂文化，但小品是幾個

人演給大家看，狂歌則眾人參與，讀以及作，或許更近乎寫段子、傳段子。笑的文學是現實的文學，時過或境遷就笑不起來，只能讓江戶人自得其樂。用今天的文學尺度，狂歌已不值得鑒賞，這也必定是小品的宿命。

蜀山人自負為天下狂歌名人，因狂歌而成為幕府貪官的嘉賓。「今年三百六十日，半在胡姬一酒樓」，乃至一擲千金，把妓女贖回家當妾。1816年用漢文為小山田與清著《擁書漫筆》作序，有云：「清人石龐天外集云，人生有三樂，一讀書，二好色，三飲酒，此外落落都無是處，奈何奈何。余讀之，不覺擊節，曰：不圖此漢酒飯囊中有如是讀書種子也。」蜀山人追求這三樂，但後來作詩，只説讀書與飲酒之樂：欲知六十餘年樂，萬卷藏書一酒樽。卻原來年將不惑，掌權者更迭，所倚仗的貪官被處死，怕牽連，趕緊從花天酒地抽身，就此訣別了狂歌世界。老老實實當世襲的警衛步卒，每週出勤兩天，餘閒則閉門攻讀聖賢書。科考合格，當上一介小文吏。數年後出差大阪官銅主管所一年，這是他生來第一次出門遠行。本來是名人，自然少不了唱和，在那裏起了個雅號：蜀山人。銅，別稱蜀山居士，據説出自清人《事物異名錄》。他還説「不知者以為真號，呵呵」，豈料這「假」名號叫得響，留傳後世。

蜀山人一生鍾情於漢詩，孜孜不倦，寫下四千七百來首，但詩多好的少，恐怕在江戶時代只能屬於二流。72歲首次刊印漢詩集《杏園詩集》，序是多年前出差長崎時請一位叫張秋

琴的清朝商人事先作好的，讚之為「東都詩宗」，溢美而已。其中有一首悼長女夭折，可算是好的：抱罷明珠掌上空，苦沾雙袖淚痕紅，西窗一夜多風雨，猶似呱呱泣帳中。與一流漢詩人相比，立見高下，譬如菅茶山——「蜀山人移家於學宮對岸，匾曰緇林，命余詩之：杏壇相對是緇林，吏隱風流寓旨深，每唱一歌人競賞，有誰聽取濯纓心。」

他真有濯纓之心嗎？我愛讀的是蜀山人隨筆。二十多年前來日本，正好岩波書店刊行《大田南畝全集》，在圖書館閒翻，竟生出研修日本漢文學史的念頭。美國的日本文學研究家唐納德·金說：「人一生之間能閱讀的作品量有限，而且近世隨筆從全體來看也未必能說有值得廣泛研究的高水準。」所以他撰著日本文學史，皇皇十八卷（日譯本），未觸及江戶時代的隨筆。我卻覺得隨筆有知識，有世態人事，比西方人視為正統的小說更有趣，特別是日本的漢文隨筆，讀來更有點孫猴子在人家園子裏吃桃子的快活，還敢於指點好壞呢。以前我寫過牽牛花、山茶花之類，其實都是讀蜀山人引發的，他寫有「牽牛花發瓦盆中」、「新花百種鬥牽牛」的詩句，還寫有「酌酒而醉，主人請名其居，因名椿亭。客有講本草之學者，難曰：是山茶也，非椿也，流俗承誤，莫知是正」云云。樂在讀，讀餘也率爾操觚，如今用電腦，劈哩哩啪啦啦，不免更率爾。

永井荷風說：「余常以《伊勢物語》為國文中之精髓，以芭蕉和蜀山人的吟詠為江戶文學的精粹。」但當今日本，無人

不知俳聖芭蕉，卻很少人知道蜀山人。研究蜀山人，永井是先驅者，他還把三樂之説抄譯在日記中，但「石龐」誤為「石龐天」，編者不察，岩波書店版《荷風全集》就這麼印着。石龐，字天外，我也不明不白，所幸終於沒有去搞甚麼漢文學史。

幽漢俳一默

　　江國滋的《俳句行旅》是 1988 年 5 月出版的，還在我來日本之前，偶然翻閱，想看看那時去中國旅行的日本人是怎樣的眼光，卻得到意外的驚喜，其中記述了林林先生。人生五十年，大概以前我獨自拜見過的名人只有這一位，即林林先生。他當時有好些名銜，而我得以登堂入室，是他擔任着日本文學研究會會長，我編輯雜誌，去請他翻譯俳句。江國滋說，先生在他的筆記本上用圓珠筆寫下一首漢俳：

　　花色滿天春，
　　但願剪來一片雲，
　　裁作錦衣裙。

　　我之所以驚喜，就因為陋室的書架上也擺着這首詩。先生笑瞇瞇地拿出一枚色紙，伏在寬大的辦公桌上揮毫。墨是研好的，看來他平素愛使用毛筆。那時我第一次看見色紙，由此

生出的文化好感大大超過了 80 年代更其難得的索尼或日立彩電。先生「臉色紅潤，兩簇長壽眉抖動」，給江國滋留下烙印，使我也油然憶起他的長者風貌。楊柳依依，算來先生已九十高齡。

早知林林先生是漢俳運動帶頭人之一，也讀過一些人的創作，但到底把俳句看得太高深，連帶對漢俳也敬而遠之。來在日本，時間久了，發現沒有報刊不登載趁時應景的俳句。俳句只有十七音，當代更少了規矩，以致一億日本盡俳人，少說也有三千萬。那條令人拍案叫絕的交通標語不就像一首俳句麼：好急呀，如此小日本，去哪裏？和千古絕唱「古池喲，青蛙跳入水聲響」相比，伯仲之間耳。正因為過於普及，俳句常被用來做廣告，也易於變成標語口號。現在重讀林林先生的創作，漠然覺得名為漢俳，卻恰恰欠缺了一個俳字。俳者，俳諧也。

連歌是兩個人唱和，一人先吟發句（可斷為三句，音節五七五），另一人和以付句（二句，音節七七）。付句的內容往往是承上，點明、歸結、引申等。餘興未盡，故意用俚語俗諺，脫口而出，惹人發笑，那就是俳諧連歌。俳諧的發句獨立，定型為俳句。所以，俳句本來是笑的詩，別具滑稽性和庶民性。芭蕉俳句講求閒寂的禪味，但也不曾顛覆笑，而是提高了笑的意境和品位。這種笑，更需要有客觀地審視自身的能力。

俳句切掉了付句，把那兩句的意蘊和餘地留給了讀者，像是和讀者唱和，悠然有不盡之味。俳句的含蓄甚而超逸了含蓄

的概念，是一種「未完成」的效果。拿中國的歇後語打比方，就是省掉了後文。翻譯成外國語，好似又加上付句，自然要添出許多的意思，甚而走味。漢俳非俳，並非因中文是一字一意，難以像俳句那樣含蓄，而是根本未移植俳句的精髓──幽默。或許創作者們太想要開出中日友好之花，又極力向中國傳統靠攏，結果一方面顯出媚態，另一方面就自絕了前途。中國人缺少西方式幽默，但從來不缺少東方的滑稽，這只要聽聽街頭流行的民謠就清楚，都像是漢俳的璞玉渾金。

誤譯的深度

　　日本是翻譯大國，甚而自明治以來的日本文化被譏為翻譯文化，思惟方式也幾乎是翻譯文化的。出版社岩波書店承擔了日本近現代教養主義文化，有岩波文化之稱。據出版統計，當今翻譯書比重最大的是韓國，其次德國，而日本位居第三。所謂在所難免，翻譯大國自不免是一個誤譯大國。乃至有人說，日本應該叫翻譯家的天國，誤譯怪譯謎譯胡譯缺胳膊少腿譯橫行無忌。

　　從事著作權買賣半個多世紀的宮田升寫過一本書，叫《戰後翻譯風雲錄》，更有意思的是副題：譯者是神的時代。戰後之初，書荒思想荒，翻譯着着實實神氣過。經濟學家都留重人主導翻譯美國經濟學家加爾布雷思的著作《不確定的年代》，1978 年暢銷，不料有個叫別宮貞德的人跳將出來，指摘書中的誤譯。這別宮一發而不可止，四處挑錯，結集了八本《誤譯謎譯殘譯》。受其影響，又有個律師，不拘於英美法學，還博覽阿加莎・克里斯蒂之流的推理小說，把誤譯記錄在案，彙集

為《推理小說的誤譯》。有人橫挑鼻子豎挑眼，譯者就不好過神仙日子了。

法官誤判，醫生誤診，記者誤報，都會是事件，但惟其對誤譯，人們不大放在心上。其實，何謂誤譯，不大好定義。1945年美英中三國發表波茨坦公告，促令日本投降，剛當上內閣總理大臣三個月的鈴木貫太郎答記者問，說予以「默殺」，媒體譯作「ignore」（無視），進而在一億玉碎的氣氛下再譯為「reject」（拒絕）。日本駐蘇聯大使館慌忙致電外務省，指出翻譯有重大出入，但為時已晚，十來天後美國在廣島投下原子彈。

太宰治的小說《斜陽》有這樣的描寫，直譯：「過了兩個來小時，舅父領來了村醫。村醫一大把年紀，而且套了質地上好的禮褲，穿着白布襪。」因為病人是敗落的貴婦，所以老派的村醫出診便這麼一本正經地裝束。大大有名的日本文學研究家唐納德·金迻譯為英文，抹掉了「質地上好的褲子」和「白布襪」，意譯為「有點老派的舊式和服」，抽象之至。可原文接着又來了一句：「快晌午，下村的大夫又來了，這趟沒套禮褲，但白布襪還穿着。」這下子「白布襪」怎麼也甩不掉了，唐納德乾脆改譯為「白手套」，大約相當於我們把「綺」譯作「黃馬褂」，或許英美人理解無礙了，可日本哪裏去了呢？相比之下，譯者少多嘴的直譯似乎更好些，讀者不十分明白，倒可能引起對另一種文化的好奇，起碼不會誤以為日本文化跟歐

美是一回事。「白布襪」這個具體形象在小說中是一個日本文化的符號，放棄了也就放棄了翻譯的嚴肅與艱辛，拈輕取巧，充當異文化之間的渡橋是失職的。

口譯也好，筆譯也好，最終具有決定性意義的是母語能力。即便是作家，寫得一手好文章，涉筆翻譯也可能帶上鐐銬跳舞，弄出怪裏怪氣的文字。表面上溜光水滑，扒開來烏七八糟，徒有其表的翻譯就像是不老實的美女。但醜婦再貞淑，恐怕人們也不愛。翻譯批評的任務之一是打破定勢，推翻偶像，那就更招人嫌。挑剔譯文的「硬傷」，大概相當於校對的「校對錯」，而翻譯批評更有意義的是超越老師給學生批改作業的層次，進而「校是非」，往深裏探究我們理解外語的偏頗所在，以及中國人思惟的特點。這算是誤譯的深度吧。《推理小說的誤譯》便指出，日本人普遍缺少幽默感覺是理解英國人幽默的障礙，致使譯者幾乎都譯不好含有幽默或諷刺的表現。時過二十餘年，這本書再版，莫非「只緣妖霧又重來」。

上帝不許人類說一種語言，所以，英語通行世界是違反上帝意志的狂妄。日本歷屆總理之中公認英語說得最好的是中曾根康弘和宮澤喜一，然而，因英語鬧出問題的也正是這二位，看來人類想聯手建成通天塔還真不容易。

私小説之私

　　東京老店還可見「下足番」。掀簾進門，脫鞋升階，身穿「作務衣」（和式工作服）的老者遞過來一塊木牌，他就是「下足番」，專門負責鞋。酒足飯飽後交下木牌，他把鞋擺好，穿上走人。我以為這是舊街遺老的營生，沒想到車谷長吉也做過。

　　車谷生於 1945 年，25 歲動筆寫小說，與小他一歲的中上健次前後腳起步，一度有人預言將出現中上‧車谷時代。然而，辭掉了工作專事寫作，竟像是死路一條，幾年後一文不名，黯然回鄉。中上卻如日東升，而立之年獲得芥川獎。車谷在關西地方從事各種行當，其一是旅館「下足番」。37 歲被編輯叫回東京，重操小說業。又過去十年，1992 年終於以《鹽罐的匙》獲得三島由紀夫獎；當年，中上病逝，才 46 歲。車谷曾寫道：「我能做的，只是用蝸牛的步伐慢騰騰走在時代最末尾。討厭避重就輕，甚麼事情都想跟時代對着幹。」

　　車谷長吉是私小說作家。「私小說」三字，如人穿和服，

一見便知是日本貨色，而日本也真就自詡它世界上獨一無二，但實際上他國文學也有之，只是日本有日本的特色罷了。「私」有兩個意思，一是自稱：我；再是私人、隱私。私小說基本照實寫我以及我周圍發生的事情，譬如佐伯一麥把他跟髮妻離婚寫成小說，遭周圍責難，就又把責難始末寫成小說。主人公未必是「我」，如私小說這一純文學的開山之作《棉被》（田山花袋著）用的是第三人稱，但人們往往視之為作者本人，按年譜索隱揭秘。三島由紀夫討厭私小說，說它是想像力貧乏的產物，卻也承認私小說描寫了近代日本人存在的側面。

丟掉羞恥心，甚麼都敢寫，寫出來的就是私小說，車谷雖然這麼說，但百分之百寫實話，自說自話，讀來沒意思，他的私小說大半是瞎話。這就不免出問題，他把俳人齋藤慎爾寫進《監獄後面》，真名實姓，故事卻純屬編造，人家當然要控告他毀損名譽。「私小說有趣，但被寫了的人不高興」，豈不是常情。加工有度，事實不走樣，應該是私小說的操守。事關隱私，像島崎藤村的《新生》那樣自曝亂倫侄女，若放在今天，恐怕沒有哪個編輯敢打着表現自由的旗號給他付梓吧。

近二、三十年支撐私小說局面的作家有車谷長吉、佐伯一麥、西村賢太。車谷吃了官司，向原告道歉言和，隨即發表了一篇「凡庸私小說作家歇業宣言」，金盆洗手。對於私小說文學來說，實在是一大損失。至於他寫作生涯，雖自嘆想像力貧乏，但 53 歲那年已經以九分九瞎話的《赤目四十八瀧情死未

遂》獲得直木獎，他也寫得來大眾文學。

　　私小説或許限制了日本文學的巨大可能性，但是把文學之門大敞四開，寫自己那些事誰不能寫呢？當作家在日本從來不像是難事，網絡時代就更其容易。關於私小説，我常想起魯迅的話：「我的確時時解剖別人，然而更多的是更無情面地解剖我自己。」

近過去小説

　　要交稿了，《挪威森林》還不叫「挪威森林」，雖然這個書名也縈繫於心頭，但過於可丁可卯，而且活生生拿來披頭士的曲名也未免太露骨。最後夫人讀了原稿，說：叫《挪威森林》好。村上春樹就這麼定了書名。

　　《1Q84》呢？起初沒照搬英國小說家喬治·奧威爾的書名《1984》，而是越明年，叫「1985」，但《1985》也被英國小說家安東尼·伯吉斯用在前頭了。固執於人家的現成題目，思來想去，終於迸出一個 Q。中譯本原封不動，雖然 9 和 Q 不能像日語那樣諧音，但對於 Q，我們中國讀者更別有印象。

　　有了題目之後開始寫小說，村上春樹就是要寫 1984 年。他認為，把《1984》純粹當小說讀沒意思，描寫近未來往往在結構上故事凡庸。他的興趣在「近過去」，就是「把我自己生活過的時代的精神相似的東西置換成一個不同的形式，加以檢證」；「我不是批評家，是小說家，所以只能這樣用置換成虛構來有效地檢證事物」。從現在返回過去，檢證過去非發展成

現在這個樣子不可嗎，從中找出其他可能性，創作一個理想的現在。過去被村上改寫過，去實際已遠。木已成舟，現在不可能重來一遍，近過去小說的意義也只在警示未來。《1Q84》究竟要說些甚麼呢？村上說：「《1Q84》的中心主題是去另一個世界。和現在這裏的世界怎麼不同呢？最大的不同就是那裏是更原始的世界。」

那麼，為甚麼偏偏是 1984 年呢？

《1Q84》裏，天吾和青豆的年齡設定比村上本人小五歲。村上生於 1949 年，但日本旗色未變，沒有類似長在紅旗下的說法，或者可以說他長在和平裏。不過，世界並不和平，日本借美國一再搞戰爭之機迅速復甦、發展，生活一天天好起來。60 年代開通新幹線，舉辦奧運會，流行披頭士和超短裙，學生運動蓬蓬勃勃。二十多歲的人傾向於理想主義，基本上相信未來。雖然學生運動失敗了，但相信自己這一代人進公司，公司就會變，這一代成了大人之後世上更美好。然而，除了製造出一個泡沫經濟，甚麼都沒變，理想主義呼啦啦坍塌。1984 年是社會改編重組告一段落、世界以高度資本主義似的體制重新開始進展的時代。60 年代遠去了，村上們已經三十多歲，工作、家庭都大體安定。世界看似在順利發展，其實底下有暗流湧動。描寫這一時代具有必然性。

村上立足的現在是 1995 年，日本發生了天災人禍，即阪神大地震和地鐵放毒事件。他回遊近過去，另外找一條發展到

現在的路，雖然有點像事後諸葛亮。美國電影常有從未來倒回現在的，顯得太幻想，但是從現在返回不久前的過去，恍如回憶，似乎就帶有某種現實性。更何況村上在《1Q84》之前還寫了兩本非虛構作品，關於地鐵放毒事件的，讀者自然把小說中的教團和歐姆真理教往一塊兒想。不過，村上說：「這種事作為小說的要素不是那麼重要的要點。我當作問題的是更為內在的或精神的狀況，歐姆事件所引起的或者歐姆事件帶來的前歐姆、後歐姆的心的狀況，恐怕我們每個人身上都潛在的那種黑暗的東西。」至於「善惡，不是絕對的觀念，完全是相對的觀念，不同的場合也能倏然交替。」就好比雞蛋和牆，並不是絕對的觀念，一旦倏然交替，站在哪一邊是好呢？實際上日本人很善於做轉化工作，譬如原子彈炸廣島，彷彿已變成美國人的罪惡，連美國駐日大使也去廣島鞠躬如儀了，即便只是為做做和平姿態，而日本發動了戰爭，卻像是受害者，可憐巴巴的。作家應該是思考者，但未必是思想家。

當過東京大學總長的文藝評論家蓮實重彥二十年前批評村上春樹的小說是幻想式純文學，甚而貶斥為騙婚。能騙人一時，不能騙人一世，村上笑笑說：寫作三十年，讀者越來越多，哪裏是騙婚呢。《1Q84》「近乎神話世界」，「有既成的價值基準不通用的局面」，與寫實的《挪威森林》相比，故事很難懂，居然也大賣特賣，連村上本人也有點莫名其妙，分析其背景，說可能如今是「神話再創建」的時代吧。倘若把村上春

樹和波利哈特扯到一塊兒，從社會現象的角度做一番博士後研究説不定也會很有趣。

　　村上的文字是淺白的，讀他的隨筆很易懂，坦率而親切，譬如他寫道：「企業有好多錢，所以把多餘的錢投入廣告，由於有廣告，多得令人瞠目結舌的雜誌得以經營，其剩餘也滋潤寫文章的。如此幸福的餘錢流入文化的圖示究竟能持續到甚麼時候我不清楚，反正確實覺得這麼樂呵呵地幹真不錯。」但同樣的淺白用到小説裏就彷彿話裏有話，讓人大費心思。捉摸莫須有的深意，評論家這行當也藉以成立。《思考者》雜誌今年7月號對他進行了長篇訪談，足以結集為單行本，若與《當我跑步時我談些甚麼》合在一起，就大致是當下的村上春樹其人其文了。村上説自己不愛説話，但好像説起來也很有點饒舌。川端康成在《文學自敍傳》中説過：「解説自作終歸是限定自作的生命，作家自己不知道作品是活物，絞殺很可惜。作品對於作家本身也像一切生物那樣是無窮無盡的謎。」

白血病文學

　　日本的小説或影視劇動輒讓主人公患上白血病，尤其是女主人公，很有點計窮也似的。「美艷無比的女主人公」——誠如我們評論家莊周笑話的——「最終總是患白血病哀哀死去」。實際上，如有適合捐獻者，移植骨髓，白血病患者是可救的，但作家備下這個病，壓根兒不打算給主人公留一條活路。最近聽説歌姬本田美奈子也身染白血病，正在與病魔搏鬥，不禁覺得日本人罹患此病確乎多。女優夏目雅子即死於此病。

　　這兩年也有人拿白血病編故事，可讀的是橫山秀夫的推理小説《半含不吐》。身患急性骨髓性白血病的，不是主人公梶聰一郎，而是他的兒子，沒找到適合的骨髓捐獻者，13歲就死了。妻子想愛子想得發瘋，癡呆病發作，被梶扼殺。作為好丈夫，情該為愛而死；作為好警官，理應為顧全組織而死，可是他竟然沒自殺，兩天後自首。半含不吐，拒不交代殺妻之後的行蹤，這兩天空白就成了小説誘人的懸疑。梶擅長書法，自

首前寫下「人世五十年」，似乎是打算活到 50 歲再自殺。小說共六章，公檢法及辯護、監獄各出一人，當然也少不了記者，每人立一章，從各個角度破解梶該死而不死及可能過了 50 歲生日以後死之謎。原來是兒子死後，梶在骨髓庫登記，用自己的骨髓救活了一個 13 歲少年。骨髓庫規定，捐獻者過了 51 歲生日即取銷登記，49 歲的梶之所以不當即自殺，是希望死前再救助一人。「自己是不該活着的人。心早就死了，但身體呢，與心無關地繼續活着。這身體有價值，能把生命灌輸給別人。找不到骨髓合適的人，昨天今天都有孩子們在死去。活下去，甘受恥辱，直到登記被取消的 51 歲生日。」不知《半含不吐》是否會譯到中國來，我這樣揭謎底，對於推理小說來說是再無聊不過的了。但老實說，最後真相大白，我有點洩氣，這樣的隱情早說了不就得了。據說日本人生性不好辯，電視劇《血疑》第一次用白血病震動中國人心，劇中人物大島茂就是個不好辯的典型，八竿子打不出一個屁來，我們看着都替他着急。國人好辯，強詞奪理，或許這正是中國推理小說不發達的原因之一。情節似紙包紙裹，層層拆開來，最後卻令人掃興，是日本推理小說的通病。

橫山秀夫的意圖不是拿白血病賺一把讀者淚，他要透過個人與組織的關係來揭露警察這一國家組織的陰暗面，但小說暢銷，並改編為電影，影響所致，登記捐獻骨髓者增多，其宣傳作用是誰都始料不及的。日本骨髓庫事業起步於 1992 年，以

前見過廣告，這樣寫道：1985年，那個美艷的人因白血病倒下。當時如果日本有骨髓庫，你自願當捐獻者，我們就一定能見到46歲的夏目雅子。

　　廣告上的夏目雅子，舞台上的本田美奈子，都美艷無比，幾乎讓人覺得白血病是一種美艷的病。本田美奈子本姓工藤，當流行歌手時改為本田，是要像本田汽車那樣馳騁世界（歌手松田聖子的松田是「馬自達」）。也唱過搖滾，近年用瘦弱的身體唱女高音，響遏行雲。就是她帶頭在台上亮出肚臍眼兒，但我知道她的名字已經是1990年代，肚臍眼兒滿街，從海報上看見她主演音樂劇《西貢小姐》。出道二十週年（2005年）在即，美奈子把名字後面加上一個點，好像寫網址，說這樣就變成三十一畫，走運，卻不料接着就得了急性骨髓性白血病，也就是血癌，報上說做了臍帶血移植手術，可望康復。

　　美艷無比的女優吉井憐（1982年生）也得過白血病，並沒有「哀哀死去」，還寫了一本戰勝白血病的書，比小說更感人。

官能小說家

　　或許人的想像力衰退，一見短袖子，不能像魯迅說的，立刻想到白臂膊，躍進地想下去，而要靠小說家妙筆生「淫」，這種小說日本叫官能小說。官能是器官功能之略，但官能小說單說性官能，用色情譯之，似多了情字，譯作色慾小說吧。小說具有「催淫力」，直至 1977 年經常遭警察取締，而今人越來越開放，難為官能小說家挖空了妄想。出版多彩用小開本，封面是寫實的彩繪仕女圖，被書店擺在不顯眼之處，卻耐得住經濟蕭條。

　　作家常被問：為甚麼寫？寫甚麼？官能小說所寫通常被社會良知或共識鄙棄，為何偏要寫？ 2006 年勝目梓出版了長篇小說《小說家》，主人公就是「他」，寫他人生坎坷，寫他怎麼就寫起官能小說。

　　他生於 1932 年，家貧，17 歲輟學，下井挖煤。生活裏本來沒有書，患病住院，養成讀書習慣。痊癒後養雞賣蛋，養家之餘寫小說。兩篇小稿居然被雜誌發表，便有了自信。雖然不

忍心為文學而犧牲身邊的人，但按捺不住以文學為生的欲望，首先成為犧牲的是那些雞。日本舉辦奧運會的 1964 年來到東京，開卡車餬口。每天起早寫兩個多鐘頭小說，運完貨歸途找個地方停車，伏在方向盤上讀書。參加同仁雜誌，一年半之後發表作品，這時中上健次高中畢業進京，也加入同仁。中上像一面鏡子，他照見自己：人家生來有東西要寫，非寫不可，而他幾乎沒有向人展示內心世界的欲求。熱衷於寫，充其量是一個工匠，只能把文字碼成小說，觸及不到人的靈魂深處。三島由紀夫自殺，更教他感到文學或觀念的可怕。

但需要錢，跟前妻離婚，同前情人分手，和新戀人結婚，都得用錢解決。除了幹體力勞動，沒有發財之道，就只有伏案寫字這本事，可世上早沒了代書行當，於是他決定轉向娛樂文學。上世紀 70 年代是大眾歡欣鼓舞的時代，娛樂文學也興盛。他沒有寫歷史小說的素養，沒有寫推理小說的頭腦，甚至人到四十，窮得沒玩過，不懂得如何自娛娛人。那就拋開文學的視點與技法，超越人的一切屬性，寫原始慾念——性以及暴力。42 歲獲得娛樂文學的新人賞，重新出道。兩年後（1976）中上健次作為戰敗後生人第一個跳過芥川獎龍門。

曾與團鬼六並為官能小說雙璧的千草忠夫至死也不明正身，而勝目梓是真名實姓，廣為人知。長女求職面試，被問及你這個當女兒的對乃父的小說有何感想，答道：我認為父親現在寫的東西不是他真想寫的。然而他本人不打算為女兒們的臉

面而姑隱其名，決不向社會良識派妥協。對愛情感興趣的可以寫愛情小說，而他作為小說家最感興趣的是性與暴力。

《小說家》屬於私小說，勝目用三百部官能小說墊腳，終於踏進了純文學地界。他實話實說，倒像是老實人。

超短篇的長處

　　超短篇小説，各家有各家的叫法，譬如川端康成把它叫
「掌小説」，而吉行淳之介叫「掌篇小説」，島尾敏雄叫「葉
小説」，車谷長吉叫「奇（畸）篇小説」。叫法各異，都是要
突出其特點：短。至於到底短到甚麼程度，那就像長篇小説到
底該多長一樣，無一定之規。畢竟它混在短篇小説之中，似乎
稱之為超短篇為好，其實這也是日本的叫法。以前還用過法語
conte，現今更多見英語 short short（story），聽來像「小道小
道」。

　　村上春樹出版過《村上朝日堂超短篇小説》，但他不願用
這個稱呼，説：「『小道小道』這個詞帶有某種特別的味道，
所以我個人把這類短的虛構叫『一蹴而就』，因為是刹那間技
藝，真所謂一發決勝負。」

　　村上用了一個擬態詞，或許有調侃之意，譯作「一蹴而就」
似未免正經有餘。他認為自己天生是長篇小説家，屬於長跑
型，適合花長時間吭哧吭哧寫，而爆發般寫超短篇，可以給他

通通風，換一換心情。說：「我本來很喜歡寫這類短東西。只一個靈感就刷刷寫。靈感，或一個印象，或一句話，只要浮現這類東西，然後就不費多大工夫，手不停揮，一氣呵成。簡直自己都覺得不安，『這麼輕鬆能行嗎』。」

這態度有點浮，不如川端康成來得嚴肅。川端認為現代生活使人的感覺心理越來越尖銳、纖細、不完整，超短篇小說就成為這些的火花。它是短篇小說的精髓、頂點，在小說中最藝術、最純粹。形式短，不能連內容也短，感染力弱不能用短來辯解。十七音的俳句比千言萬語的風景描寫更有力，這是誰都知道的。

川端寫了百餘篇超短篇小說，三島由紀夫評論：「一卷掌小說使詳述他的整個文學變得容易，他的思想、文學、方法、他喜好用的主題大抵要約於此。」

《廣辭苑》上解釋「掌篇小說」是評論家千葉龜雄命名的，此人因命名新感覺派而聞名。但川端說，掌篇小說這個讓不大讀小說的人以為寫手相的名稱是中河與一給起的，意思是「寫在掌上的小說」。

中河和川端同屬於新感覺派，他的次女叫卿子，初戀星新一，那時星新一寫了第一篇超短篇小說。最相月葉為星新一立傳，說上世紀 70 年代她是中學生，大家搶着讀星新一作品，但「不可思議的是，圖書館裏所有星新一的書讀完了，就一下子失去興趣，離開星新一」。或許這正是超短篇小說的宿命。

星新一總共創作了一千零一篇，筒井康隆為他致悼詞，滿腔悲憤：「對這樣的作品群，文壇以其缺乏文學性不予評價，也不收入文學全集，就好像伊索、安徒生或格林得不到諾貝爾文學獎一般」。

聽說村上明年將出版「雜文集」，收入一些未發表的超短篇小說。

推理小說新本格

「本格」，這個詞日本很常用，就是我們說的正規、正式。比如「本格燒酎」，指正規的燒酒，因為日本燒酒有兩種做法，一種用酒精兌，不正規，正規的應該用原料蒸餾而成。推理小說也有「本格」一格。說來是舊話：上世紀 20 年代日本學歐美寫「探偵小說」，馬上就出現變種，於是以歐美為規範，像江戶川亂步定義的，一環扣一環，邏輯地解開犯罪的難解之謎，單叫作「本格探偵小說」，正規而正統。50 年代改革文字，偵字被摒於常用字之外，便興用「推理」。後來又增補偵字，但推理小說已叫開，況且新稱呼也含有對日本搞侵略戰爭以前的偵探小說過於本格（過於偏重解謎）的批判。現在還使用音譯外來語「謎思底裏」，與「推理小說」一詞並行。叫法不同，大致能藉以區分推理小說史的段落。

日本國產推理小說的鼻祖是江戶川亂步，他專門寫本格。1957 年松本清張登場，起初寫的是本格，不久開山社會派，不以解謎為能事，探究犯罪動機，揭露社會弊端，使推理小說

發生劃時代的變革。文化大革命後我們隨手拿來推理二字，彷彿拿來了一種新文學，看中的是社會派揭露資本主義，那時候我們凡事喜歡說人家壞話，卻也為步入市場經濟做了一點預習。1960年代，好似那時候的群眾運動，社會派聲勢浩大，本格派黯然失色。1970年代角川書店祭出了「讀了看，看了讀」的角川商法，把圖書跟電影等捆綁，多媒體同唱一首歌，由市川昆執導的電影《犬神家族》一舉成功，沉寂多年的原作者橫溝正史乘機再起，但整個本格派推理依然是氣息奄奄。本格固守19世紀的材料及方法，在雪封的山間或孤懸的海島發生殺人事件，偏巧就來了一個名偵探，振振有詞地指出犯人，居然是他或她。如今加上21世紀新材料，但引人入勝基本靠老三步：發端莫名其妙，過程緊張，結尾出乎意外。這樣的推理對讀者也是個挑戰，樂在應戰中。時隔三十年，年高九十的導演市川昆重拍《犬神家族》，倒是借所謂新本格推理時興的東風了。

1981年島田莊司出版處女作《占星術殺人事件》，森村誠一讚之：「在社會派現實主義全盛之中，極盡推理小說的人工性技巧，誠然是久已不見的濃厚的本格推理。」這部小說不大有銷路，但從此島田單槍匹馬為本格而戰。他生於1948年，兩度拒絕候選直木獎。1987年由他舉薦，講談社刊行綾辻行人的《十角館殺人》，新本格推理打響第一槍。接着又推舉法月綸太郎、我孫子武丸等新手，形成了一個陣容，幾乎可以

說 90 年代新本格運動是島田一手操辦的。綾辻和女作家宮部美幸同年同月同日生，同時獲得日本推理作家協會獎。這個宮部美幸只擁有高中學歷，而綾辻及法月、我孫子畢業於京都大學，都參加過大學的推理小說研究會，有關古今東西的推理知識，腹笥滿滿，似乎也不免有理論先行的弊病。設一個與世隔絕的密閉世界，玩邏輯遊戲，抵觸新本格推理的人譏之為「大學生本格」。與此同時，本格推理老作家鮎川哲也掛帥，東京創元社也擺出一個陣勢，其中有山口雅也、有栖川有栖、北村熏、宮部美幸。1992 年笠井潔出版《哲學家的密室》，推理納粹主義與海德格爾的關係，他也是為本格推理鼓與呼的文藝評論家。1994 年京極夏彥把《產婦鳥之夏》書稿送到講談社，自薦成功，這部小說使新本格進入新階段。京極，還有個二階堂黎人，寫本格推理小說都超長，簡直是挑戰裝訂技術，一些讀者偏喜歡那個長勁兒。

就文學成就來說，宮部美幸和京極夏彥是新本格推理這棵樹上結出的兩個碩果。山口雅也的《活屍之死》被評論家福田和也捧為具有世界文學水平的作品。國家出錢把島田莊司的《占星術殺人事件》推向世界，可能也功在福田，他是現代日本文學選定委員之一，主張這部本格推理小說的魅力在於獵奇性匠心與高度邏輯性。

恐怖小説

　　日本今年是「恐怖年」。歐姆真理教放毒殺人過去好些年了，阪神大地震也日益被淡忘，雖然經濟扔不見景氣，但人們驚魂已定，還有甚麼可恐怖的呢？原來恐怖的不是眼前的現實，而是小說和電影。書店擺出一架書脊漆黑的小說，影院輪番上演海報陰森的電影，倘若感興趣，這年頭就足夠嚇死人。

　　恐怖小說，早先日本用語是「怪奇小說」，後來照搬外來語，叫「horror（恐怖）小說」，近年又與時俱進，改稱「modern horror（現代恐怖）」了。怪奇之稱令人聯想以往的恐怖小說是「在中國式恐怖的陰影下開放的花朵」（荒俣宏語），而換成英語外來語，則表明現今流行的恐怖小說是從歐美移植的。雖然可以在《古事記》《日本書紀》等古籍的神話裏探尋源頭，但要從文學縷述，上田秋成於 1776 年印行的《雨月物語》應該是恐怖（怪奇）的雛形。近代文學中，泉鏡花的《高聖野》（1900）以及《春晝》《春晝後刻》（1906）堪稱恐怖小說的傑作。1930 年代夢野久作的《神父的魔術》描寫特異功能和

異常心理，現實與超現實交錯，那「看了就發瘋的畫卷」傳承到當代，就變成「看了就死人的錄像」（鈴木光司的長篇小說《鏈》）。恐怖小說本來是俗不可耐的，近年才開始摘去低檔的標籤，連獲得純文學獎項的作品如奧泉光的《石的來歷》、笙野賴子的《二百回忌》也得用「新恐怖小說」、「純文學恐怖小說」作招徠。這個翻身仗，歸功於美國恐怖小說的翻譯，特別是現代恐怖小說三大家，在日本擁有不算小的讀者市場。

美國恐怖小說家洛夫克拉夫特說過：起源最古遠、最強烈的感情是恐怖，起源最古遠、最強烈的恐怖是對於未知事物的恐怖。或問：你為甚麼寫恐怖小說？美國恐怖小說家斯蒂芬‧金回答：想讓讀者害怕。所謂恐怖小說，一言以蔽之，就是讓讀者產生恐怖感情的小說。如果把美國愛倫‧坡1841年創作的短篇小說《毛格街血案》視為推理（偵探）小說的濫觴，那麼，恐怖小說從18世紀英國的「古堡小說」中尋根，以沃爾波爾於1764年「融合舊浪漫和新小說的嘗試」《奧特朗托城堡》這部長篇小說為源頭，其歷史則更為久遠。其實，作為象徵主義詩人，愛倫‧坡的小說充滿神秘、怪誕與恐怖的氣氛，但是以科學進步為背景，其後推理小說的發展趨向理性。恐怖小說屬於反主流文化，蘊含了顛覆既成秩序和道德的想像力，1790年代分流為精神、心理恐怖和肉體、生理恐怖，達至鼎盛，1820年代收場。

科學打破一種怪誕，人們就用那科學再創造新的怪誕。19

世紀初倫敦時興魔術幻燈，人工顯現出「幽靈」，愛爾蘭小說家勒法努在 1869 年以一篇《綠茶》先聲奪人，雨後春筍似的大眾雜誌競相推出用氛圍和曖昧營造恐怖的「幽靈小說」，直到 1920 年代才衰歇。關於這類小說的理想模式，M.R. 詹姆斯說：先若無其事地介紹登場人物，接着講他們專心於日常瑣事，毫無不祥的預感，對自己的周圍甚感滿意；然後讓邪惡的東西不顯眼地出場，進入平靜的環境中；逐漸強烈地描寫，最後露出真相，幾乎佔據整個舞台。

梅琴和布萊克伍德二人開創了「神秘小說」，背景在於神秘教團的時興。受他們影響，美國的洛夫克拉夫特在 1920 年代至 30 年代創作一系列「宇宙恐怖小說」。這類小說有一個基本的框架：由於地球劇變，混沌狀態時生存的具有神秘力量的巨大怪物被封存在甚麼地方；這太古的秘密記載在某種書籍中；它們等候復活，君臨地球。

詹姆斯、梅琴、布萊克伍德、洛夫克拉夫特被視為 20 世紀初期恐怖小說四大家。1950 年代恐怖小說冷場，作家們轉向幻想小說和推理小說討生活。1960 年代是動盪的年代，富裕的美國社會各個層面充斥着死亡與暴力。年輕人用反主流文化逃離現實，卻招致神秘主義捲土重來。長篇小說如羅伯特·布洛克的《精神病患者》（1959 年）、布雷德伯里的《甚麼從路上過來》（1961）、艾拉·萊溫的《惡魔之子》（1967 年）揭開了現代恐怖小說的序幕。

1970 年代前半，斯蒂芬·金登場，頭兩部作品簡裝本均銷行三百萬冊，此後作品精裝本也暢銷，成為恐怖小説之王。他開了頭，恐怖小説的主要形態由短篇變為長篇。利之所趨，1970 年代後半恐怖小説家層見疊出，繼科幻小説之後，貼上「現代恐怖」標籤的小説佔據書店一角。1980 年代迪恩·昆茲改弦易轍，也成為暢銷的恐怖小説家，與斯蒂芬·金並駕齊驅。羅伯特·R·馬恰蒙於 1987 年暢銷，描寫現代的噩夢，雖然印數趕不上前二人，但名氣似乎有過之而無不及。或許覺得恐怖小説領域太局促，他自 1990 年跳了出去。現代恐怖小説不單營造氣氛，而且更重視故事性，多用電影手法，行文口語化。1988 年斯蒂芬·金、迪恩·昆茲等人成立「美國恐怖小説家協會」，設立了一個獎項。可以説，恐怖小説作為一個小説類型已經獨立，雖然許多讀者並非喜好所謂恐怖小説，只是愛讀斯蒂芬·金的作品罷了。

　　恐怖小説漸為人知，借重於好萊烏恐怖電影叫座。1960 年代後期恐怖小説和恐怖電影驚人地增產，簡直是那個時代佔統治地位的門類。斯蒂芬·金，1947 年生於緬因州，那裏就成為其作品的主要舞台。大學畢業後一邊打零工一邊寫作。寫具有特異功能的少女恰麗，寫到一半寫不下去，丟進垃圾箱。妻子（大學同學，也是作家）揀起來讀了，鼓勵他寫完。以二千五百美元賣斷了精裝本版權，但改編成電影，轟動一時，簡裝本版權賣了四十萬美元，使他一下子脱貧致富。此後以每

年一部的速度製作暢銷書。斯蒂芬·金作為大眾性恐怖小說的作者大獲成功，讀者之多，是任何時代都不能比肩的。1986年出版鴻篇巨製《IT》，描寫七個年輕人時隔二十七年再次向襲擊故鄉的怪物「IT」挑戰，交錯50年代和80年代，是美國現代恐怖小說的最優秀作品之一。

1986年，一些比斯蒂芬·金晚一輩的恐怖小說家宣稱，「恐怖」本來是革命的，過激的，打破禁區，嘲笑通常觀念，顛覆傳統價值，但暢銷恐怖小說不過是順應體制的商業化作品。斯蒂芬·金和迪恩·昆茲的作品當初像大眾文化中的搖滾樂，震撼社會，但如今已徒有搖滾之名，變成了流行音樂。所以，他們要找回搖滾樂的叛逆精神，創作朋克搖滾那樣的「新恐怖」。這一小撮作家自稱「血腥搖滾派」──「血腥」取自1980年代流行的鮮血濺滿銀幕的「血腥恐怖電影」，怕是難成氣候。

斯蒂芬·金早在1977年就登上日本的暢銷書排行榜。進入1990年代的前一年，即平成元年，警察終於逮捕了連續殺害四個幼女的年輕人宮崎勤，其住處塞滿錄像帶，被傳媒大肆宣揚，持續幾年的恐怖小說熱涉嫌「教唆」，偃旗息鼓。1992年《日本怪談集》《中國怪談集》等古典名作相繼出版，似乎又重新啟蒙。1993年角川書店推出「角川恐怖文庫」，創設「日本恐怖小說大獎」，出現了植根於日本風土和文化的佳作，如阪東真砂子的《死國》《狗神》。1994年她的新作《蟲》獲

得第一屆日本恐怖小說大獎的佳作獎。筱田節子繼《神鳥》之後又創作《聖域》，小野不由美和恩田陸分別出版《東京異聞》（原文「京」字的口裏還加了一橫）和《球形季節》。有趣的是，這四位先驅性作家都是女性。同年，京極夏彥出版《姑獲鳥之夏》，轟動一時。此外，在學研社的「學研恐怖長篇叢書」舞台上活躍着菊地秀行等作家。1995 年瀨名秀明的《寄生夏娃》應徵「日本恐怖小說大獎」奪魁，半年銷行五十五萬冊。這部小說的誕生，日本才有了幾乎可以和歐美媲美的「現代恐怖小說」。鈴木光司的《環》及其續篇《螺旋》也大暢其銷，恐怖小說終於走出了愛好者小眾的範圍。日本恐怖小說勃興，主要是角川書店的操作。今年新潮社、幻冬舍和朝日電視台合辦「恐怖驚險大獎」，評選富有恐怖性和驚險性的長篇小說。評委有三位，大澤在昌、桐野夏生、宮部美幸，卻都是推理小說的高手。因吸毒蹲了幾年大牢的出版人角川春樹獲釋，東山再起，也推出一個「春樹恐怖文庫」。

　　電影電視等影視媒體是現代恐怖小說的搖籃。印刷媒體和影視媒體聯手，多媒體協同作戰，圍追堵截，讓你要麼當讀者，要麼當觀眾，不少人是兩樣一齊當。斯蒂芬‧金曾在文章中（見評論集《Dance Macabre》）大談自己小時候如何受電影影響。那正是 1950 年代中期，電視在美國日漸普及，怪誕電影成批上市。羅伯特‧布洛克 1959 年創作《精神病患者》是「異常心理小說」的起點。作品取材於 1957 年震驚美國社會的殺人

事件，描寫雙重性格的異常者瘋狂殺人，引人矚目，但真正暢銷，是 1960 年導演希區柯克執導把它搬上銀幕，風靡一時，使布洛克一舉成名天下知。導演波蘭斯基把艾拉‧萊溫的《惡魔之子》（1967 年）搬上銀幕，現代恐怖小說從此才真正在社會上普及。托馬斯‧哈里斯的《羊群沉默》（1988 年）獲得美國恐怖小說家協會獎，屬於異常心理小說系統，據之改編的電影獲得 1991 年度奧斯卡獎。

甚麼是「現代恐怖」？其實在本家美國也說不準。據說「現代恐怖」一詞出現於 1960 年代，斯蒂芬‧金登場後得以普及。筱田節子認為：描寫怪異現象本身是古典恐怖小說，描寫與怪異對抗的人，是現代恐怖小說。日本現代恐怖小說的旗手，無疑是瀨名秀明和鈴木光司。他們二人形成有趣的對照，前者是學理科的，現在也從事着科研工作，後者是學文科的。理科出身的作家往往會遭到理科同行的置疑。瀨名秀明的《寄生夏娃》讓人想起瑪麗‧沃爾斯通克拉弗特‧謝利 1818 年出版的英國恐怖小說名作，主人公弗蘭肯斯坦用死人當材料製造了一個醜陋的怪物。自 1910 年的短篇電影算起，至 1994 年已拍攝「弗蘭肯斯坦」電影近五十部。在沙龍上，詩人拜倫朗讀了德國的怪誕小說，提議每人寫一篇，謝利寫了長篇小說《弗蘭肯斯坦》，拜倫的主治醫約翰‧波利特里寫了短篇小說《吸血鬼》，於 1819 年發表，成為英國「吸血鬼小說」的鼻祖。1897 年布拉姆‧斯特卡出版長篇小說《吸血鬼德拉庫拉》。

斯蒂芬·金的第二部小說《被詛咒的小鎮》繼承《吸血鬼德拉庫拉》的傳統，描述現代美國社會的不安和頹廢。

鈴木起步在瀨名秀明之前。大學畢業後，立志當作家，靠打零工維生，上腳本學習班，創作了習作《鏈》。1990年拿去應徵推理小說獎項橫溝正史獎，但評委們恪守「恐怖之類不是偵探評論的對象「（江戶川亂步語）的傳統，未予青睞。1991年被角川書店收入角川恐怖文庫，成為日本恐怖小說的經典之作。1995年創作續篇《螺旋》，以《鏈環》結尾的恐怖為鋪墊，又從生物工程學的角度迭起一層新的恐怖。《鏈》是純粹的恐怖小說（1998年改編成電影，可能中文譯名叫「午夜凶鈴」），而《螺旋》更近似科幻小說，最終與1999年出版的《環》構成三部曲。鈴木認為，「壓根兒只追求趣味性，作品不會經得住大人的鑒賞」，所以他很在意文學性。

恐怖無所不在，是民俗、傳統、信仰等的綜合效果。現實本身是恐怖的，但人們看慣了現實，對恐怖麻木了，而恐怖小說不過是提個醒兒，讓人看清現實的恐怖。聽說哪裏要克隆人了，比小說更教人毛骨悚然。

觀音菩薩的腳

　　有人說日本人凡事取向縮小，這大概是不錯的，但實際上，被說成恰恰與之相反的中國人有時也欣賞縮小，例如纏足。可能本性畢竟是擴大與誇張，所以把小也縮得太誇張，金蓮要三寸。對於女人的腳，似乎全世界審美都傾向小。單說日本，17世紀末井原西鶴的色情小說《好色一代女》把美腳定為二十來厘米，而谷崎潤一郎說，明治女人好看的腳小巧玲瓏，簡直能放在掌上。不過，唯有最講究中庸、講究過猶不及的中國人卻最愛走極端，全國上下齊變態，以至如今被外人說起纏足這事還叫人臉紅。

　　日本人善於而且慣於拿來人家的事物以及文化，但也有拿不來或者沒拿來的，例如纏足。到了中國人醒悟纏足是惡習的時候，日本女人的腳就引人注目了，美的是天然。清末很先驅的人物王韜渡海東遊，欣賞的「最是舞裙斜露處，雙趺如雪似觀音」。到底是菩薩，不曾被中國人塑造一對小腳丫，逃過一劫。這正是：域中一統到梵家，漢語鏗鏘誦法華，菩薩若非能

普度，一雙小腳立蓮花。王韜說的是藝伎。江戶時代藝伎一般穿白布的雙叉襪子，黃遵憲詠之「鴛鴦恰似並頭眠」，惟其深川（在東京江東區，那裏仍殘存藝伎）一帶的藝伎冬天也不穿襪子，很有點颯爽，以此出名。可能那雙腳也像臉一樣塗了白粉。全身被絢麗的和服裹得如同鋪蓋卷，只露出腳來，就帶有原始性，甚而還顯得神聖。浮世繪常畫這樣的藝伎或色妓，撩撥人心。

周作人那一輩初抵日本仍然要讚美女人「在室內席上便白足行走，這實在是一種很健全很美的事」。不光中國人，早年歐美人也讚賞日本女人的腳。莫賴斯有「德島小泉八雲」之稱，當過首任葡萄牙駐神戶領事，在日本生活三十多年，1929年病故於德島（在四國島上的德島縣）；他介紹日本，有一篇《燦爛的腳》，寫道：「日本女性用和服把小小的身體整個包起來，多半場合連手也藏在大袖子裏，只露出小赤腳，實在是一種難以形容的美。」

1940年佐多稻子出版了長篇小說《光腳丫女孩》，是這位普羅文學女作家最暢銷的作品，甚至有人曾想借這個題目拍電影。十五、六歲的女孩叫桃代，冬天裏也光着腳和小狗賽跑，被鎮上的小夥子們看見，叫她「光腳丫女孩」。她就想：「自己只是厭煩穿布襪子才光腳，好像這就讓人看着奇怪。這個綽號顯得我有點被人愛憐，彷彿從外部看見了自己野生野長的粗野姿態。」女孩的性意識從腳上覺醒。

80 後來日本的這一代人，對女人的腳應該不大在意了，因為中國女人夏日穿涼鞋，前面蒜瓣，後面鴨蛋，早已不是隱秘之物。但我有個好奇，那是讀川端康成的《雪國》讀來的：無所事事的男人覺得那個女人簡直清潔得出奇，「好像連腳趾底下的窪溝也乾乾淨淨」。諾貝爾文學獎得主怎麼就想到那兒去了呢？不過，很快也就明白，腳經常赤着裸着跣着，底下的窪溝當然難得乾淨，藏污納垢。後來又讀到用普羅文學理論寫俳句的栗林一石路的俳句，給死去的妻擦拭腳掌的污垢云云，多少感覺了那種無產階級的哀傷。

赤腳穿木屐或草履，日本稱之為「素足」，打赤腳叫「裸足」。李白詠越女，說「屐上足如霜，不着鴉頭襪」，留學日本似不妨拿來當題目，洋洋灑灑寫一篇從「素足」至晚於唐代傳入日本，看中日文化的歷史走向之不同。明治年間來自大清國的黃遵憲們感嘆「足如霜」時日本人開「穿革履，無不襪」，關注的是大腿粗細長短的入歐問題了。穿和服亭亭玉立，走路就要走內八字，這內八字穿草履走起來才可觀。穿迷你裙或牛仔褲走內八字，好似哪位在馬路上邁模特的貓步，足以駭人。對腳的讚美，似乎一般都只見其白，大白於天下，至於形，比方說它像張開的摺扇，倒不大聽說。

說到腳形，日本文學當中最有意思的是谷崎潤一郎描寫的「瘋癲老人」。這老人已完全喪失性能力，但可以用各種變形的、間接的方法感受性魅力，他迷戀兒媳婦颯子的像柳鰈魚一

般柔嫩而細長的腳，把它放在自己的膝蓋上，五個趾頭一個一個捏着看，進而跪着捧起來，把大拇趾和食趾、中趾都塞進嘴裏。畢竟是無能，事態不曾按弗洛伊德的戀物癖理論從局部發展下去，以至裸體，讓我們的魯迅給一句冷嘲，而是更具有喜劇性，令人佩服谷崎這位大作家晚年的想像力。他寫的是自己，那兒媳婦也是真的，叫渡邊千萬子，幾年前出版《谷崎潤一郎·渡邊千萬子往復書簡》。老人沒瘋癲成燕太子丹，把「美哉手也」砍下來，或者阿部定，把男人的那話兒割下來帶走，他要拓下颯子的腳形，刻成佛足石，給自己當墓石，長眠其下。颯子「只要想到用自己的腳做模型的佛足石，就聽見那石頭底下的骷髏哭泣。我一邊哭一邊叫喊：疼啊，疼啊。叫喊：疼但快樂，無比快樂，遠遠比活着的時候更快樂。叫喊：再使勁兒踩，再使勁兒踩。」不消説，瘋癲老人死後，周圍的人是不會滿足他的欲望的，一句話便了結一切：變態。

青春的輕小說

記得阿城說過，好像是在《閒話閒説》裏説的：王朔的《動物兇猛》是中國文學中第一篇純粹的青春小説。可惜還不曾讀過，早年以為青春小説就是《青春之歌》那樣的。日本文學裏青春小説可算是一大類，寫青少年那些事，自來特別多。好像日本人特留戀上中學的日子，一把年紀了，唱卡拉 OK 還愛唱《高中三年級》。這或許是因為大學裏幾乎沒有班級的概念，上課、住宿、打工都各行其「事」，一般只能講同校之誼。月刊《文藝春秋》卷頭有二、三十頁的圖片，其間長年連載的欄目之一叫《同級生交歡》，向來只看見初中或高中的同學相聚。

青春小説，年輕人可以寫，上歲數的人也可以寫。年滿五十的山田詠美既寫成年男女的戀愛小説，也寫思春期男女少年的青春小説，如《風葬教室》《放學後的音符》《我不能學習》。她的最新之作叫《學問》，當然不會是教科書的學問，而是寫經濟大發展年代從小學到高中的四個孩子在課堂之外的成長，不消説，成長最根本是性以及愛。同樣是青春小説，多

了人生閱歷的人所寫，與年輕人大有不同。拿 80 後作家金原瞳和山田詠美相比，金原們還不會回首往事，更不知甚麼叫懊悔，寫活今天就是了。當年村上龍曾這樣評說：金原的小說描寫反常行為，傳達了活在今天的女孩子的心情。她們不寫，就不知道這一代人到底在想甚麼。在這個意義上，她們的作品是激進的。而山田寫的是昨天，底裏免不了嘆息和教訓。《學問》的每章開篇是一個登場人物的死亡記事，從結構便清醒地站穩了作者的立場，猶如登上山頭往下望，人生的高度是這種回憶式青春小說的賣點，更多的是誘發成年人讀者的別夢依稀的回憶與共感。山田詠美是具備評論家感覺的小說家，她的文學經歷有意思：起初畫漫畫，轉向寫小說，接連入圍芥川獎，終未如願，卻由於小說家五木寬之力薦，竟越過候選，一舉奪得直木獎，現今反而擔當着芥川獎評委。

日本小說的歸類幾乎是編輯說了算，一個小說算純文學抑或大眾文學，通常就看它發表在甚麼雜誌上，發表在五大純文學雜誌上就是純文學；這五種雜誌是《文學界》《新潮》《群像》《昴》《文藝》，獲得它們的新人獎就作為純文學作家出道。青春小說不像推理小說、武俠小說那樣山頭巍然，作品有屬於純文學的，如村上春樹寫大學生的《且聽風吟》和綿矢莉莎寫高中生的《真該踹一腳的後背》，也有連大眾文學都算不上的，即所謂輕小說。

漫畫不屬於美術，而輕小說不屬於文學，它是 1980 年代

出版社開發的新產品。嚆矢為角川書店出版集團先後推出的兩種小開本叢書，「輕便鞋文庫」和「幻想曲文庫」，背景則在於 1970 年代《指環王》之類的魔幻小說（稱不上科幻）翻譯熱，劍、魔法、冒險，風靡青少年世界。再加上電子遊戲，當初有這樣的廣告詞：用小說讀，故事跟你們平常玩的遊戲一樣。1993 年主婦之友社也推出「電擊文庫」，而且在字體變化上做文章，好像看漫畫。這些文庫的讀者對象鎖定在初中男生，此外，給少女看的少女小說，如集英社的「蔚藍文庫」，給女性看的男同性戀小說，給大人看的美少女小說，都可以歸入輕小說。總之，最大的特點是一個「輕」字，也就是容易讀。書店裏把它擺在漫畫書旁邊，封面是漫畫，內文有漫畫插圖，簡直是漫畫、電子遊戲的活字化。讀它需要有一個前提，就是得具備和作者一樣的動畫、遊戲、漫畫等文化素養。輕小說的作者和讀者同代，彼此能共鳴，正是在這一點上有別於兒童文學，作為傳統的文學類型，兒童文學是大人用來教育孩子的。

寫輕小說的作家都是年輕人，80 後甚至 90 後，其中也有人努力轉向寫所謂文藝小說，進入文學界，也順便把輕小說的名字帶入更多人的視野。例如女作家有川浩，自道她的輕小說是寫給大人看的，而她的作品如《圖書館戰爭》果然超出了輕小說的閱讀範圍，廣受歡迎。女作家櫻庭一樹也是輕小說出身，獲得直木獎等幾種獎項，實力非凡。但對於年輕人的作品，一些老作家看不上眼，例如 70 後作家舞城王太郎的小說《喜

歡喜歡太喜歡超愛你》入圍芥川獎，評委石原慎太郎說，只看這題目就厭惡。

　　輕小說是青春的，尚有待文學體制的認可或收編。

風俗慎太郎

　　2008 年，一位僑居或者入籍日本的中國人用日語寫小說，獲得芥川獎。適逢北京舉辦奧運會前夕，獎給中國人，或許是應時以吸引眼球，卻也不免像我們常說的獻禮，雖然對這禮中意與否得另說。此獎現有九位評委，清一色作家，終身制。評選方法是劃○為推薦，劃 × 為不推薦，劃△為模棱兩可。自稱「高等文學家」的石原慎太郎已當了十五年評委，評點這篇中國人的小說：「沒超出單純風俗小說的層次，即便文章進步了，也不能只因寫手是中國人就扯上文學評價。」可見本心是要劃 × 的，但他還一連三屆當着東京都知事，正煞費苦心申奧（2016 年夏季奧運會），事情就扯上中國一票，腳踩政治與文學兩隻船，兩難之間就劃了△。

　　有趣的是，半個多世紀之前石原讀大四的時候獲得芥川獎，年年狗咬人，那年人咬狗，竟然使這個純文學獎項一下子變成新聞，轟動社會，而他的獲獎作《太陽的季節》正是最典型的風俗小說。其風流俗，「太陽族」人滿街走，而今好像中

國把這種甚麼甚麼族的說法用得更歡勢。自芥川獎伊始擔任評委二十七年的佐藤春夫曾痛斥：「對於《太陽的季節》反倫理的東西未必抨擊，但它作為風俗小說是最低級的東西，作者銳敏兮兮的時代感覺也不出記者或演員的層次，絕不是文學家。從這個作品只感到作者欠缺美的節度，令人難抑嫌惡。」

　　風俗小說，這個詞現在幾乎不用了，聽石原慎太郎的話音，它帶有貶義，到底是怎樣的小說呢？

　　據辭書解釋，風俗小說是以描寫世態、人情、風俗為主的小說。照此說來，巴爾扎克、托爾斯泰的小說也不妨算作風俗小說，而村上春樹、吉本芭娜娜等作家都是以各自的手法寫社會風俗。但它又另有含義，那就是 1950 年中村光夫出版《風俗小說論》，對「構成今日我國小說之基礎的所謂寫實主義技法」痛加批判，以致風俗小說一詞不大好聽了。

　　記得 1988 年 7 月，剛到日本十來天，在電車上撿起一份報紙翻閱，看到了中村光夫去世的消息。他在《風俗小說論》中論斷，日本近代文學在決定方向的起步之際，用田山花袋的手完全塗抹了「自然主義」本來具有的科學性或思想性，把「自然」變質為作家精神性「修業」的一個倫理概念。這就使日本的小說不同於歐美小說，具有獨特性，即所謂私小說，也稱作純文學，被視為小說的正統。戰後，寫實主義小說演變為風俗小說，蔚然成風。風俗小說不是社會小說，不是從內面捕捉生活於社會的人，擅長的是外面的風俗描寫。即使寫人也不

過是人的斷片，或者是作者的恣意所操縱的傀儡，就連動物性側面也只讓人覺得是空白感性的捏造，並非作者身上所具備的天性。中村還寫過《谷崎潤一郎論》《志賀直哉論》，對文學大家挨着個否定，彷彿有中國近些年的景象，或許不同在中村是地地道道的文學評論家，而且是芥川獎歷史上絕無僅有過的評論家評委。

「風俗」，在日語裏還是「性風俗」之略，例如夏目漱石說，「文學的讀者裏有各式各樣的階級種類……警察是為了取締風俗而讀」。性工作者從事的是風俗工作，紅燈區產業就叫作風俗產業，這是中文所沒有的意思。「風俗店」、「風俗娘」之類的用語本來前面要加上一個「性」字的。比夏目漱石晚一輩的永井荷風辭了教師，不必再有所顧忌，自然而然地寫起了這種性風俗，也就是花街柳巷。有一篇叫《梅雨前後》，寫的是酒吧女招待，被譽為風俗小說的巔峰之作。當代評論家川本三郎有這樣的評說，「我認為風俗描寫與社會描寫有點不同。《梅雨前後》沒把話擴展為『當今日本的狀況』，有僅止於風俗之妙。有人把它輕視為『風俗小說』，但並非如此。」風俗小說並非色情小說，它是精細描寫衣食住以及流行等風俗的寫實小說，但或許永井荷風影響所致，人們往往以為風俗小說就是花柳小說，甚至是缺少思想性的通俗的無聊小說。

風俗小說的叫法似乎匿跡了，但風俗小說依然存在，並且借助於電視劇而更加興旺。像時尚電視劇一樣，風俗小說也總

把衣食等生活信息當作一個賣點，從這一點來說，女作家林真理子的那些隨筆地地道道是風俗隨筆。村上春樹寫音樂，不正是寫出了活生生的風俗嗎？似乎老作家渡邊淳一只擅長寫性交，譬如《失樂園》，對於吃穿住之類的風俗卻不在行，充其量是報告或說明，談不上描寫。當然，這也許因為他是寫給跟年將六十的主人公差不多歲數的男性上班族讀的，他們的生活知識也就這麼個水平，況且在字裏行間追逐的並不是吃甚麼穿甚麼，而是和人到中年的有夫之婦偷情，即便寫得如新聞報道或房地產廣告，也無礙他們垂涎讀。可笑的倒是到了中國，讀者好像淨是些何妨縱情談愛的年輕人。寫風俗需要駁雜的知識、豐富的人生，應該是富有閱歷的作家的擅場，但描寫得過於入微，恐怕也會讓我這樣的讀者不耐其煩。

忽而想起《風俗小說論》中一句話：「為某種被抽象化的欲望而獻身，在這一點上，守財奴的心理跟革命家的心理是一樣的。」

亂倫故事多

　　日本電視台播放連續劇《永遠之仔》，是根據同名小說改編的。小說出版於昨春，好評如雲。或許也借了電視媒體的影響，搏扶搖而上，近來排行暢銷書，已高居榜首。就個人經驗，要麼讀小說，要麼看電視劇，魚與熊掌不可得兼，不然，準有一頭兒教你來氣，賞而不欣。此度反常，捨小說而取電視劇，原因無他，小說太長了：上下兩卷，按日本算法，四百字的稿紙用掉二千三百八十五張。一位在國內做出版的朋友早早買了去，卻沒再問津版權交易，大概也犯怵一個長字。

　　不連續地觀看連續劇，知道個大概：三個少年遭受父母虐待，同病相憐，成為「一個戰壕的戰友」，長大後帶着心理創傷在社會上作人，問題迭起。其中一人是女性，所受虐待是父親亂倫，日語叫「近親相姦」。據說，女性小時候傷害大都來自男性親屬。此類傷害埋藏在心底，成年以後從本能的欲求來看待性，暗自釋然也說不定。人類自以為超脫了動物，但我們的古人很明白，單靠道德未必管得住野性復燃，所以《禮記》

就提出「男女七歲不同席」，以防範「禽獸行」。聽說日本十來歲的女兒還要和父親一起泡澡，萬一那父親自我壓抑不住，豈不就周邊有事。近親相姦多，在文學裏也成為常見的題材。前兩年女棋手林葉直子忽而失蹤，忽而出版裸影集，還寫了些近乎自傳的短篇小說，足以教好事之徒懷疑她與父親亂倫。宮本輝有一本小說《篝火將熄》，寫的是異母兄妹通姦。此類故實，日本最古老的史書《古事記》有記載：允恭天皇崩，由木梨輕太子即位，他卻和妹妹輕大郎女發生姦情。皇位被弟弟穴惠皇子繼承，流放輕太子到道後溫泉（在愛媛縣，是日本最古遠的溫泉之一）。他繼續愛戀着妹妹，寫了好些和歌。後來輕大郎女也追到那裏，二人情死。在亂倫這件事上，最受譴責的是父輩，而兄妹通姦每每被寫成愛情悲劇。可能因為在人倫中屬於同輩，而且年輕，年輕人犯錯誤連上帝也原諒，雖然亞當和夏娃好像也年輕。

那麼，母子亂倫呢？尼姑作家瀨戶內寂聽對哲學家梅原猛說：丈夫起早貪黑地工作，不顧家庭，主婦沒有愛情宣洩口，便轉向兒子，所以亂倫特別多。三浦綾子在小說《無水之雲》中寫到母子通姦。場景是札幌的兩個家庭，兩個看上去美滿的中產階級家庭，兩位亮麗的主婦是姐妹。對於女人來說，也許兒子真的是虛榮的工具，是向男人社會挑戰的最後的武器。姐姐佐貴子一心讓兒子俊麻呂考上東京大學，甚至怕他被女孩分心，影響學業，把自己的身體供給他洩慾。妹妹亞由子的兒子

純一偶然撞見，像社會人類學家布朗說的，引起本能的拒絕反應。人到底是甚麼？如果是狗熊，母子相姦大概也可以，但在人世絕對不行。可是，人也許和動物並沒有那麼突出的差別，像餓了就拿東西吃一樣，一旦起性，就是母子兄妹也相交。或許這正是人的本來面目。禁忌打碎純一對俊麻呂的崇拜。俊麻呂考上了東京大學，兩家人等着他吃壽司慶賀，他卻深深割斷了頸動脈。給母親的遺書上只有一行字：按說定的考上了，這就滿意了吧。

希臘神話裏的大地女神不斷與兒孫亂倫，很像是鬧劇，而三浦綾子講述的故事，我讀了，覺得是悲劇。是好多年前讀的，那時中國「考試戰爭」還不算酷烈。

自　殺

　　談日本，不能免「俗」，就要談到作家的自殺。一而再地談，是因為最近讀鄧雲鄉的《春雨青燈漫錄》，提及胡適日記裏的一段話——胡適這樣寫道：

　　「《北新》（四卷十一號）有詩人生田春月的自殺一文。生田君與我有一飯之緣。讀此文使我不歡，五月十九夜，他在瀨戶內海投海死。有寄伊藤武雄（也是我熟人）書，及寄他的夫人書。今年日本文人自殺者三人，有島我不認得。餘二人，芥川龍之介與生田皆與我有一面之緣。日本人愛美而輕死，故肯自殺。」

　　以前有一位朋友是專攻中國現代文學的，把胡適的日記推薦給我，讀了，覺得「日本人愛美而輕死，故肯自殺」的說法有意思。例如日本第一位諾貝爾文學獎得主川端康成，72歲時悄悄地聞了煤氣，屍體成桃紅色，看來他就是因厭惡、恐懼老醜而自我了斷，很有點愛美之心。或許在「美麗的日本」，年老更容易顯出醜態，除非金庸小說的武俠們東渡扶桑。但鄧

雲鄉以為：「這個結論實在不敢相信。自殺同愛美聯繫在一起，而且說得那樣肯定，全不管心理學、遺傳學、社會學、犯罪學種種複雜因素，便下結論，真是遺憾。」

其實，中國人也是肯自殺的。文化大革命時代自殺者何其多，但事關自絕於黨自絕於人民，每每諱而不言。自殺，可以分析出種種複雜因素，但落實到一個人身上，有時卻意外的簡單，可能真就為了美。去年7月，江藤淳割腕自殺，雖然作法有點像少女，但畢竟是文藝評論家，人們不由地往複雜裏找死因。不過，他沒像川端康成那樣玩虛的，該寫的文章寫了一半，連一句話也不留下就閉上近乎妖的大眼睛，讓活人從「淒艷的戰慄」探究「崇高的啓示」。江藤淳有遺書，寫道：形影不離的妻子一死，精神上日益衰弱，而且病苦難堪，已不過是一具形骸，所以「自我處決」，「乞諸君諒之」。死得不是很自然嗎？生的界定是模糊的，死的觀念是複雜而陳舊的，最是一死不自由，所以對於死，人們總愛用心理學、遺傳學、社會學、犯罪學等一切學問做文章。

1970年11月25日三島由紀夫剖腹，簡直是演戲，過於把他的行為政治化，作為觀眾也未免太投入。他自戕的時候，司馬遼太郎正當着每日新聞社記者，是這樣報道的：像三島那麼大的文學家在日本歷史上很罕見，恐怕後世也不會出第二個。他的死應該限於文學論範疇，雖然死法異常，但本質上應和有島武郎、芥川龍之介、太宰治的自殺置於同一系列。他

的死不是政治性的。自衛隊員衝他喝倒彩，說明日本社會的健康。面對大眾的政治感覺，他的死是無力的。

作家有島武郎在 1923 年情死，周作人就此寫道：「我們想知道他們的死的緣由，但並不想去加以判斷：無論為了甚麼緣由，既然以自己的生命酬報了自己的感情或思想，一種嚴肅掩住了我們的口了。我們固然不應玩弄生，也不應侮蔑死。」對於別人的死，似乎我們中國人恰恰欠缺點嚴肅。

踏　繪

　　長崎的角力灘是海上看落日的好地方，尤其在參觀了遠藤
周作文學館之後，思緒與落霞齊飛。

　　遠藤生來體弱多病，1961 年三度肺手術，病篤時恍惚在
探視人帶來的紙上看見「踏繪」。病癒後多次去長崎取材，創
作了長篇歷史小說《沉默》，1966 年出版，獲得谷崎潤一郎獎。
寫的是踏繪。

　　踏繪起始於長崎。

　　1612 年德川家康下令禁止天主教（當時叫「吉利支丹」），
其後幕府幾度頒佈禁令，嚴加鎮壓。1628 年前後長崎官府採
用踏繪這一招，就是把基督耶穌或聖母瑪麗亞畫在紙上，讓人
踏一腳，以驗證是不是天主教徒。不踏即教徒，強迫改宗。紙
畫易損，於是雕刻了十塊木板，後來又製造二十塊銅板，每年
正月裏實施，好似過年趕廟會。還借給別的藩，以供排查。
1857 年接受荷蘭商人建言，經幕府批准，於翌年廢除此一制
度。日本禁止基督教，直到明治六年（1873），歐美施壓才最

終結束。

在《沉默》裏，日本鎖國時耶穌會派來布教二十年的費雷拉教父屈於倒懸拷問而叛教，年輕的羅多里戈神甫經澳門偷渡，潛伏在長崎郊野，被教徒出賣，準備殉教。可是，他堅守信仰，那些已發誓放棄信仰的教徒就繼續被官府用刑，直至喪命。最終他的腳踏向踏繪，感到了一陣劇痛，這時銅板上已經磨損的耶穌對他說：「踏吧，我最知道你腳痛。正因為知道這種痛，我才降生人世，背負十字架。」

遠藤筆下的耶穌並沒有沉默，通情達理，但現實的長崎教會不容忍羅多里戈叛教，拒絕《沉默》。豎在歷史民俗資料館前的「沉默之碑」也曾被塗漆。遠藤在《異邦人的立場》一書中寫道：「恐怕大多數日本讀者懷疑我到底對基督教信賴或確信到甚麼程度。我明確回答，我認為基督教義比其他各種思想對於我是最深最高的真理。我心底今天有對基督教義的信賴感。儘管如此，基督教中有很多我不能適應的東西，特別是西歐的──特別是托馬斯的思考所錘煉的基督教。當然那不是基督教的全部，是一部份。儘管是一部份，今天卻被說得好像是基督教的全部，也這樣在日本傳授。我前面說『洋服』即為此，不過，我內心對基督教義的信賴感讓我認為『洋服』未必是衣服的全部，我覺得合日本人身體的和服也不乖離基督教義。」境未遷而時過，2000 年文學館在長崎市外海地區落成開館，附近的浦上天主堂為遠藤周作和所有天主教徒舉行追悼彌撒，

尼僧作家瀨戶內寂聽也光亮着頭皮在祭壇旁講話，呈現了宗教寬容的景象，或許可以讓遠藤釋懷。

今年，2010 年的 5 月，文學館落成十週年。巨大而低矮的屋頂彷彿沉默着，腳下的角力灘煙波浩渺。沉默之碑上鎸刻着遠藤手書《沉默》一句話：人如此可憐，主啊，海卻太藍了。

夕陽西下，海水漸變了顏色，不像遠藤説的那麼藍。

井上厦逸事

對於日本人的姓名，我們的法子是照搬漢字，這倒是「名從主人」的老規矩，譬如大唐年間，日本人覺得倭不好聽，改稱日本，武則天也說那就隨人家叫吧。可是，用假名起名的日見其多，就不大好辦，找來些漢字頂替，主人看了也不知道「我是誰」。例如井上厦，名ひさし，被我們代以厦字，為甚麼不取日本更常見的漢字呢？因為他本名就用這個字，卻像是我們做事很愛揭老底，幸而他沒說「更不許，人前叫」。

提及井上厦，便想到井上靖，就好像提起李長聲，有人就想到李長春一樣，但長聲生於長春，跟這個叫長春的人卻搭不上關係，憾甚，而厦和靖之間有一段逸話。那是 1972 年在芥川、直木兩獎的頒發典禮上，井上厦榮獲直木獎，他母親，想來是愛拋頭露面的，也趕來觀禮，見芥川獎評委井上靖在座，便湊了過去，說：您徵文獲獎時我丈夫也獲獎了，他要是不早死，說不定比您更了不起。井上厦當場的狼狽就無須贅言了，但是從日後的歷程來看，如二人先後當日本筆會會長、呼籲世

界和平七人委員會委員，井上廈替父親起碼與井上靖並駕了。

五歲時父親去世，他問母親為甚麼父親不在，母親指着父親留下的幾架藏書，說你就把這書山當父親吧。弄壞書，挨母親訓斥，他說：長大了還你幾倍還不行嗎。果然，1987年井上把七萬冊藏書捐贈（後來也不斷寄贈，冊數倍增）給故鄉山形縣川西町，開設圖書館，叫遲筆堂文庫。據說每本書上都有他閱讀過的痕跡，令人驚嘆。井上廈在隨筆中寫道：他「形成了一種信仰：書中有父親，成就父親未果的夢想是一生的工作」。

他前妻叫好子，離婚十二年後的1998年，突然出版一本書《阿修羅棲居之家》，暴露井上在家裏經常暴打她，像離婚一樣，這事也轟動社會。按前妻的說法，寫作是孤獨的，井上打了老婆才得以進入寫作狀態，好似出征前祭旗。跟班編輯們都知道他的毛病，竟合掌懇求：今晚拿不到稿子就完了，夫人，求您啦，就讓他再打兩三下吧。此話若當真，更可惡的倒是這些編輯。作家當然不是甚麼靈魂工程師，但也不能以文學的名義為所欲為，不過，全信書不如無書，如今書尤不可信，姑妄聽之。

書中還寫到井上廈未成名時代，她替丈夫送稿件，背着一歲的次女，牽者三歲的長女，天寒地凍，站在門口等回音。由此不禁想起二十多年前，在長春編輯雜誌，籌劃出一個井上廈特輯。那年月難覓日本書刊，徑直寫信向作家索要，不僅毫無

著作權概念，甚而覺得翻譯介紹其作品簡直就是給作家面子。井上寄來一些文庫本，附有一封信。當時以為信寫得古裏古氣，日本人也看得懂，落款還用了「頓首」二字，豈料回信的信封上竟寫着「李長聲頓首」收；是井上夫人代辦的。再後來聽說他們離婚了。

　　今晨在報上愕然看見：小說家、劇作家井上厦於（2010年）4月9日晚因肺癌去世，享壽七十有五。

丸山健二的高倉健

　　世上有兩種怪人，一種是搞怪，又一種是見怪。人見人怪，可能本人卻並非故作姿態，只是在我行我素罷了，譬如丸山健二。

　　2004 年綿矢莉莎和金原瞳二人同獲芥川獎，話題鼎沸的是她們一個二十歲零五個月，一個還差一個月才 20 歲，而長久保持最年輕獲獎記錄的，就是這丸山，1967 年他剛過了 23 歲生日，以短篇小說《夏流》獲得芥川獎。

　　1956 年芥川獎頒給二十三歲零三個月的石原慎太郎，其作品驚世駭俗，從此，這一文學出版活動變成了引人注目的社會新聞。可是，當新聞人物的熱鬧卻惹惱丸山，此後谷崎潤一郎獎、川端康成文學獎要獎他，統統被拒絕。就在同一年，五木寬之獲得直木獎，數十年來出盡風頭，如今很有點教主派頭。丸山則「孤高」，遠離文壇，結廬在群馬縣山間，採菊東籬下，以自己的生活方式批判現代城市文明，此類隨筆曾招引了不少粉絲。他把現代美國小說看作小孩玩尿泥，不知有沒有

譏諷村上春樹的意思。

丸山在隨筆中寫道：「所謂自然美麗，與生活環境嚴酷同義。」「鄉村生活需要的是自己的事情自己做的堅強心態和體力。」他認為酒是毒藥，「除了酒之外，還有侵蝕你心身的東西，那就是孤獨感。」或許這就讓他推崇肌肉隆隆的男子漢模樣，陽剛之氣，而日本貢獻給世界的典型人物非高倉健莫屬。

電影導演張藝謀景仰高倉健，就請他拍電影，而丸山是小說家，別出心裁，為高倉健量身定做了一部小說，叫《鉛彈玫瑰》。雖然主人公另有名姓，但封面是丸山拍攝的高倉健寫真，卷首又一幅黑白的，老態英姿。扉頁上題記，有云：「最後的真正的電影演員高倉健隨着加齡越來越出色，富有人情味，終於變成了一個超出銀幕之外的怪物，也就是說，化作了罕見的存在——單是用攝影機捕捉已達到界限，遠遠超越了演員的範疇，固然是肉體的，但恐怕更是精神的。所以我這樣想：倘若不是影像而是語言，驅使比電影更具有影像性的文章，那麼，挖到高倉健所蘊藏的原封礦脈大概是可能的，大概能引出用電影誰都無法迫近其核心的深藏魅力。」

可惜，他筆下的高倉健形象似乎未達到他自許的高度，對於他指責的文學界或電影界的輕、薄、低、柔，可能也如同蚊叮蟲咬，夠不上刺激。評論家福田和也搞怪，給丸山健二的小說打分，《夏流》六十六分，而 1992 年出版的《千日琉璃》僅僅二十一分，雖過於苛刻，但是自這部長篇巨製以後，丸山

更熱衷於文學試驗，讀來真令人替他捏一把冷汗。《鉛彈玫瑰》
是 2004 年出版的，好似仿造高倉健拿手的電影，偏重故事性，
開篇就是他刑滿出獄，年將七十⋯⋯

在　日

陳舜臣今年 81 歲了。

二十多年前，北京有一位教授曾專門翻譯陳舜臣的小說，使他在中國頗有知名度。那時陳氏是華僑，大家便探討他到底算日本作家，抑或用日語寫作的中國作家。後來他不再作堯舜的臣民，加入日本籍。往事如煙，最近讀陳舜臣自傳《路半》，興趣隱約仍在於他的身世之「謎」。

陳舜臣生於 1924 年，歲在甲子；那年在大阪與神戶之間的西宮市建成棒球場，取名甲子園。1895 年大清帝國被日本打得落花流水，忍痛割讓了台灣，從此台灣人變成日本國民。父親隨祖父之後舉家從台灣移居神戶，從事海產品貿易，陳舜臣就生在神戶，那裏是他的故鄉。大阪外語學校（今大阪外國語大學）印度語科畢業，本打算在母校任教，時逢日本戰敗，台灣人恢復中國籍，非日本人在國立大學的前程到講師為止，只好作罷。戰後出現歸鄉熱，陳舜臣也隨波「回去」──他不知自己該不該用這個詞，對於他來說，台灣等同於「異鄉」。

五、六個朋友相約辦一個岩波書店那樣的書店，其一是李登輝。遭逢二二八事件，陳舜臣大失所望，返回日本，總共在台灣滯留三年有半。成家後協助父親經商，用漢文寫商業尺牘，業餘自學波斯文，嘗試翻譯。商海十載，天南地北的事情聽得多，腦子裏時常編故事。不想打一輩子算盤，提筆寫作。任何小說都含有推理要素，從日本小說的歷史來看，今後受人們歡迎的，非推理小說莫屬，這麼一想，便創作了《枯草根》，獲得江戶川亂步獎。那是 1961 年，從此步入文壇。1990 年，時隔四十年重遊台灣，李登輝已當上總統。會見時李問：說甚麼話呢？國語、閩南話、客家話？還是英語或日語？陳答：說日語最容易。

陳舜臣在自傳中説，自己是甚麼人的問題不曾離開過心頭，被問到故鄉在哪裏，總要遲疑一下。不過，遲疑之間並沒有哀傷。想起不久前讀過的姜尚中自傳《在日》，他是在日朝鮮人，同樣是「在日」，中國人自有特色，似不大有朝鮮人那樣的民族情結。「在日」一詞飽含了歷史內涵，特別指 1910 年以後僑居日本的朝鮮半島人，陳舜臣幾乎不使用。1897 年朝鮮脱離清政府，成立大韓帝國，1910 年被日本強佔為殖民地，又改稱朝鮮。戰後在日朝鮮人不再是日本國民，日本把他們視為犯罪預備軍，實施外國人登錄證制度，還要按手印。1980 年代「憤青」姜尚中第一個在崎玉縣拒絕按手印，後來當上東京大學教授，又為在日朝鮮人拿了個第一。他生在日

本，長在日本，愛的只能是日本，但日本歧視他，疏離他。心底時時被迫意識自己是朝鮮人，在日而已，這就是他生為日本人的悲哀。

姜尚中說：「我是生在日本、日語培育了感性的二世，北方也好，南方也好，不能說朝鮮半島是祖國，但不可抹去生下自己的父母的情思。」對祖國的認同，幾乎是所有在日朝鮮人作家的命題，以致在日本文學之中形成了一個另類：在日朝鮮人文學。例如柳美里，按在日朝鮮人作家論資排輩，幾乎該算作四世五世，她去年以祖父為原型寫了一部長篇小說《八月的盡頭》，返回歷史現場，還是在探究十多歲時就糾纏身邊的疑問：自己為甚麼是只會說日本話的韓國人。陳舜臣比姜尚中早生二十五年，從在日來說同屬於二世，但陳舜臣文學中幾乎看不見姜尚中們那樣的民族意識，不知是出自中國人自古積澱的民族底氣，還是由於日本人少給了他氣受。他說：「對中國人、台灣人的歧視不能說完全沒有，可並不那麼厲害。問從台灣來的人，好像台灣的歧視相當嚴重，但是在神戶搞歧視也是極少數人，而且融入日本人生活當中的人很多，所以問題似乎不太大。」

姜尚中以為在彷徨的人生中產生了一種可能性：自己既不是生在日本，也不是生在朝鮮半島，而是超越國界，生在東北亞。這態度看似超然，其實未必能拂去他心頭的歷史陰影，不過是對現實迴避得較為時髦罷了。用中國人以前愛說的話，這就是大帽子底下開小差。

文學影武者

　　芥川獎年年被當作新聞報道，對於文學當然是好事，但話題未必是文學，譬如獲獎者年齡。自石原慎太郎 23 歲獲獎以後，這個年齡彷彿是一道檻，半個世紀才突破，矢綿梨沙獲獎時差一個月二十歲。高齡也會被當作話題。直木獎得主有六人年過六十捧獎在手，而芥川獎獎勵新手，似這般年齡只一位叫森敦的：1970 年以《月山》折桂，差一個月 62 歲。小說家、評論家小島信夫稱讚此中篇小說超越了夏目漱石的《明暗》和《草枕》。

　　森敦是奇人，也是怪人，最教人奇怪的是他小小年紀就得到文壇大老菊池寬賞識，師事橫光利一，22 歲在報紙上連載處女作，並且和太宰治、檀一雄等人辦同仁雜誌，卻再未發表作品。莫非真的是認為中國古典、佛教經典及《聖經》裏都寫着，再絞盡腦汁創作也是多餘。森敦雖然不寫，但是有想法，鼓動別人寫，藉以實現自己對文學命題及結構的思考。譬如指導十多年前就得了芥川獎的小島信夫寫，題目也是他擬的，即

長篇小説《擁抱家族》，獲得谷崎潤一郎獎，他在幕後也心滿意足。已拿過推理作家協會獎的三好徹寫《聖少年》，他說這不行，應該寫少女，三好便回去重寫，以《聖少女》獲得直木獎。森敦在小印刷公司做工，幾乎天天有文學愛好者登門求教，小説家後藤明生讚他如白鯨，是深淵的帝王。勝目梓也常在茶館領教，森敦說：你應該像其他人那樣把我的話錄音，回去反覆聽，但勝目到底理解不了形而上，轉向寫官能小説。

森敦安貧樂道，道自己那一套文學理論需要有人聽，招攬了一個叫富子的文學女青年，後來更成為養女。森富子寫過一本《和森敦對話》，把這位業餘的文學教祖寫得很生動。相貌有點憨，髒兮兮我行我素，幾乎吃不上飯，卻一天到晚談文學。從夫人嘴裏得知，森敦也曾起早伏案，置酒一大瓶，邊喝邊寫，總不能滿意，「邊喝酒邊寫的文章不行！」接着卻還是邊喝邊寫，廢紙成堆，夫人勸他何苦再寫呢，不如飲酒聊天，散步觀景。森敦折筆，放浪三十年。富子激起了森敦動手寫的欲望。每天出勤，坐山手線頭班電車，以膝蓋為案，用公司校樣背面寫，電車一圈圈環行，便寫出《月山》，題材是他曾住過大半年的注連寺。

寺在山形縣山裏，冬季大雪封山，頓頓吃蘿蔔醬湯，和尚慈悲道：前天切塊，昨天切絲，今天切成扇子形，不一樣的喲，但森敦的體味是蘿蔔怎麼切也是蘿蔔。傳說注連寺是弘法大師833 年開山建立的，因明治年間崇奉神道而衰敗，這篇小説竟

使之復興，功德無量，境內建有月山文學碑和森敦文庫。2009年「米其林指南」評它兩顆星，適值森敦去世二十週年。

東野黑笑

　　聽說東野圭吾獲得直木獎，我不由地嘿嘿一笑，因為剛讀過他的《黑笑小説》，是短篇小説集，其中自成系列的四篇把文學獎耍笑了一通。

　　此兄是大阪人，1958 年生，大學畢業後一邊搞技術工作一邊寫推理小説，1985 年獲得江戶川亂步獎。在日本當作家無須甚麼協會來認可，但需要得個獎，不然，師出無名，就不好出道登場，所幸文學獎大大小小多得很。東野披上了獎來的虎皮，辭職進京（東京），在文學的皇城根兒當專業作家。各種文學獎排列有序，構成金字塔，爬上塔尖的芥川獎或直木獎（文藝春秋社 1935 年設立）便得道成仙。後來又有了三島獎、山本獎（新潮社 1988 年設立；三島由紀夫從未被芥川獎提名，山本周五郎曾拒領直木獎，拉這二位故人的大旗，用心昭然），也算是塔尖，但歷史短，影響還比不過芥川、直木兩獎。東野五次落選直木獎，成了「最被直木獎討厭的人」，那心情可想而知。他自道，每次落選就喝酒大罵評選委員們。不止於罵，

還接二連三寫小說，公之於世。所以，今年伊始他的長篇小説《嫌疑犯 X 的獻身》獲得直木獎我覺得有趣。同時獲得芥川獎的絲山秋子説：總算把卡在嗓子眼兒裏的魚刺弄出來了。她曾三次候選芥川獎，一次候選直木獎。獎難得，那就會老老實實寫，也許能寫出好作品。一旦獲獎，約稿如潮，哪裏有工夫琢磨，數管齊下，一蟹不如一蟹。日本作家活着就刊行全集，我們的出版人從不考慮都翻譯過來，着實有眼光。

文學獎評委一色是作家，評語就太多感性。近年獲獎者低齡化，卻沒人説出究竟文學在哪裏。東野黑笑着，讓他筆下的評委説：「誒，獲獎作品其實有很多問題，我們評選委員也大受刺激。但評選會上毫無爭議，一開始就一致通過，為優秀的才華閃亮登場而高興。至於內容嘛，一點也不能提，大家用自己的眼睛欣賞那非同尋常的世界吧。」橫山秀夫的推理小説《半落》破解一個捐獻骨髓的人殺妻之謎，非同尋常，竟把很多人感動得登錄日本骨髓庫，樂於捐獻，但多數直木獎評委予以否定，理由是主人公的行為編得太離譜。橫山已三度候選，只要再堅持一兩次，就可能到手。東野是例子，評委們未必不跟他一般見識，但背後有出版界的政治力學起作用，不可能一家獨贏。可惜，橫山臉一黑，宣佈與直木獎絕緣。説來最慘的是也會演戲的帥哥島田雅彥，三年裏白白準備了六次「獲獎感言」（被提名就要準備好感言，以便獲獎後立馬被採訪），跟芥川獎反目成仇。村上春樹、吉本香蕉（她的名字，一半照搬

字面，一半照搬讀音，是吉本芭娜娜，滿好聽的女性名，但她起這麼個筆名是因為喜愛香蕉花，譯作香蕉才符合本義；近來她把吉本二字也改用假名了）在國際上都叫得響，日本卻沒給芥川獎，他們的「春絲」、「香粉」提起此事就氣不打一處來。

角川書店野性時代編輯部去年開設了青春文學大獎，廣告寫道：廣袤而費解的世界，對它感應、震撼的心，如果這是故事的開頭／《野性時代》斷言，所有偉大的作品都是青春文學／使徒保羅、歐瑪爾・海亞姆；尼采、紫式部、威廉・巴洛斯；人麻呂、陀思妥耶夫斯基；安妮・弗朗克、漱石、弗洛伊德；維昂、塞林格；魯迅、莎士比亞；卡波特、太宰、馮內古特，所有偉大的寫手都是青春文學家／還有，你／題材不拘，年齡不限，規則自己訂。只要向潛在的讀者，全力囊括你的「現在」，釋放世界哪裏也不曾有的感動與熱量。日前評出了得主，一個 17 歲的高中生。作品是用手機寫的，用日文稿紙折合約十萬字，傳給編輯部應徵。題目叫《玩比欺可怕百倍》。確實，貓玩老鼠，對於老鼠來説比一口吃掉更糟糕，橫山秀夫被直木獎放在火上烤，可能就是這種感覺吧。

另半個漱石

　　江戶熱在日本已熱了好多年，甚至還搞起江戶文化歷史測驗，雖然合格證的用處不過是打折幾處博物館門票。有調查統計，對於歷史上各個時代，1983 年百分之三十九的人熱愛二戰後，百分之十六喜好江戶時代，而 2007 年前者下降到百分之二十七，後者上升為百分之二十四。此外，所好依次是平安、戰國、明治各時代。

　　1603 年德川家康就位征夷大將軍，在江戶開設幕府，自此二百六十幾年，史稱江戶時代。薩摩、長州諸藩用王政復古的旗號推翻幕府勢力，天皇復辟，1868 年江戶改稱東京，翌年明治政府從京都遷到這裏。新朝自然要抹黑前朝，說江戶年間等級森嚴、苛捐雜稅、閉關鎖國，以示政變奪權的正確。年代漸遠，不滿於現實則好古，人們把江戶時代說成一朵花。美化它長久和平，以致經濟發展，文化繁榮，工藝精湛。有人譏之為江戶幻想，不過，日本生活及文化的所謂傳統，基本是這個時代定型的。文學方面產生了芭蕉，甚至捧他為俳聖，然而

在當時，最高雅的文學是漢文學，芭蕉乃下里巴人。

江戶時代之前，15世紀末至16世紀末的一百年，群雄割據，被稱作戰國時代。武士橫行，以下犯上是常事。德川家康執政後，重用藤原惺窩等儒學家，以儒學為幕府官學，對無異於強盜的野蠻武士進行思想改造，修身養性，盡忠於主子，奠定了太平天下的基礎。那時候語言文化是三層結構：上層知識階級、學者使用純粹的漢文，中間的官僚階層使用和式漢文，亦即洋涇浜的官樣文章，下層民眾使用土語。若不能讀寫純粹漢文，不僅不能當漢學家、國（日本）學家，也當不了蘭學家，例如杉田玄白等迻譯的《解體新書》是蘭學名著，譯文為純粹漢文。被美國炮艦敲開國門，簽署《日美和親條約》用和式漢文，半文半白，中國人看著莫名其妙，但是有竅門，所以梁啟超們那時真可以日文百日通。現代日語以土語為基礎，學起來就少了捷徑。我大清衰敗，漢文也隨之喪失普遍語言的地位，到了昭和天皇讀詔書宣佈投降時，很多人已經聽不懂漢文調日文，還以為他親口下令一億玉碎，抗戰到底呢。

日本拿來中國的漢字，並不把它當外文，而且不僅照搬發音，還對號入座，硬按上自己的唸法，或許因而不曾有朝鮮、越南的那種鬱結。漢文在日本歷史上有過兩次黃金時代，即遣唐使時代和鎖國的江戶時代。德川家康始作俑，儒學家林羅山等奉命用金屬活字大量印刷漢籍，武士階層以及上層的市人農民熱心學習純粹的漢文。幕末致力於維新的西鄉隆盛、阪本

龍馬、伊藤博文屬於下級武士，都作得來漢詩。夏目漱石生於1867年，正好是十五代德川將軍把大政還給天皇家那年，翌年改元明治。同代有森鷗外、二葉亭四迷、內村鑒三、西田幾多郎等，他們是「素讀」（不問意思，誦讀字面）四書五經的最後一代人。永井荷風比漱石晚生十二年，是最後一個具備漢學素養的文學家。又晚生三年的谷崎潤一郎雖然作品裏洋溢遣唐使時代的文學氣息，但讀寫漢詩文不能與荷風同日而語。

夏目漱石是日本近現代首屈一指的文學家。其作《少爺》被改編為電影五次、電視劇十一次，無一成功，究其原因，小說家、劇作家井上廈說，因為這個小說妙在文章上。如此了不得的文豪，卻是38歲發表《我是貓》出道，49歲就病故了，一生中更長時間當英語教師。本來愛好漢詩文，但時當「文明開化」，學漢學沒有出路，轉而學英語，專攻英文學。「猶如上了英文學的當」，大失所望，路也只好走下去，畢業當英語教師，而且被高薪聘到松山的中學（校長月薪六十，他八十，以致被叫作八十元先生），所幸後來取材於這段生活，創作了膾炙人口的小說《少爺》。33歲公派留學，省吃儉用地買書苦讀，越讀越認定彼我文學語言不同，而訴諸感性的趣味（taste）不同造成不可理解。鬱悶倫敦兩年半，甚至被當作精神不正常。回國後，東京帝國大學解雇小泉八雲，聘他為講師，講授英文學概說。把講義題為《文學論》出版，在序言中寫道：「廢讀書而又思慮，資性愚鈍，且由於專攻外國文學也學力不

足，未達至會心之域，遺憾之至。徵之過去，余之學力此後也未必提高。」「余於漢籍並非有根底深厚之學力，但自信能充份品味」。「漢學所謂文學與英語所謂文學是終究不能概括於相同定義之下的不同種類的東西」。精神世界終於與西方格格不入，更自覺了身上傳承的東方，於是在不惑之年辭去教職，從「帝大下野」，專事寫作。

23歲那年的暑假，漱石和學友出遊，歸來寫了一冊漢詩文《木屑錄》。生命最後一年的後半，每天上午寫《明暗》，下午作漢詩。這個小說在報紙上連載一百八十八回，病故而未完，漢詩寫了七十五首。為甚麼作漢詩呢？他43歲患大病，癒後曾寫道：平常忙忙碌碌，連簡易的俳句也不作，漢詩更懶得動手。但病中這麼遠遠地觀看現實世界，心緒杳渺，毫無芥蒂，唯有這時候，俳句自然湧出，漢詩也乘興浮起種種靈感。過後回顧，這就是自己生涯中最幸福的時期。可用來盛風流的器具，除了無規則的俳句和詰屈聱牙的漢詩之外，不知日本可還有甚麼發明。漱石寫小說是「俗了」，俗不可耐，用漢詩創作來回歸自我，表現自我。漢詩是他的本質，所達境界的結晶。他一度是英語教師，以小說留名青史，但終生是漢詩人。

多年前岩波書店出版《夏目漱石全集》，共十八卷，我只買了其中的一卷《漢詩文》，這是無須懂日語就能讀的，偏得了我們中國人。日本人卻幾乎不再讀漱石的漢詩，譬如文藝評論家秋山駿說他跟任何人一樣愛讀漱石，所有的小說，然後是

隨筆、講演、書簡之類，未提及漢詩。簡直可以說，他們只知道半個漱石，另一半，漢詩的漱石留給了歷史。古井由吉是小說家，作品《假往生傳試文》被評論家福田和也打了最高分，與村上春樹的《發條鳥年代記》並肩，他年過四十認識到自己作為用日語寫東西的人欠缺漢文素養，於是讀唐詩，讀漱石漢詩，說：明治的文學家、文化人以及政治家扎實地具備漢文式文脈，所以在某種意義上遠遠比後來的大正、昭和、平成時代語言明快，語言的決斷也一清二楚，能明瞭地表現，相比之下，我們的話語很曖昧，不得要領。

漢詩有格律的束縛，凝聚並深化所思所感。本來具有音樂性的平仄在日本漢詩中變成了無聲的法則。漱石漢詩偶有「和臭」（不合乎地道中文的日本式遣詞造句），但無礙大觀，在日本千餘年漢詩史上是一座高峰。他最後的漢詩是一首七律，云：真蹤寂寞杳難尋，欲抱虛懷步古今，碧水碧山何有我，蓋天蓋地是無心，依稀暮色月離草，錯落秋聲風在林，眼耳雙忘身亦失，空中獨唱白雲吟。

食蓼蟲

　　詩一首：蓼蟲何意嗜辛蔬，識字從來憂患初，傲骨崢嶸難媚世，茂陵長臥馬相如。引自《艮齋詩略》；清末俞樾編《東瀛詩選》，評艮齋詩，曰「可傳者頗多，蓋亦學人之詩」。漢文曖昧，「學人」若解為動賓結構，就是個貶意，但此處作名詞。安積艮齋是江戶時代末葉的儒學家，當年彼理率艦隊叩日本國門，他也曾參與翻譯美利堅國書。

　　食蓼蟲，白居易有詩：何異食蓼蟲，不知苦是苦。蓼葉辛辣，日本人吃魚生用蓼芽佐味。谷崎潤一郎有一個長篇小說叫《食蓼蟲》，序詞中寫道：「調查一下，發現中國諺語『蓼蟲不知苦』是日本諺語的元祖，詳細說，是『冰蠶不知寒，火鼠不知熱，蓼蟲不知苦』（案：此語出自宋人《鶴林玉露》）。我沒嘗過蓼葉，看來非常苦。此諺語好像是嗤笑愛的人沉溺於愛，不覺察對方的缺點，但日本把本來的意思略加引申，很多時候也用於人各有秉性，所以應該任個人所好，他人不要干涉。總之，我用作小說的題目是依照後者的解釋。」聽人

說，同樣意思的英語諺語是名人有其所好，這可不大有妙趣。

　　1923 年關東大震災，自小有地震恐懼症的谷崎趕緊從東京遷居關西；1995 年關西發生阪神、淡路大震災，他幸而去世已整整三十年。1926 年，谷崎到淡路島觀賞自 16 世紀傳承的人形淨琉璃，兩年後寫作了《食蓼蟲》。關西是大和王朝所在地，古風猶存，本來多變的谷崎順其自然地回歸古典。川端康成說：「谷崎的作品早就有很多譯成外語，特別是近年翻譯《食蓼蟲》《細雪》等，在西洋諸國也受到尊敬，而且被視為現代日本代表性大作家，國內的我們也覺得理所當然。」1958年三島由紀夫以《食蓼蟲》等作品推薦谷崎候選諾貝爾文學獎，但評委會說是沒準備好接受，十年後準備好了，谷崎已死，接受的是川端康成。谷崎為現代文學潤色的古典之美被村上春樹清洗殆盡。

　　因鬧過一場谷崎要把妻千代讓給佐藤春夫的事件，所以《食蓼蟲》所寫妻的情人被指認為佐藤，但谷崎之弟終平在千代死後撰文，挑明千代早就有情人，不是佐藤，而是住在谷崎家的美青年和田六郎（日後為推理小說家），並且流過產。可能像小說一樣，這場姦情為谷崎所容許，甚至他一手導演。不知何故，有情人未成眷屬，這才有谷崎二度讓妻，和佐藤、千代發表了聯合聲明，轟動社會。

　　寫《食蓼蟲》的日子谷崎正過着主人公斯波要一般的奢華生活。斯波結束與俄羅斯娼婦的關係，轉而迷戀人形似的日本

女性；谷崎離婚後提出徵婚七條：關西人，但不喜純京都味；
適合日本髮型；不是美人可，手腳須奇麗，云云。

斷腸亭日記

　　永井荷風喜歡王次回的兩句詩：花影一瓶香一榻，不妨清絕是孤眠。

　　他也寫得來漢詩，如：卜宅麻溪七值秋，霜餘老樹擁西樓，笑吾十日間中課，掃葉曝書還曬裘。

　　谷崎潤一郎在《瘋癲老人日記》中寫道：「荷風的字和漢詩並不算高明，不過，他的小說是我所愛讀的書籍之一。這幅字是過去從一個畫商那兒弄來的，但聽説有人很擅於仿造荷風的字，幾可亂真，這一幅也就真偽不明。被戰火燒毀以前，荷風住在這附近的市兵衛坊的塗油漆的木造洋樓裏，號偏奇館，因之云『卜宅麻溪七值秋』。」

　　偏奇館遺址在東京麻布區。「偏奇」是外來語油漆的諧音，據説漆的是藍油，一見如事務所，景觀很有點偏奇。永井荷風的名作《雨瀟瀟》《墨東綺談》等都是在這裏寫作的。

　　1945 年 3 月 9 日，天氣快晴，夜半空襲，他提着裝日志及草稿的手提包匆匆逃難：庭前大櫧樹火焰熊熊，黑煙漫捲

過來，束手無策，不能到近前看清家宅倒毀，唯有遠望火焰更其猛烈升空，可知偏奇館樓上很多藏書焚毀於一時。閒居偏奇館，舞文弄墨，算來將近二十六年之久。思及三十餘年前在歐美購買的詩集小說座右之書再不能得到，惋惜之情難耐。

兩天後在灰燼中揀出一枚印章，是谷崎潤一郎為他篆刻的「斷腸亭」三字。

這是永井荷風在《斷腸亭日記》中記述的。日記從 37 歲開始寫，一直到去世的前一天戛然而止，「不怕雨不怕風」地連續寫四十二年。每天先草記，然後用宣紙謄清。裝訂成冊，封面寫「日記」，而帙籤為「日乘」。用心之深，顯見是他獨居的一大樂事。寫日記並非說夢話，終究存一份給人看的心思，荷風的日記更屬於創作的日記文學。遠藤周作稱讚《斷腸亭日記》在荷風的作品中足以和《墨東綺譚》比肩，是日本日記文學最高峰之一。永井一度怕被人看見對時局的看法，曾深更半夜起來把憤怨不滿的文字抹掉，外出時還要藏在木屐箱裏，後來感到了慚愧，決心毫不畏懼，直筆所思，為後世史家提供資料。

永井生於 1879 年，比夏目漱石晚十二年，比谷崎潤一郎早七年，畢生仰慕森鷗外為文學之師。某日，森見到他笑道：我家女兒最近讀你的小說，被江戶趣味感染了。

譯幾段覺得有趣的話：

「我對日本現代文化常甚感嫌惡，如今更知難抑對中國及

西歐文物的景仰之情。……之所以能住在日本現代的帝都，安度晚年，只為有不正經的江戶時代的藝術。如川柳、狂歌、春畫、三弦，不正是其他民族裏看不見的一種不可思議的藝術嗎？想要無事平穩地住在日本，非從這些藝術中求得一縷慰藉不可。」

「報章連日報道中國人排日運動，總而言之，是我政府薩長人武斷政治所致，如不至於國家主義弊害反而使國威喪失，危及邦家則幸甚。」

「喜歡看血是日本人的特性。」

「往古日本武尊假扮女子刺殺敵軍猛將熊襲，可知在中國思想傳入之前暗殺就已經有了。」

「讀法國人著《日本日夜記》，其中説日本人的微笑：如果日本人失去微笑的習慣，其貌就野蠻粗暴，令人討厭。兩腮突出，比這臉可愛的微笑消失光芒時，引人注目的只是貪欲的牙齒突出和陰鬱不安的眼睛閃亮。同樣，從日本城市去掉寺院的美觀，剩下的就只是矮屋破房的不成形狀的集合。云云。這與我平常所見一致。」

「日本人好像認為忠孝貞操之道只日本有，西洋沒有。人倫五常之道西洋也有，但若説略微不同之處，在日本如寒暄一般甚麼事情都要把忠孝掛在嘴上。而且有怨恨，陷害人的時候也要拿忠孝當工具，説那個人不忠，揭發私生活。言必稱忠孝好似通行證，沒它就難以度日。」

「直至昨日在日本軍政府壓迫下呻吟的國民豹變，對敵國阿諛之狀可掬，雖非義士，見此也不能不皺眉。」

「中國儒學，西洋文化，日本只不過學了皮毛，終不能咀嚼。」

作家的無聊故事

　　石原慎太郎當了好多年東京都知事，在我們中國也大大地出名；不消說，一般並不要關心他的政績，只是聽説他一貫反中國罷了。以人廢文乃人之常情，我們當然也不要讀他的小説。

　　話説 1956 年，石原還在上大學，寫了一個短篇小説叫《太陽的季節》，獲得芥川文學獎。據説構思得自他弟弟裕次郎的放蕩生活。小説改編電影，石原拉兄弟一把，讓他出演，後來還演得很有點名氣，但在我來日本之前的 1987 年病故。四十年後（1996 年）石原又拿他當材料寫小説，名就叫《弟弟》。參加競選，反過來拉亡弟的大旗作虎皮，叫喊「我是石原裕次郎的大哥」，還真就當選東京都太爺，眼下正做着第三任。

　　《太陽的季節》獲獎能成為新聞，轟動社會，並不是因為有多麼了不得的文學性，而是其中有一段描寫，挺起男根，戳破紙屏，以表現男青年的感情，驚世駭俗。當時，佐藤春夫是評選委員之一，嗤之以鼻。他上中學時就玩過這種小把戲，那

是去遠遊，外宿一晚，淘氣包們比賽戳紙屏，只見他挺直了陽物噗噗噗，一戳一個洞，厲害無比，原來他事先偷偷用唾沫把屏紙洇濕了。佐藤認為，文學不能啥都寫，要有美的節度。

佐藤春夫有弟子三千之稱。傳聞，文壇最擅長做菜的檀一雄到川端康成家裏玩，沒有酒喝，上佐藤春夫家，他雖無酒量，卻拿出酒招待，從此檀自任是佐藤的門徒。武俠小說家柴田煉三郎也是把佐藤叫恩師，據他回憶，佐藤曾笑道：《太陽的季節》不過是武俠影劇熱的變形，石原把腰間的劍變成了胯下的劍，胯下的劍比腰間的劍下流，同樣是劍豪的話，我欣賞五味康佑。

柴田說，這位恩師不像永井荷風、谷崎潤一郎那樣對女人抱有變態的興趣，以至為人冷酷，他對女性總是很認真，很純情。佐藤一生裏「四娶三離」，最後娶的是谷崎潤一郎的老婆。佐藤寫小說《李太白》，谷崎給推薦到雜誌上發表，二人往來更密切，佐藤就愛上了谷崎的老婆千代。正好谷崎那時在追求千代的妹妹聖子，就勢把千代和女兒推給了佐藤。不曾想那聖子只是逗谷崎玩，根本沒看上他五短身材。谷崎不願落一個雞飛蛋碎的下場，爽了與千代離婚之約。佐藤是詩人，「詩人生氣的時候有發火的權力」（柴田轉述佐藤語），寫詩大罵谷崎。小說家的日子更不白過，大事小情都寫出來賣錢，谷崎便懷着對聖子的愛與恨寫《癡人之愛》：受虐狂男人拐騙幼女，把她養育成自己理想的施虐狂女人。關東大地震後谷崎移居關西，

寄居的文學青年跟千代私通，乃至懷孕，谷崎就又把老婆讓給他，並隔岸觀火似的，寫成小說《吃蓼花的蟲子》在報紙上連載。佐藤讀到了，找上門來。協商的結果，千代決定嫁給癡情的佐藤，和谷崎三人聯名發通知，廣告周知。通知原件展示在谷崎潤一郎紀念館：「我等三人此度合議，千代與潤一郎離別，與春夫結婚，潤一郎女兒鮎子隨母同居」云云。佐藤如願以償，後半輩子被千代騎在脖子上，終於白頭偕老。

二十年前初到日本，對日本書籍裝幀史大感興趣，查閱到一本紙好墨精的毛邊書，是佐藤春夫1929年編譯的《車塵集》，副題為《支那歷朝名媛詩抄》。明治以後日本不興讀中國古典詩，譯詩也只是譯歐美現代詩，而佐藤憑其深厚的漢詩文素養，用現代詩體翻譯中國古典詩，而且是日本從未迻譯過的女詩人之作，至今也值得一提。他把《子夜歌》「儂作北辰星，千年無轉移，歡行白日心，朝東暮還西」，題為「戀愛天文學」，很有點意思。

石原慎太郎始終保持戳紙屏精神。聽說過一個笑話，有點黃，卻正好給本文配色，說是有一位老兄在公園裏看見男女做愛，看得不亦樂乎，改日又看見一男子做俯臥撑，也看得入神兒，那人終於被看得來氣，說你傻乎乎看甚麼，對曰：你才傻乎乎，底下人都走了你還幹。無論誰碰上石原這種人還真就無可奈何，由着他自以為是，自得其樂吧。

不須放屁

　　俗話説管天管地管不着拉屎放屁，但起碼在城裏，屎是被管着的，屁一般也不能自由地放，大庭廣眾之前，放是需要點不自由毋寧死的氣概的。屎尿好管，這屁確實有點不好管，文明進步，或許哪一天像不許隨地吐痰一樣禁止恣意放屁，也不再笑脱了褲子放屁。

　　吃喝拉撒睡是人生的基本，沒了這些，就成了人死。中國人愛談吃喝，往往還談得出品位，而睡，醉臥沙場或者溫柔鄉更可以入詩入畫。拉撒就不免避諱，寫了就可能俗。不過，若非俗人，如臨濟説了幹屎橛，這幹屎橛便可以立千萬言，畫成畫兒也別有禪味。毛澤東的詩詞不算多，卻是把拉屎放屁都寫了，「糞土當年萬戶侯」的糞土還比較抽象，而「千村薜荔人遺矢」，不論朗誦者怎麼裝腔作勢，也不是彎弓射大鵰，只能是人在那裏拉屎。日本有一卷《餓鬼草紙》，畫的正是人遺矢，鬼唱歌，它屬於國寶，翻書常遇見。日諺有「百日説法一個屁」，意思是在台上説法一百天，最後放一個屁，把聽眾都熏

跑了，前功盡棄。浮世繪畫它，把屁畫得驚天動地。毛澤東的《念奴嬌·鳥兒問答》很像活報劇，從手跡上看，最後一句原來是「請君充我荒腹」，後改為「試看天地翻覆」，鯤鵬背負的青天也塌將下來。「不須放屁」與「他媽的」曾是時代最強音，斷喝一聲，好似在黎明靜悄悄的荒野裏暢然放響一個屁。

日本女性給世人（世界上的人）的印象是典雅好潔，她們的廁所裏甚至裝有消音器，以遮掩飛流直下的聲響。雖然，我懷疑那玩藝兒只有隔壁想入非非的男人才想得出來，而結果呢，消音器響動大作，更驚人側耳，只是多費些心曲來想入罷了。

小說家遠藤周作寫過一篇《黑和尚》，簡直是屎尿小說。開篇就是一白鬍子老頭不扶乩不看相，看人的糞便，從排便的勢（所謂運勢，就是這麼來的）占卜吉凶，言無不中。時當織田信長稱霸，兩個天主教傳教士買了一個叫層拔的黑奴帶到日本，通體漆黑，騷動京城。信長不信，命人把他脫了洗，越洗越黑得發亮。信長質問傳教士為甚麼他是黑的，而你們是白的，又命令層拔獻藝。只見他像個大孩子敲起小鼓，又跳又唱。「噗，噗，噗——大家起初不明白那音色是從哪裏發出來的，但一瞬間就知道了那是甚麼。兩個傳教士臉蒼白了，那聲音是從黑人屁股放出來的。高，低，強，弱，帶有節奏，滿臉得意的層拔在用屁奏樂。信長的寬額頭上青筋如打閃。『停下！』雖然喊停下，但不懂這可悲的日本話的黑人以為那是在助威，

起勁兒地領唱領舞。噗，噗，噗——」氣得滿臉漲紅的信長要殺了層拔，尖嘴猴腮的豐臣秀吉說讓他跟部下比武，輸了再殺也不遲。那部下有拉屎濺不到屁股的工夫，使一桿長槍，但層拔連勝兩局，一躍而遁，這才有層拔驅象甩大糞，秀吉驚馬敗臭陣。

遠藤多是寫基督教題材，據說他候選過諾貝爾文學獎，但評委們嫌他「低級趣味」。

美女作家

　　「癡漢」，這兩個漢字在日語裏不是癡心漢的意思，譯作中國話，就是流氓。但也不是那種放刁撒賴、打架鬥毆甚至白刀子進紅刀子出的黑社會流氓，不過在電車上趁擁擠摸摸女人的屁股甚麼的。東京多「癡漢」，常見車站等處貼着小心「癡漢」的字樣，還有鼓勵女人向「癡漢」行為做鬥爭的宣傳畫。更有甚者，最近有一趟線路特意掛上一節女性專車，好像到了年關，日本男人「癡漢化」，防不勝防了。看來真可以用心理學、遺傳學、社會學、犯罪學等一切學問做一篇「日本癡漢現象之研究」。

　　文明發展，其現象之一是女人越穿越輕薄短小，率先回歸自然。超短超薄，豐乳肥臀，對男人就形成一個考驗。性騷擾的判定幾乎完全在女人，憑她的情緒和審時度勢，可能當騷擾，也可能順便享用。雖然不需要坐懷不亂的工夫，但一時把持不住，順手摸上一把，男人就會被社會判死刑。想摸而不敢摸的男人也嫉恨想摸居然就摸他「娘」的（日語裏「娘」是女

兒、女孩的意思）的男人。不過，幸甚至哉，若遇上女作家小池真理子，事態就較為安然——她這樣寫道：

「把手伸進裙子底下，沒有勇氣可做不來，但在電車搖晃這種自然的狀況中碰到女人的臀部，自己的手就那麼維持原狀也未免可惜。只一下沒啥吧，只是手動一下，體味體味臀部的柔軟沒啥吧⋯⋯這麼想着，善良的大叔就略微動了動指和掌，發覺異常的女人大叫起來，便慌忙裝作若無其事的樣子。也有厲害的女人，就會被拽去找警察，甚至有幹一次就毀了整個人生的。那時我的手沒碰到那女人的臀該多好，過後大叔如何抱怨自己的命運，想一想都覺得可憐。但是，對於一副可憐相的大叔來說，恐怕問題不在於自己的手，而在於女人的臀。這麼想就有點可悲可笑。因為那裏有女人的臀，所以手動了⋯⋯因癡漢行為被抓住的男人們一定都同樣這麼想，或許也有人真的認為，不是自己的手不好，是女人不好，電車那麼擠，居然穿薄得一碰就知道是臀的服裝乘車。現在也罷，過去也罷，似乎女人的臀變成了女體禁區，男人摸不得，所以才不禁想摸摸。」不把「臀」順當地譯作屁股，是因為作者說：「好像過去被稱作文人的人們大抵不寫尻，寫臀。莫非筆劃多的緣故，確實，與尻字相比，臀字讓人聯想豐滿的肉感，真是色。」小池真理子正在一個小雜誌上連載很色的隨筆，名為《肉體幻想曲》，其一是《臀》。她也遭遇過「癡漢」，在隨筆集《夫婦公論》裏寫過。當然不是年將五十的現在，那時候正當妙齡，人又漂

亮，容易惹漢子發癲。

　　小池真理子生於 1952 年。川端康成獲得諾貝爾文學獎的
1968 年，她是高中生，相當於中國老三屆。「疾風怒濤」一
般的學生運動席捲美麗的日本，她也跟着「造反」，集會，
遊行，朝警察扔石頭，挑頭組織取消校服鬥爭委員會。和綠軍
裝語錄歌山河一片紅的中國不一樣，日本除了革命，街上還流
行披頭士和超短裙。大學畢業後進出版社，仍殘存「造反派脾
氣」，不愛給老編輯倒茶，一年半走人。要單做自由編輯，想
出一個選題，到處找小出版社推銷。隨口舉出一位位走紅的女
隨筆家，想讓這個寫，那個寫，而且獅子大開口，策劃費要拿
版稅的幾成。終於有編輯看着這個漂亮寶貝，覺得「聰慧的壞
女人」挺有趣。

　　「你多大？」

　　「二十五。」

　　「那你就自己來寫吧。」

　　既像是自己為自己做嫁衣裳，又像是自作自受，自己釀的
苦酒自己喝。喝了兩個月苦酒，寫滿四百頁稿紙。稿子送給出
版社，回家坐等，就等來了 1978 年女性主義時興，《當個聰
慧的壞女人》問世，大暢其銷。小池給自己塗了個鬼臉，作為
「壞女人」出了名，以至不敢去作家編輯出沒的黃金街喝酒，
害怕挨石頭。對於這位同名的大姐，女作家林真理子也憤慨過：
愛抖落女人下半身的文字湊成書，到底從甚麼時候開始的呢？

始作俑者就是小池真理子的《當個聰慧的壞女人》。與當今女大學生作家的下流相比，這本書還算正經，但也不過像寫糟的畢業論文。胖胖的林妹妹要充當語言的女角鬥士，把漂漂亮亮的隨筆全打翻在地。果不其然，1982年出版第一本隨筆集《買一通暢快回家去》，風靡一世，也贏得「壞女人」的桂冠。

小池真理子乘勝寫了一系列「壞女人」，1985年轉向推理小説，以心理描述見長。林真理子也跳上小説擂台，三年後拿到直木獎，而小池出道十八年，1996年總算憑長篇小説《戀》獲獎，寫的是學生運動歲月的愛情悲劇。她的丈夫藤田宜永也是作家。妻子先獲得日本推理作家協會獎，二人同時候補直木獎，又被妻子捷足先登。《夫婦公論》是他們聯手的隨筆集，按遊戲規則來説，名氣大的應該署名在前，但到底給丈夫面子，封皮上夫唱婦隨。同居十幾年還沒有登記，説是嫌麻煩。

非美女作家

聽說眼下是美女作家走紅，不由地想到日本女作家林真理子，但不是因為漂亮，而是因為她不漂亮。並非美女，卻走紅十餘年，且還將紅下去，這似乎闡示，作家畢竟不是演員或歌手，封面固然重要，但買了書終歸要翻開裏面，所以最終還得靠白紙黑字的內容。

長相不美，可能就特別在意美。女人的美貌幾乎是真理子從未擱過的主題。去年結集了一本隨筆，乾脆叫《美女入門》，書帶廣告寫得妙：1999 年，我還沒到手的只是美貌。年齡不饒人，但挖山不止，最近又把在雜誌《安安》上連載的隨筆選輯了一本《美女入門 PART2》，書帶上是這樣一句話：2000 年，由於 PART1 暢銷，我不得不成了美女。看看真理子近來的照片，確實中看多了，大概一方面是美容有效，花三年時間把齒列弄整齊了，又一方面是上了年紀。胖胖的林女史以前長得不太是時候，現在成了大媽，看上去就順眼多了，儼然有一種端莊。

真理子生於 1954 年。家裏開書店，母親愛好文學，這可能是最可記述的成長環境吧。1990 年出版的長篇小説《讀書的女人》就是以母親為原型。大學文藝科畢業，投檔謀職，無一公司錄用，以至不好意思三番五次去近處文具店買履歷表。也曾被叫去面試，但坐在桌前的大叔只問了一聲姓名，前後用時三十秒。日後耿耿於懷，這樣寫道：「從男人的表情來看，那種短暫，好像不是他對我一見鍾情，確信『這姑娘正是我公司最想要的』，所以，當然我不合格。可是，三十秒未免過短，大概在面試時間上是日本最短記錄吧。日本第一很值得高興，但我也有面子問題。這種場合的最短記錄，返回一大堆姑娘正等着叫名的地方時不大光彩，誰也不會拍手歡迎我呀。」金錢和自信逐日鋭減，確實增加的東西只是不合格通知。她卻從中生出一個富有建設性的想法：收藏。自虐到了這種地步也就自得其樂，她像集郵一樣積攢了四十多封不合格通知。

　　真理子做廣告文案，1981 年獲得新人獎，脫穎而出。編輯找上門來，1982 年出版第一本隨筆集《買一通暢快就回家》，風行於世，頓時變成媒體爭搶的「千金」。用她自己的話說，是那些自以為是的女人逼得她跳將出來，寫她們絕對不寫的乖僻、嫉妒和怨恨。她筆下沒有常見的自戀自憐，赤裸裸地寫出女人的欲望和真心，帶了點輕薄，卻正是賣點。有人説，作為日本女人，最先暴露自己的欲望的，是作家林真理子和歌手松田聖子。人們愛看，看得下巴漸漸掉下來，卻又罵，罵出

一臉的道貌岸然。1987年她和歌手陳美玲論爭，爭了一年有半，搞得日本沸反盈天，結集為《算了吧你，陳美玲》，獲得文藝春秋讀者獎。論爭時大報《朝日新聞》完全護着「進步的女權主義」陳，數年之後卻約請「保守」林撰寫專欄，談社會，談女性，原因是讀者歡迎。為《週刊文春》雜誌寫隨筆，每週一篇，已持續十餘年。真理子不是按思想寫文章，只是在反應時時發生的現象，那些反應總帶有尖銳的批評和輕妙的嘲諷。

日本人天性擅長寫隨筆，而小說大概是學西歐學的，讀來總有點做作。日本隨筆的特色是隨意，能寫出生活情趣，比小說更見真情。林真理子以隨筆起家，後來寫小說，寫了好多，寫得很好，但隨筆的名氣太大，好像迄今仍遮掩着小說的光彩。

老婆婆軍團戰熊羆

　　姨舍山賞月，自古有名，芭蕉也趕在八月裏（陰曆）走去看，寫下了《更科紀行》。

　　山容映面影/ 孑然啜泣老婆婆/ 相伴月一輪

　　芭蕉被譽為俳聖，也真有我們詩聖的情懷，不單吟蛤蟆跳池水，賞月之際還想到棄老傳說，潸然淚下，對月成三人（月、芭蕉、老婆婆）。姨舍山，在今長野縣，與高知縣的桂濱、滋賀縣的石山寺是賞月的三大勝地。姨舍，也寫作祖母舍，窮鄉荒村為減少一張嘴吃飯，把年過六十的老婆婆丟進深山，任其自生自滅。這種棄老的習俗其他地方也多有傳說。日本民俗學開山之作《遠野物語》記載岩手縣（據說「遠野」是阿伊奴語，湖沼之意）一帶，各村都有個地方用來丟棄老婆婆，叫デンデラ野，寫作漢字是「蓮台」。可能這意思就是把老婆婆送到蓮華台座，往生極樂淨土；人們幹壞事總要有藉口，欺人並自慰。

　　活下去是人的本能，活得好是本能之願望，被丟棄的老婆

婆或許也不是坐以待斃。萬一能苟延殘喘，那會是怎樣的景象呢？慘不忍想，卻還是忍不住讀了《デンデラ》，且譯為《蓮台》，佐藤友哉著，2009 年 6 月出版，正是寫一群沒死掉的老婆婆。卷頭開列了登場人物，有名有姓有年齡，計五十人。

主人公齋藤年屆七十，被兒子背到山上；十年前遭遇大饑荒，她就曾要求「朝山」，未能如願。不再有苦難的極樂淨土覆蓋着白雪，當齋藤從凍餒中醒來，周圍竟然有四十九個老婆婆。最老的是頭領，100 歲，三十年前上山，不死，建立了這個共和國。脫離了強者，往往弱者也就有自己的主張，甚而自以為是強者，她們要否定丟棄她們的體制，襲擊村落。齋藤反對，認為只會是自取滅亡。人有主張就分派，主戰的，主和的，但災難讓爭執閉上嘴，一隻帶崽子的羆襲來。此地本來是牠祖祖輩輩生息的領地，卻被「兩條腿」侵犯了行動自由。齋藤上山第四天，率先響應頭領的號召，參加敢死隊，去殺死這個干擾共和國存在的畜生。一場人類最原始的戰鬥開始了，然而，老婆婆軍團最年少也高邁 62 歲，血肉橫飛就只是往下讀的問題了。絕地求生，齋藤想出了最後的策略：把羆引到村落，或者村人殺掉牠，或者牠殺掉村人。被羆追殺的齋藤倒在福壽草（側金盞花）發芽的野地，朦朧看見了村落。

兩眼追逐文字，腦海裏浮現老婆婆的形象，竟然有鼻子有眼，原來是以前看過的電影《楢山節考》。原作是深澤七郎的小說，據姨舍山傳說創作的，發表於 1956 年。佐藤友哉生於

1980 年，《蓮台》像是個寓言，有一點大江健三郎式，他要
寓些甚麼意思呢？

臨行喝媽甚麼酒

　　我沒做過學問，但認識幾個做學問的人，聽他們說，日本做學問跟中國不一樣。中國學者做起學問來氣壯如牛，命題不怕大，而日本人鑽牛角尖，工夫都下在細枝末節上。我就想，比如研究李玉和，臨行喝媽一碗酒，大概中國人注重的是這碗酒墊底的宏大含義，醉翁之意不在酒，而日本人心細如髮，像猴子拿虱子似的（老舍的說法），一個勁兒探究他喝的酒是甚麼酒。那麼，李玉和雄偉地、一飲而盡（現代京劇《紅燈記》劇本的用詞）的，究竟是甚麼酒呢？我估計那是白酒，因為李奶奶說了，窮人喝慣了自己的酒。鳩山說「來來來，老朋友，先乾上一杯」，他的酒肯定是日本酒（清酒）。中國人喝酒不混着喝，儘管李玉和有酒鬼之嫌（事出突然，李奶奶卻隨口叫鐵梅，拿酒來，可見酒是常備的），但肚子裏墊了一大碗白酒，不能再混入別的酒，所以他推開酒杯，說我不會喝酒。假設，李玉和：我不愛喝你那日本酒。鳩山：好好好，我的中國老白乾大大的有。接着就得演千杯萬盞會應酬。

再考證下去，鳩山的清酒是從大日本帝國運來的嗎？我敢說不是，而是日本人在滿洲當地釀造的。

1931 年九一八事變後日本正式向滿洲移民，1936 年定下國策，計劃到 1956 年移民五百萬人。主要是農民，尤其年輕人要逃離貧困的鄉下，到「大陸雄飛」，小說《紅月亮》的主人公波子和丈夫森田也捲進時潮。波子讀「元始，女性是太陽」，以為對於女性來說最要緊的是自由，但現實讓她認識到沒有錢就甚麼都辦不到，拋棄了陸軍少尉大杉，嫁給一身馬糞味兒的森田。小樽是日清戰爭以後靠軍需景氣繁榮起來的港口城市，森田家從石川縣移居此地開大車店，幾年的工夫由一馬一車發展到三十匹馬十五輛大車。大杉失戀，無怨無悔，反而鼓動森田去滿洲打天下。他建議辦廠釀酒：日本人喜好日本酒，伏特加或紹興酒不能慰藉日本人的望鄉之思。雖不能指望在滿洲釀出勝過日本內地（當時日本不把滿洲當外國，而是當外地）的日本酒，但要是造得比較好，關東軍高興買，就會是遍佈滿洲的精銳們每晚痛飲的酒。大杉牽線搭橋，1934 年波子跟森田來到滿目荒涼的牡丹江，興辦造酒廠。水是酒的命，牡丹江水看上去不如日本水好，但行家嘗了嘗，對這水有信心。關東軍荷槍購地，安置移民，說是買，等於強佔。用水泥牆圈起來兩千坪，掘井建房，第二年從新潟雇來技工，運來新米，冬天便釀出五百石好酒，皆大歡喜。女人是不乾淨的東西，不能進廠內，波子在入口巴望，高興得哭了。

當波子穿上黑貂皮大衣，乘坐司機開的高級車，極盡榮華時，已升任中校的大杉來復仇了。他是恩公，再加上舊情復燃，波子便主動獻身，而森田是老公，感恩之餘的滋味可就不好受：「我後悔讓你去見大杉。我知道去見，結果就會是這樣，可我同意了。儘管如此，心的角落裏並非沒期待你十二點之前回來，甚麼事都沒有，我們的生活又開始。但是這想法太天真了。到了十二點時，我想死，因為覺得自己的人生太慘了。我的事業簡直是專屬關東軍，在關東軍的庇護下獲得成功。誰提供了這成功的原因？是大杉中校，你的第一個男人。你跟我結婚，就和大杉分了手，但他並沒有丟下對你的愛情和留戀。這用援助我這個情敵的形式表現了。本來我一開始就不該接受大杉的援助，不該來滿洲，可也想趕潮流幹一番事業。我是孬種，竟然靠自己老婆的舊情人的力量發家。」

　　關東軍揚言：有關東軍百萬精銳，「滿洲國」就不會完。然而，月亮紅了，不是喝酒喝紅的，那是「蘇軍的坦克燒毀着四周向這邊挺進，黑暗天空的底邊燒紅了，好像遠處的山火。當空的月亮比新月還細些，連那月亮也紅了」。森田給新酒取名千代鷹，祝武運長久，但關東軍不堪一擊，搶先逃走，偶像在波子心中唏哩嘩啦崩潰。財產一空，扎根牡丹江的願望徹底破滅了，留給波子的是帶着孩子們逃亡。森田終於在收容所裏找到了妻兒。到了晚上，幾個紅臉蘇聯兵挎着曼陀林似的衝鋒槍，拎着伏特加酒瓶，進來把二十來歲的姑娘一個個帶走。森

田心灰意冷：「我們在滿洲過了這十一年到底算甚麼呢？」波子說：「我們做的美夢都醒了，眼前的這場噩夢一定也很快就醒。」

《紅月亮》上下兩卷，末尾開列了八頁參考資料，以示其內容具有史實性。作者中西禮出生在牡丹江，1946 年八歲，隨母親回到日本，據說女主人公原型是這位母親。他說：「我活下來就是為了寫這個小說」，「寫了這個小說，覺得我終於成為小說家」。讀過《紅月亮》，我還讀了一位中國女作家的小說《偽滿洲國》，有點要比較的意思。她在後記裏講到曾多年搜集歷史資料，卻一本也不予提及。寫完了小說，她獨自到餐館叫了兩個菜和一瓶酒，那是一瓶甚麼酒呢？

落　書

　　善光寺本堂是國寶（在長野縣，有三百年歷史的木建築），
被人畫了些圈圈道道，報道題目卻用了「推掉聖火傳遞的善光
寺」之類的説法。醉翁之意，無非使大眾的思路短路，乃媒體
慣用的伎倆，不説也罷。要説的是亂寫亂畫，日本叫「落書」。
法隆寺等國寶級文物也曾被亂寫亂畫，喧嚷一時。據説日本人
自來喜好「落書」，吳哥窟留有江戶武士的殘墨，法國、瑞士
的觀光勝地近年也可見他們的字跡。

　　最近（2008 年 6 月），日本遊客在意大利的佛羅倫薩大
教堂發現了日本某大學女生到此一遊的留名，拍下照片，用
電子郵件發到大學去。調查屬實，校方向大教堂道歉，對幾名
學生及修學旅遊的帶隊教師提出警告。無獨有偶，另一所大學
的校名也塗抹在大教堂上，校方把犯事的學生處以停學兩週，
向意大利國民深表歉意。事情竟接二連三，某高中棒球教練也
在那裏留下了本人和愛妻的名字，竟至被解聘。聽説大教堂壁
上有各種文字的亂寫亂畫，好像只日本如此一本正經地嚴加處

置，顯得很知恥。

「落書」屬於破壞器物罪，但若是古人所寫，那可就彌足珍貴，足以彌補史料之短缺。例如幾十年前整修法隆寺，從金堂、五重塔發現了很多 8 世紀畫師工匠之流的「落書」，震撼學界，以致有人寫打油詩，說法隆寺亂寫亂畫也值錢。日本漫畫史在法隆寺「落書」中找到最古遠的作品，但現今各地寺廟卻貼着亂寫招災。

所謂「落書」，據《廣辭苑》解釋，乃「諷刺、嘲弄時事或人物的匿名文字，貼在人目易見的場所或權貴門牆，或者落置街頭」。9 世紀初，貴族之間用「落書」進行鬥爭，爾虞我詐。若寫成打油詩或順口溜，又叫作「落首」，落書一首也。1334年寫在京都二條河原的「落書」有八十八句之多，批評政治，被視為日本「落書」歷史上無與倫比的傑作。江戶時代是太平盛世，市井平民的牢騷也更盛，到處寫「落書」發洩。第六代幕府將軍德川家宣不准禁止，說可以為戒。後世有好事之徒彙編為《江戶時代落書類聚》。15 世紀後半的水墨畫家雪舟有畫聖之譽，幼時出家，只想畫畫不念經，被綁在佛堂的柱子上，灑淚在地，就用腳趾頭畫老鼠，感動了師傅，容許他畫畫。這也算「落書」逸話，只可惜淚水不能久存。

現代的亂寫亂畫恐怕連牢騷都算不上，或許是生理排洩的快感易於引發心理排洩，首選之處是廁所。台灣前幾年死了一個人，叫陳朝和，最後的職業是的哥（的爺？），他也畫畫，

畫有一幅如廁塗鴉圖，好似日本國寶「餓鬼草紙」的現代人間版。日本的廁所「落書」也有寫得有趣的，如輕軌電車的廁所裏，停車時請不要使用的旁邊被寫上使用時請不要停車。自然少不了俳句，例如，急也莫四濺，如櫻花。

大概人類自來有亂寫亂畫的欲望與衝動，我們中國人更喜歡把任何東西都加以人文化，題字刻石，好端端的泰山被弄得遍體鱗傷。在酒館裏坐定，環顧四壁，有時也想到題壁，潯陽樓宋江吟反詩。日本母親特意佈置，讓孩子在紙壁上塗畫，從心理學來説，這是人性發展的一個階段。媒體自稱公器，但一些報道記事真叫人疑心是否把版面當作了廁壁。網絡上任人揮灑，有時更不免公廁之嫌。詩曰：題山題壁題茅房，猿類終輸弄字章；網上逍遙天也泣，人人敢作宋三郎。

荷風的東京

　　京都是小說的，而東京是隨筆的。我居然有這樣的感受，大概是因為京都的情趣需要從《源氏物語》中探尋。據說它是世界第一部長篇小說，從文獻的三言兩語來推測，2008 年正好問世一千年，京都大張旗鼓地紀念了一番。現在要說的是東京，若回溯歷史風情（基本是叫作江戶的時代），每每要引用永井荷風的隨筆，受其感染。

　　當然不止是荷風的，其他如國木田獨步，他的《武藏野》首次讓人們驚艷雜木林風景。還有幸田露伴，寫有隨筆《水的東京》。文豪夏目漱石也寫過《玻璃窗內》，那時他住在今天的新宿區，從玻璃窗內看外面，書齋裏的眼界是極其單調而且又極其狹窄的——「我想繼續寫一點這樣的東西，我擔心這種文字在忙碌的人眼裏會顯得多麼無聊」。日本文學自古有隨筆傳統，甚而在率性表現自我上，他們把 10 世紀末成書的《枕草子》舉為世界第一本隨筆。像東京這座城市一樣，日本隨筆在西方文學影響下近代化，更見其「隨」。《玻璃窗內》與永

井荷風的《東京散策記》（原文正題為《日和下駄》）是近現代隨筆的傑作。

夏目漱石寫道：「談自己的事情時，反而可以在比較自由的空氣中呼吸，那我也還是沒達到對我完全能去掉野心的程度。即便沒有說謊欺世那般的虛榮，卻也下意識地不發表更卑鄙之處、更惡劣之處、自己更丟面子的缺點。」他寫《玻璃窗內》時48歲，病逝前一年，探究自我，其幽默是苦澀的，而荷風寫《東京散策記》正年富力強，36歲，不是隔窗眺望，而是腳上趿拉着木屐，手拄蝙蝠傘，「走後街，穿斜巷」，脫俗自適，更放膽地呼吸自由的空氣。

近年有一種介紹、導遊東京的季刊雜誌就叫作《荷風！》。「東京散步」是永井荷風的發明。散步，總像是老人所為，荷風的書也是上了年紀才愛讀，心有戚戚焉，年輕女性幾乎不讀它。戰敗之初，有一個叫野田宇太郎的詩人，在劫餘廢墟中尋覓文學家及其文學的蹤跡，寫《新東京文學散步》，頗為暢銷，以致日本文學又獨有了「文學散步」的類型，但近來好像完全演變成群眾性散步活動，只是拿文學湊趣罷了。江藤淳以研究夏目漱石聞名於世，晚年寫《荷風散策》，他的散步不是出門走路，而是「不過想效響穿木屐散策東京市內的散人，隨心所欲地散步於愛惜不已的荷風散人的小說、隨筆、日記的世界」。

1879年永井荷風出生於東京，常住久居，晚年遷徙千葉縣市川，1959年孤寂而卒。五十年過去，市川一帶也早已城

市化，失去了荷風所喜愛的自然與閒靜。他自幼喜愛在街上散步，眺望生活風景，但是寫《東京散策記》的散步卻是跟法國人學來的。不過，並非要讚美東京這座新興城市的壯觀，論說其審美價值，他另有出發點。一是找一個不用在社會上露面，不花錢，不需要夥伴，自己一個人隨便悠閒地度日的方法，考慮來考慮去，結果就是在市內蹓躂。這種遊遊蕩蕩的散步是孤獨的，不與人發生直接的關係，只是眺望，觀察，思考，自得其樂，當然也從中得出些「本來日本人沒有理想」之類的日本論。再是從法國遊學歸來，震驚於東京勢如破竹的破舊立新，便想把老東京記錄在文字中，留作日後的談資。記得是石川啄木，批評荷風好似地主家少爺去東京逛了一趟，回到鄉下就大講鄉下藝人的壞話，但其實，荷風這種人未必遊歷了歐美之後才覺出故國的好，回歸國粹，而是體認到歐美先進就先進在對於古蹟不是破壞，而是留存，這種文化觀念使他非同世人地關注被棄之如敝屣的傳統文化。正因為如此，荷風文學中對法國文學的愛和對江戶文化的愛融為一體，有如吃法國大菜也不妨喝日本的清酒。他的眼光常常是客觀的，認為現代人保護古美術反倒損害了古美術的風趣，修繕等同於破壞，所以他四處尋訪舊都古蹟，卻並不鼓吹保護。

東京經歷過多次大變，首先是明治維新，用江戶人的話來說，薩摩、長州的鄉巴佬武士入主江戶，缺乏鄉土之情，打着文明開化的旗號把一個好端端的江戶修理得面目全非，結果

這些破壞者變成了土著之士。永井荷風「時常想，真正的野蠻不就是指明治那樣的時代嗎」？過去的風景殘留在胡同裏。他的散步，從時間上來說，出門便轉身走向過去，滿懷鄉愁。那裏「隱藏着從陽光照耀的大街看不見的種種生活，有貧窮生活的淒涼，有隱居的平和，也有怠惰與無責任的樂境，這是失敗、挫折、窮迫的最終報酬。有情侶的新家庭，也有豁出性命私通的冒險。因此，胡同雖然細而短，但富於趣味與變化，可以說恰似長篇的小說吧。」他發現了胡同風景之美。然而，誠如以讀者論、城市論名噪一時的前田愛所言，「具有諷刺的是，近代日本在文明開化的名義下推進江戶空間解體作業時，『梅曆』的故事作為使人窺見江戶幻影的隅田川神話之一被醇化」。荷風的文章是美文，其中有風情，他把東京的老街胡同文學化，同時理想化，隨着歲月的流逝，進而被人們傳說化，乃至神話。

荷風覺得東京中最美的景色之一在市谷一帶，現而今高樓障目，只略微還看得出「地勢逐漸低下去」，或許後來人遊覽的趣味也就在這裏：從文學欣賞，向現實找尋，可能那裏只立了一個牌子，寫一句荷風的話，於是感慨繫之矣。說來荷風也無非拿着江戶地圖，走在東京的現代街道上，比較對照，發思古之幽情。到此一遊，若不知道一點它的歷史與文學，高樓徒仰其高，就少了點人文的賞玩。

荷風又寫道：「要穿出胡同時，止步看一看對面，這邊被

兩旁逼近的房屋遮擋了陽光，陰濕昏暗，那邊遠遠的，大街只有被胡同的寬度所分明限界的一部份確實顯得好像很明亮，很熱鬧。」他不喜歡那種明亮，那種熱鬧，像一個老骨董，「思想與趣味太遼遠地屬於過去之廢滅的時代也」，而生活在胡同這部長篇小說的字裏行間的人們必定是嚮往那明亮與熱鬧的。至於我們，不過是觀光者，流連忘返，也終將走出胡同，況且胡同裏的人看似彬彬有禮，心底則厭惡遊客像是在動物園一樣把鏡頭對準他們。前田愛說過：由於某種空間存在，產生某種特異的情感；某種空間不在了，那空間所產生的情感也消失。我想，如同那象徵文明開化的煤氣燈使人發現了江戶空間的陰翳之美一樣，消失的同時，又產生一種留戀的情感也說不定，對胡同的感情不免是複雜的。

《東京散策記》作於 1915 年，此後，1923 年的關東大地震，幾乎把江戶殘餘焚毀一空。再而三，美軍空襲，使東京化為焦土。1960 年代為舉辦東京奧運會，大規模建設，同時大規模破壞。又過二十年，泡沫經濟時代進行城市改造，把大地震之後建設的「1925 年樣式」摧毀殆盡。以至於今，我們來觀光甚或有按圖索驥之感。小說家池波正太郎也是東京人，對於「小官吏們隨便建高速道路」，把日本橋壓得喘不過氣來，恨恨不已。有人把日本橋選為日本百醜景之一，卻也有人主張首都高速路象徵着日本土木技術之高，比日本橋有歷史價值。2005 年末梢，心血來潮似的，小泉純一郎總理放言把高速路

搬家，讓日本橋重見天日，但東京都知事石原慎太郎予以反對：誰出錢！日本橋初建於德川家康開設幕府的 1603 年，乃江戶通往四面八方的起點，現存石拱橋是第十九次重建的，還不到百年，但人生苦短，這橋也就算很有些歷史了。《東京散策記》有一章寫水。像我這樣來自大陸北方的人覺得東京的水夠多了，但聽說當初本想把日本橋周邊建得像威尼斯，然而明治以後，日本人勝似精衛，大肆向溝渠河海要地，水上都市的夢想化作了泡影，把汽車當作神器的道路像蜘蛛網一般籠罩東京。

著有《永井荷風》一書的文藝評論家磯田光一說：文學作品的語言追不上東京變化的驚人速度，作家尚未有描寫現代東京的語言。追不上也要追，不少當代作家熱情用自己的語言捕捉東京風景，但似乎沒有人像永井荷風那樣為的是逃離現實。荷風說，要精細地描寫背景，對季節和氣候也必須留意。那就去散步吧。

文人談吃

　　作家寫到吃，或許就表明他有些名氣了。吃和寫可以是良性循環，寫了不白寫，吃了不白吃。作家談吃，多是就吃談開，東拉西扯，談的是文化，談得很文學。美食家真該由作家來做，使我們吃不上卻能有書讀，勝似過屠門大嚼，向西而笑。

　　作家談吃，談吃食、吃法及其演變，畢竟和醬油從哪裏來、蕎麥麵與江戶文化之類有所不同，須讓人品味文章的妙趣。文學家丸谷才一推獎戰敗後日本談吃的四本好書，是吉田健一的《舌鼓處處》和《我的食物志》、丘永漢的《食在廣州》、檀一雄的《檀流烹飪》。他說：三位文學家雖然教養和傾向各異，但具有明顯的共同點，那就是以生活為軸，具體地，絕不是觀念地，始終一貫地批評現代日本文明。至於他們是因為有那種態度，所以好美食，寫美食，還是因為有那樣的趣味和嗜好，才不斷地批評現代日本文明，就屬於先有雞先有蛋一類的問題了。列舉日本的談吃傑作，有人又加上作家開高健的《最後的晚餐》。

丸谷才一也曾在《文藝春秋》雜誌上談吃三載，吃遍日本。或許有讀者艷羨，但他本人叫苦不迭：午飯和晚飯之間要散步兩小時來消消食兒。美食家又稱吃家，首要條件是大肚漢，胃袋空廓而強韌，有饕餮的本事。在文豪夏目漱石的小説《我是貓》裏，迷亭先生講述羅馬盛宴，貴族們酒足飯飽之後一定入浴，把吃下去的東西通通吐出來，打掃好胃袋，以備再吃。對於那些既要吃又要瘦的現代女性來説，這倒是兩全其美的法子。

人往往固守習慣的味覺。日本推行國際化，味覺的國際化頗見成效，或許應該説無國籍化。只要有飽滿的錢袋和結實的胃袋，在東京就能嘗遍天下的美味。日本菜餚基本上只有「三味」：鹽味、醬味、醬油味。這是日本人判斷味道好壞的傳統標準，以致日語的味覺表現也極其貧乏。他們愛吃生魚，對魚肉的稱讚是「筋道」，評論家山本健吉在杭州吃清蒸草魚，便覺得「這魚很軟」的説法不可思議。原來是日語未能確切地表現中國菜的「嫩」，讓他感受了給老人或患者吃的「軟」。豐富美食用語，美食家與有責焉，尤其是作家而美食者。

像一齣話劇中説的，世道越亂人們越愛吃，這就更給了作家機會，大談其吃。流行小説家渡邊淳一談吃，過時的詩人吉本隆明也談吃，但吉本是上世紀60、70年代政治運動的思想領袖之一，談吃也帶有「憶苦思甜」的味道，恐怕就不是年輕人愛讀的了。多才多藝的作家澀澤龍彥説：美食學是把需要變為快樂的技術。

慈禧和平獎

　　森田良行專攻國語學，枯燥的語法問題到他筆下就生動起來，可當作閒書臥讀。日前在書店又看見大名，毫不遲疑地買回家，書名是《日本人的發想　日本語的表現》。其中寫道：「語言不同，語法和音韵則有異，這是當然的，但在這樣的形式問題之前，以其為母語的人的想法或思考方式本身往往可見明顯的差異。」這位在北京、上海講過學的早稻田大學教授以看望病人為例，比較日本人和中國人的思考方式之不同。

　　中國人對病號説：哎呀，你臉色很不好，單位的事有我們，你就安心養病吧——這番話要是説給日本人可不得了，會以為公司不用他了。確實，中國人通常不會像日本人那樣想，因為吃的是大鍋飯，當年還沒有炒魷魚或下崗之虞。也許日本人聽來冷冰冰，中國人卻非常感動，那正是為對方着想。

　　日本人是這麼説：看上去挺精神嘛。聽説你住院了，真教人擔心。你一休息，工作就擱那兒了，大家都撓頭。快點好吧，好讓我們安心——天南地北，不論哪裏的中國人聽了這番話都

會覺得不通情理，心裏要暗罵一聲。

森田教授從探病事例得出一個結論：中國人以對方為中心做可觀判斷，而日本人當作落到自己頭上的問題被動地接受——你病了，不上班，教我們很為難，所以你要趕快好起來。似乎可憐的不是病人，反倒是我們，我們被你給病了一傢伙。這就是獨特的「被害者式思考方式」。

日本人說話慣用被動式，夢囈也不例外，這種被動產生於說話者的視點。正好有兩個人並排站在那裏望天，一個是中國人，一個是日本人。中國人說「下雨了」，好雨知時節當春乃發生，雖然雜了些感情，但畢竟是客觀描述，至於自身如何，那是下一步考慮的問題。用森田良行的話說，中國人「把身外發生的事情作為身外之事客觀地眺望，以外在的主體為中心來把握」。「日本人的思考方式恰好相反，把外在主體的行動和狀況聯繫到自己身上，那會怎樣影響自己，以自己為中心，作為從自己這邊看見的身外對象來描述」。一事當前，先考慮自己身受其害，就要說「被雨下了」。住居旁邊建起高樓，就要說「被建起了高樓」，因為那高樓侵犯他的日照權。日本人素有工作狂之譽或之譏，但心裏又何嘗不想玩，但你去玩，周圍的人就會用被你玩了的感覺來對待。被動式地活，就活得慌慌張張，說起話來含含糊糊。日本人以「我」為中心，一切從本身的視點和立場出發，所以森田的這本書還有一個副題——「我」的立場決定話語。我讀了覺得，並非像傳聞那樣日本人

說話處事總顧及別人，怕自己給別人添麻煩，恰恰相反，他們怕的是別人給自己添麻煩，怕招惹麻煩。

關於思考方式的異同，我也想到一個例子，就是廣島和頤和園。日本人幾乎都知道中國的頤和園，中國人幾乎都知道日本的廣島。頤和園是旅遊勝地，日本人不絕如縷，是去看園子。中國人之所以知道廣島，不是因為天皇御駕親征，那裏曾是日本發動侵略戰爭的大本營，而是因為世界第一枚原子彈落在那裏，死了不少人。廣島整個是一個「被動式」，「被害者思考方式」大獲成功。原子彈爆炸殘跡於 1996 年列為世界遺產，居然叫作「廣島和平紀念碑」。不知這和平二字的由來何在，倒像是篡改歷史，嘲笑勝利者。

相比之下，中國人對於頤和園的處理就過於「客觀」。近年來帝王將相佔領了小說、電視，西太后也大出風頭。寫到頤和園，必寫她挪用建海軍的銀子，罪大惡極。順着「驅除韃虜，恢復中華」的思路，不論多麼漂亮的臉蛋來飾演，西太后也只有挨罵的份兒。傳聞毛澤東說，建了海軍也只會打敗仗，還不如蓋個園子留給人民受用。史學家不過是以百姓之心度帝王之腹，哪裏摸得透歷史。寧贈洋人，不與家奴，這就很有點國際主義精神，和勒緊百姓的褲腰帶支援這個兄弟那個戰友，異曲同工。何必老是說甲午戰敗，恥恨交加，不如宣揚我大清慷慨解囊，二億三千萬兩白銀使小日本在亞洲先富起來。戰爭賠償不要了，不也是說免得人家老百姓吃二遍苦、遭二茬罪嗎？學

一點廣島式思維，很有必要。

　　開拓新思路，不要再怪罪西太后。那老太太不搞軍備搞花園，分明是一位和平主義者。老外遊頤和園，咱就給他們講這園子是和平的象徵，西太后作為綠黨，早應該榮獲和平獎。要不，乾脆設一個慈禧和平獎。獎杯嘛，一個圓明園斷柱的雕塑，白銀的。但別像諾貝爾和平獎，用的是死人名字卻只獎活人，老傢伙進了地獄還要用獎金的無煙火藥教世界不得安生。

無賴派

　　現而今酒被拉下百藥之長的寶座，近乎萬惡之源了。但凡事因人而異，對於無賴派文學來說，酒的貢獻就巨大了。倘若沒有酒，再沒有女人，恐怕日本文學史上就不會有過無賴派。

　　太宰治在日本戰敗後寫了一篇《無賴派宣言》，自此有無賴派之稱。他的本意是自由思想家，但是從書裏到書外，一般的印象是這群作家反俗，反道德，活得很無賴。太宰治自然是無賴派的代表，卻也有兩面性，既寫過勵志的《快跑梅洛斯》，也寫《維榮的妻子》那樣的無賴詩人。據說太宰有個習慣，晨起之前先要喝一杯啤酒。檀一雄說他「喝酒是大酒，醉了就恣意逗樂子，不，津輕土著的粗野滑稽。」

　　太宰治說：「我的半生是喝悶酒的歷史」。為甚麼非喝不可呢？因為「我是軟弱的人，不喝酒，一本正經地交談，三十來分鐘就累得要命，卑屈地惴惴不安起來，覺得受不了」。「一喝酒，就得以遮掩心情，即使胡說，內心也不那麼反省了，大

有助益。」

　　他愛喝日本酒和威士忌，一升裝的日本酒能喝一瓶。喝多了，也不說我醉欲眠君且去，當場而臥，這倒是塌塌米上生活的便利。這樣的酒徒居然還寫過《討厭酒》：「我討厭平常買酒放在家裏。灌滿有點混濁的黃色液體的一升瓶怎麼也有不潔、卑猥的感覺，可恥而礙眼。只要是廚房角落有那一升瓶，就好像整個狹小的家都黏乎乎混濁，一股子酸甜的怪味兒，覺得有點兒內疚。」要款待三個久別的老友，買來三瓶酒放在廚房裏，「看見就無法平靜。如同犯下大罪，心中的不安、緊張達到了極點」。

　　這種討厭更像是去酒館喝酒的藉口。日本人好聚飲，獨酌是不大高雅的，所以酒館總那麼熱鬧，即便在經濟依然不景氣的當下。出人意外的是，太宰治「酒一醒就非常後悔。簡直想倒在地上哇地大聲叫喊。心怦怦跳，坐立不安，有一種說不出來的淒冷。想死。」怪不得古人說，但願長醉不復醒。

　　阪口安吾是無賴派的另一位代表，夫人曾回憶：酒也不是普通的喝法，這麼仰起臉灌進去呀。他說不是喜好酒的味道，靠酒才寫出好文章。戰敗之初，東京喝的酒主要私釀劣質酒，叫「糟取燒酎」，三合（十合為一升）就喝倒。那時候時興低俗的大眾雜誌，被叫作「糟取雜誌」，意思是刊行三號（日語的號與合同音）就倒掉。阪口自己說：「我討厭日本酒的味道，也討厭啤酒的味道。喝是想醉，憋住氣，像藥一樣喝下去，直

到醉了對味道沒有感覺。」看來終歸是何以解憂，唯有杜康。

織田作之助是無賴派第三位代表，在《可能性的文學》一文中寫道：「我目前來東京，在銀座背巷的住處開始寫這篇稿子的幾小時前，在銀座一家叫魯賓的酒館和太宰治、阪口安吾二人喝酒。不過，太宰治喝啤酒，阪口安吾喝威士忌，而我因為今晚要關起門來徹夜寫這篇稿子，所以喝咖啡。」這家酒館是 1928 年開業的，當時，法國作家魯普蘭創作的怪盜阿爾賽奴‧魯賓風行日本，1960 年代以來的漫畫及動畫片《魯賓三世》是阿爾賽奴的孫子，日本漫畫家編造的。太宰治有一幀坐在高腳櫈上的照片就是在這裏拍的，居然穿馬甲繫領帶，樣子有點像三島由紀夫。酒館裏櫃枱和高腳椅還在，但早已不是「文壇吧」。

傳說井上靖能一邊喝酒一邊寫稿。對於中國人來說，好酒善飲是藝術形象，古人的形象，在現實中並不是好事，鬥酒詩百篇甚至是一個嘲諷。太宰治也說：酒實在是妖魔。

日本被評論最多的作家，可能不是夏目漱石，而是太宰治，好像誰論起他來都特別有話說，但好像沒人稱他為文豪。人們愛讀無賴派文學，卻接受不了人間活生生的無賴，因為跟自己們太不一樣了，譬如酒，不是那個喝法。三島由紀夫、石原慎太郎討厭太宰治，公然說他壞話。三島說：「我對太宰治文學懷抱的嫌惡是一種猛烈的東西。第一討厭他的臉，第二討厭他鄉巴佬趕時髦的趣味，第三討厭他演出了不適合自己的角

色。和女人搞情死的小說家必須風貌再嚴肅點。」

　　其實太宰治本人也承認：「在東京生活十五年，一點也不像城市人，我就是一農民，脖子又粗又笨的。」而且，「我對高雅的藝術家抱有疑惑，否定『漂亮的』藝術家」。這好像影射了三島。終於情死成功的半年前，他寫了小說《酒的追憶》，內容是「關於酒的追憶以及以這個追憶為中心關於我過去種種生活形態的追憶」。

江戶美食

　　遊東京，購物之餘，如果還想逛逛胡同，下下小館子，發一點思古之幽情，那麼讀兩個人的書應該是有益的，永井荷風和池波正太郎。永井的隨筆（川端康成甚至說，永井的小說傑作《墨東綺譚》其實是隨筆）如《東京散策記》，寫的就是他拿着江戶地圖遊走老東京，但他不是美食家，幾乎不談吃，談吃的是池波。

　　池波正太郎是時代小說家。所謂時代小說，大都以江戶時代為背景或舞台，那是武士的時代，士農工商，武士之士是領導階級，即便寫市井，一般也少不了武士的身影，故譯作武士小說，以免中國讀者對時代二字莫名其妙。有文學評論家說：日本男子漢應作為嗜好讀一平二太郎；一平是藤澤周平，二太郎是司馬遼太郎和池波正太郎。司馬說過，他愛讀池波的《鬼平犯科帳》等作品。藤澤說：「用我這樣的方法寫我寫的世界的作家今後還會出，但能夠用池波描寫的世界及同樣方法寫的作家不會再出現吧。」

池波卒於 1990 年，司馬和藤澤也相繼於 1996、1997 年去世，當今武士小說及歷史小說尚未出現足以與他們比肩的大家。1988 年池波獲致菊池寬獎，理由是「創作出大眾文學之真髓的新形象，在武士小說中活寫了現代男人的生活方式，贏得讀者的絕對支持。日本戰敗後他就職東京都衛生局，到處噴灑滴滴涕，業餘寫劇本，得到小說家、劇作家長谷川伸的知遇，這位恩師又鼓勵他寫小說。五次入圍直木獎，被吉川英治賞識，但反對者認為池波未突破吉川英治們定型的模式。1960年終於以《錯亂》獲獎。莫非出於成見，前一年大捧司馬遼太郎獲獎的海音寺潮五郎仍然不贊成，說池波很會編故事，但冗長乏味，有點像老城區的小話劇。川口松太郎力薦，說：直木獎的目的不在於頒獎，重點是培養後進作家。也許還是三流，但給了獎，將來就可能成為一流作家。一語成讖，池波進入70 年代，何止一流，而是超一流。不過，每個月揮灑稿紙（四百格）五百張，似也難免小說匠之嫌。

　　手捧菊池寬獎，池波還想起四十年前，他見過菊池寬一面。池波出生在關東大地震的 1923 年，土生土長的東京人，小學畢業後學徒，還當過炒股行的活計。一日，在高級餐廳的門口瞥見一美女，因為從小就愛看電影，甚至成為流行作家以後也每月看十五部，所以知道那是長得很洋氣的某女優，但更讓他興奮的是旁邊的男人，五短身材叼煙斗，竟然是從雜誌上見識的文壇大老菊池寬。似乎這場景也成讖，池波不僅是小說

家，還是美食家、電影評論家。

關於美食的隨筆，結集有《食桌情景》《昔味》《散步時想要吃甚麼》等。談電影也時常談及吃。池波小説有三大系列，即《鬼平犯科帳》、《刀客買賣》、《殺手梅安》，並不用一種史觀來把握大局，而是具體地描寫人生活在那個時代的日常。或者自炊，或者外食，隨處寫到吃，細緻而巧妙。譬如天大黑以後，殺手梅安就和搭檔彥次郎把砂鍋架在火盆上，用蛤仔和蘿蔔絲煮湯，一邊趁熱吃，一邊漫不經心似地討論怎麼殺人。平常的庶民生活，溫馨的人情味，把殺人的殘酷也朦朧了，這是池波小説的魅力所在吧。

池波愛吃，冬天裏幾乎天天吃小火鍋：淺底小鍋裏倒上用海帶香菇等煮好的湯，把蛤仔和白菜略微煮一下，撈到小碟裏蘸柚汁吃。他愛吃蕎麵，據説《刀客買賣》裏寫了二十多家蕎麵館。以池波小説的印象為背景，便恍惚覺得他隨筆的美食有一種江戶情趣，而小説借真實的隨筆記述彷彿也有了某種現實感。從隨筆能窺見池波的生活，也可以領略他的人生觀以及美學。受其誘惑，我去過銀座新富壽司店、神田松屋蕎麵館，味道確實好，價錢也不貴。但他説不喝酒就不要進蕎麵館，可我雖好酒，也信奉敝鄉的餃子就酒越喝越有，卻受不了蕎麵館酒菜的儉嗇，即便是若水的清酒。

對於池波來説，吃是一個樂趣。吃的快樂在我們知道的快樂中佔一大部份，主要是因為我們知道不吃則死。吃是生的快

樂。醫生讓人想吃甚麼吃點甚麼，那就是最後享受一下生。説來只要有材料和手藝，老店的味道就能夠一如既往，但吃客難以保持口味不變，美食總是在記憶裏。池波時常寫記憶中的美食，例如：「這也是小時候母親經常給做的，就是炸茄子。不同之處只是把土豆換成茄子，喝生啤很對路。」我也不禁想起小時候母親給做的炸茄盒，中間還挾着肉餡呢。就吃來說，通常有三種人，一是做，藝術創作者，二是吃，欣賞藝術，三是品，充當批評家，可能是美食家，但也可能只是妙筆生「味」，把吃批評得沒法吃。池波在小說裏寫吃不離譜，好像誰都做得來，吃得來。吃喝追求高檔或稀罕是一種獵奇心理，吃自己愛吃的才真是幸福。池波寫的吃也有頗貴的，但好像多是被當作傳統要價了。

池波寫男人，也愛用老東京人的稟性對男人說教，寫有《男人的系譜》《男人的作法》等隨筆。但他說「如果松阪牛肉是精心飼養的處女，那麼，這裏的伊賀牛就是厚厚上了一身肥膘的半老徐娘」，恐怕對女人就有點失敬了吧。池波的三大系列是一系列短篇，此外他還有一個真田系列，取材於信州（今群馬縣）的松代藩藩主真田家三代的歷史，如獲得直木獎的《錯亂》。《真田太平記》是長篇小說，在週刊雜誌上連載了九年之久。池波死後，由長年幫他收集資料的舊書店老闆倡議，信州建立了「池波正太郎真田太平記館」。

太宰治的櫻桃

　　日本作家死了，粉絲們給他的忌日起一個好聽的名稱，每逢這一天追思其人其作，就叫文學忌。有沿用其名的，如夏目漱石的漱石忌，川端康成的康成忌；有取其作品的，如芥川龍之介的河童忌，三島由紀夫的憂國忌。

　　幸田露伴的忌日叫蝸牛忌，他著有《蝸牛庵夜譚》，其中關於唐傳奇《遊仙窟》深刻影響了《萬葉集》（現存最古和歌集）的論說讓他得到博士學位。正岡子規別號獺祭書屋主人，忌日叫獺祭忌。他患肺結核，據說絲瓜泡水能祛痰，臨終寫了三首辭世詩，可謂詠絲瓜，如「吐出痰一斗／來不及也絲瓜水」，「絲瓜花開堵着痰／我已成佛乎」，所以又叫絲瓜忌。祭奠山本有三是一一一忌，含有三的意思吧，他死於 1 月 11 日。

　　浪漫派詩人伊東靜雄愛喝啤酒，死後得名菜花忌，人們祭他就把油菜花插在空啤酒瓶裏。以「憂國」出名的三島由紀夫少年時代很崇拜伊東，但後來得知自己的為人作文被他討厭，

便説伊東是一個小人物。司馬遼太郎的文學忌也叫菜花忌，一年一度舉行研討會，從文學來說最為隆重。他生前愛黃花，如蒲公英的花和油菜花，長篇歷史小說《菜花之海》中寫道：「到了晚春，走在田間小路上的人們微微冒汗了，整個島就全被油菜花的快活的黃色覆蓋，隔着花，海上到處是白帆往來。」

檀一雄的忌日叫夾竹桃忌，他比太宰治小三歲，被揶揄為太宰的跟包，太宰喝醉了就勸他自殺。他沒聽勸，活了六十多歲，以烹飪見長，被稱作最後的無賴派作家。自殺的是太宰治，檀一雄寫了《小說太宰治》。太宰忌日叫櫻桃忌，作為文學忌，廣為人知。這是同鄉作家今官一命名的，緣於太宰的小說題名《櫻桃》。

這個短篇小說發表於 1948 年 5 月，一個月後的 6 月 13 日和情人投河，有評論家把它看作太宰治的文學遺言，描寫了自殺前的內心糾結。那是一個夏夜，全家人在逼仄的屋子裏吃飯。身為作家的「我」根本不指望老了以後享受孩子的照顧，眼下卻得給他們當用人，不禁發牢騷。妻子說自己的兩個乳房之間是「淚之谷」，一下子使「我」鬱悶。已無心工作，淨考慮自殺，便直奔喝酒的地方。端上來櫻桃。「我家裏不能給孩子們吃好東西，孩子們可能都沒見過櫻桃。要是給他們吃會高興吧。要是父親打包拿回去，他們會高興吧。用線把柄繫起來，掛在脖子上，櫻桃看上去像珊瑚首飾吧。可是，父親好像極難吃地把裝在大盤子裏的櫻桃吃了吐核，吃了吐核，吃了吐核，

而且在心裏虛張聲勢似地叨咕的話是，老子比孩子重要。」

太宰治的長子是殘障兒，「關於長子，父親和母親都避免深談。白癡、啞巴……因為哪怕說出一句，二人互相承認的是過於悲慘。母親時時緊抱這孩子，父親常常突然想抱着這孩子跳河，一死了之」。同樣是作家的大江健三郎，長子也先天殘障，卻給大江的精神帶來轉機，創作出重要作品《個人的體驗》。太宰治在《櫻桃》說了三次的「老子比孩子重要」並不是反話，而是真話。縱然心裏矛盾着，恐怕這樣的人在現實生活中也不配當父親，甚至不配作人。太宰自道：「其實這個小說就是夫妻吵架的小說。」全篇讀來基本是辯解，為自己的人生方式辯護。

日本戰敗，「潘朵拉的盒子」被打開，社會上一派荒廢，太宰自稱無賴派，意思是法語的自由思想家，反抗權力，同時也像是無賴漢。他吶喊「我是無賴派，反抗束縛，嘲笑識時務的得意面孔」。無賴是反俗的。太宰在日常生活中反俗，用的是女人和藥物，從女人身上獲得靈感和素材，吃藥來昂奮執筆。他反俗並非把自己撇清，既揭發別人的俗，也無情面地吐露自己的俗。三島由紀夫卻說，這是一種狡猾，對於強大的世俗道德立刻露出受難的表情。不過，今天人們讀太宰治幾乎已忘掉無賴派這個概念了。

太宰治死於 1948 年，拿他的文學和當今中國文學比較似乎時間上有點錯位。若說日本文學與中國文學的不同之處，首

先在於私小說。雖然今天的作家們有所收斂，但沒有寫工農兵的傳統，終究只能寫自己，暴露隱私乃至出醜。中國作家即便寫自己，往往也不會真寫皮袍下面藏着的小。人都不願暴露自己的陰暗面，但喜歡看別人暴露，私下裏認同並釋然，這正是太宰治死後六十多年文學魅力不衰的奧妙吧。人們認為太宰是脆弱的，但敢於寫自己的脆弱，也正是他的強大之處。

在東京都的三鷹市居住七、八年，太宰治寫出《女學生》《維榮的妻子》《斜陽》《不配作人（人間失格）》等主要作品，然後投身於玉川上水（江戶年間開掘的上水道）。在大約的地點有一塊他故鄉青森縣金木村出產的玉鹿石，由於遺屬不同意在這裏立文學碑，石上甚麼也沒刻。墓在禪林寺。近代文學的兩大文豪，太宰否定夏目漱石，崇仰森鷗外。「這個寺的後面有森鷗外的墓。我不知道甚麼原故鷗外的墓在這樣的東京府下三鷹町。不過，這裏的墓地清潔，有鷗外文章的影子。我的髒骨頭要是也埋在這麼漂亮的墓地一角，或許死後能有救⋯⋯」（《花吹雪》）

文人相輕，無賴派作家阪口安吾討厭永井荷風，三島由紀夫討厭太宰治，討厭他的活法，說他那種性格只要洗洗冷水澡、練練單槓就可以解決。三島寫道：「讀起太宰的東西對於我來說也許是最壞的選擇。那些自我漫畫化是我生來最討厭的，而作品背後閃現的文壇意識以及鄉下孩子負笈進京的野心似的東西是我最受不了的。」所謂自我漫畫化，似說得過份，

但太宰治一生都嘗試自我戲劇化。

　　對於太宰治文學來說，《櫻桃》彷彿是一部電影的最後鏡頭，不過，評論家誇它完美無缺，技法上無可挑剔，一般讀者卻不大關注，或許太宰文學忌更該叫斜陽忌或者失格忌。

吃魚歌

　　近來商場裏不斷播放一首歌，曲調明快，凝神聽了聽，原來是《吃魚歌》。歌詞羅列一串串魚名，諧音造句，妙趣橫生：吃魚吧，吃魚腦瓜靈，吃魚身體好，大家吃魚吧，魚在等着哪。歌名叫《魚兒天國》，卻原來魚類的天國在人類的肚皮裏，吃掉牠們就是送牠們上西天，勝造七級浮屠。

　　魚是要吃的，這是自然的遊戲規則，但慈悲之心也要有，這就是人性。兩難之際，中國古人的作法是遠離廚房。不聞其聲，不見其死，吃起來坦然。說來有趣，天皇的皇居不輝煌，不巍峨，黑白兩色，看得中國人掃興，但一見環濠裏游動的大鯉魚便興致勃然，想到了紅燒或醋溜。日本人一般不愛吃鯉魚，讓他們食指動的是餐館水箱裏只有巴掌長的沙丁魚。廚師當着食客的面操刀料理，骨肉分離，鮮嫩的生魚片配上葱絲薑末，一尾骨架用竹扦貫穿也支在盤中，魚嘴猶朝天翕張。歐美人在電視上看見了，大呼小叫，抗議日本不人道，但他們的鬥牛不是更屬於慘不忍睹嗎？

歌聲朗朗，彷彿女歌手就看着滿艙的活魚歡唱，我卻想起金子美鈴的童謠。例如那首《魚兒》，意思大致是這樣：

海裏的魚好可憐 / 稻米人來造 / 牧場飼養牛 / 塘裏鯉魚也有食 / 可海裏的魚兒 / 甚麼照料都沒有 / 一點不淘氣 / 卻這樣被我吃 / 魚兒真可憐

還有一首《豐漁》：

朝霞散啦 / 魚滿艙啦 / 大沙丁魚滿艙啦 / 海邊熱鬧像廟會 / 可是在海裏 / 幾萬沙丁魚 / 正在吊喪吧

金子美鈴是大正時代的童謠詩人。大正處於明治與昭和之間，歷史才十四、五年；大正七年（1918），夏目漱石門下的小說家鈴木三重吉痛感孩子唱的歌淨是些低級愚昧的東西，要為他們創作真正有藝術價值的純麗的童話和童謠，掀起第一場運動，創刊了月刊雜誌《赤鳥》。這裏照搬了日文的「童謠」，字面相同，但涵義比我們所說的童謠或兒歌更近乎詩。時當唱片業勃興，一些童謠被譜了曲，廣為傳唱，大大超出兒童與學校的範圍。北原白秋、西條八十、野口雨情是近代童謠運動的三位主將。雜誌紛呈，《童話》雖後起，但久負盛名的西條八十自大正十一年入主童謠欄，使之和《赤鳥》《金船》並駕，留名日本兒童文學史。大正十二年九月西條選登了來稿《魚兒》，從此金子美鈴這個好聽的名字頻頻出現在雜誌上。站在魚的角度說話，似出於一片天真，卻顛仆了人類向來以自己為中心的真理。眼光越過豐漁，越過人們的喜悅，望見讓人

類得以存活的海，也望見海裏的悲哀。美鈴的童謠是明亮的，讀者情不自禁地透過明亮的天真去思索那幽深的大自然。

金子美鈴生於明治三十六年（1903）。故鄉仙崎像鳥喙探進日本海裏，她在童謠中縱情歌唱了這個美麗小鎮的景物和生活。姨父開書店，因這層關係，父親渡海到中國營口當分店店長，日俄戰爭後橫屍街頭。姨母死後，母親改嫁給姨父。20歲的美鈴也來到下關，在繼父的書店裏做工。坐擁書城，成天埋頭讀書。童謠盛行，她也動筆創作，投給雜誌，遇上西條八十的慧眼，被激賞為「巨星」。大正十五年十二月二十六日天皇駕崩，改元昭和，翌年（1927）夏日，西條八十路過下關，約美鈴在車站見一面。可是，下了車，站台上不見人影。後來西條在追憶文章中寫道：「沒有時間，我急忙找遍了站內，總算在昏暗的角落裏發現她，怕人看見似的站着。看上去二十二、三歲，蓬頭散髮，身穿平常衣服，背上背着一兩歲的孩子。這位年輕的女詩人，作品洋溢着絢麗的幻想，不遜於英國的克里斯蒂娜·羅塞蒂女士，但給我的第一印象，好像是那一帶里弄小雜貨舖的老闆娘。容貌端麗，眼睛像黑耀石一樣熠熠生輝。」23歲的美鈴嫁給店夥計，說法是「愛好書，不願離開書店」。丈夫放蕩，不許她寫作，不許她和同好們通信。1930年美鈴離婚，唯一的條件是女兒歸她。但半個月後，前夫又來要女兒，孤立無援的美鈴以死抗爭，服安眠藥自殺。留給前夫的遺書上寫着：「你要把女兒帶走就帶走好了，可是，

你能給她的只是錢，給不了心的糧食……像今晚的月亮，我的心也一片寧靜。」

金子美鈴只活了二十六年，死後作品也被人遺忘，真像是流星一閃而過。1960年代，讀大學一年級的矢崎節夫在《日本童謠集》裏讀到《豐漁》，心靈被震撼，矢志搜尋金子美鈴。十六年過去，終於找到美鈴的弟弟，獲得三本手抄遺稿，扉頁上分別寫着「美麗小鎮」、「空中母親」、「寂寞公主」，計五百一十二首，其中僅發表過九十首。1984年三卷《金子美鈴全集》問世，作為「心的糧食」，許多人靜靜地誦讀。

仙崎自古是捕鯨的地方，據記載，1845年至1850年六年裏捕殺了七十八頭鯨魚。大概漁民也不免有殺生的罪惡感，所以捕殺了雌鯨，如果腹內有胎兒，就好生埋葬，建墓立碑。這很像日本式慈悲。當地還建了觀音堂，每年春天做法事為鯨鯢魚鱗們超生。美鈴有一首《鯨法會》，寫道：

暮春為鯨魚做法會 / 海上捕飛魚 / 海邊寺廟敲響鐘 / 悠悠飄過水面 / 村裏漁民穿外套 / 急忙往海邊寺廟跑 / 鯨魚的孩子在海裏孤單單 / 聽着那震響的鐘 / 哀哀哭泣死去的父親母親 / 鐘聲飄過海上面 / 響到海的哪裏。

今年（2003）是金子美鈴誕辰一百週年，幾萬沙丁魚在海裏紀念她，或許還會有幾頭小鯨魚參加。

古今屎尿譚

　　西班牙畫家達利説：我畫的畫基於排洩物，我的地形、雲、事物不都像糞便嗎？這種説法很可能招人反感，但再去看那幅代表他的作品《記憶的持續》，幾塊變形的鐘錶，就覺得時間、空間真像是偏執得癱軟的糞便。

　　關於美術與糞便，我也有一個記憶，那是中學時代上書法課——説得太藝術了，當時我們叫作寫大字——老師教育我們，寫字不描，拉屎不瞧，於是牢記了寫毛筆字要一氣呵成的規矩。不然，越描越黑，像日後在社會上常見的一些嘴臉。

　　此文不準備談藝術，要談點文學。文學是人學，人要吃喝拉撒睡，文學就不僅寫鴻門宴百雞宴青梅煮酒杏花村晚上睡的一個枕頭，也得寫拉撒。各種排洩是人體的快事。急得團團轉，挨罰，蹲監獄，都可能是憋的。數風流人物，圖排洩之一時痛快而遺恨千古的，大有人在。廁所修得漂漂亮亮，實乃最有人味，最通人性，似乎我們在這一點上自古沒大活明白。至於書籍，向來談吃談喝多，談論屎尿的少。在日本書店裏遇見過一

本《圖說排洩全書》，隨手翻了翻，不想窺探排洩這一行為的偉大的神秘，一笑置之。後來真熱了一陣子廁所文化、屎尿文化，甚麼《屎尿譚大全》《巴巴大全》，堂而皇之擺了一大溜。其間有一本《古今黃金譚》，乃林望著，以為他談過英國，談得人們大喝下午茶，這回又要談黃金，書被放錯了地方。孰料，黃金者，糞便也。我們小時候把糞便叫黃金，很有點弗洛伊德，原來日本也一樣。林望是書志學家，但使他一度大出風頭的，不是本行，而是去劍橋大學整理日漢古籍目錄，吃了兩三年英國菜，回來寫了「反社會常識」的《英國真好吃》，獲得日本隨筆家俱樂部獎。這本《古今黃金譚》有一點回歸本行，談的是古典中的屎尿故事。開篇引了一首「天下的傑作」：阿美阿美拉巴巴，沒有紙，用手擦，舔乾淨，別白瞎。

　　文學裏寫到屎尿，筆涉污穢，卻未必淫穢，付之研究可稱作「文學屎尿學」。要說屎尿，我們也立馬能想起很多故事來，相聲裏的找驢，電影裏的巴巴雷，道在屎溺中，佛頭着糞，勾踐嘗糞，千村薜荔人遺矢，糞土當年萬戶侯，一個男人和一群女人吃喝拉撒睡的故事——話說那賈端遇見王熙鳳，依據美女人見人愛的遊戲規則就起了獸心，可鳳姐是何等人物，以獸心攻獸心，設下了誘人走險的圈套。寒冬臘月，「只聽頭頂上一聲響，嘩啦啦一淨桶尿糞從上面直潑下來」，害得賈端那讀書人終於為性愛獻出了生命。

　　說來日本人似乎比我們更親近屎尿，對此類事情較寬容。

《古事記》明記，女神伊邪那美命跟男神伊邪那岐命一起創造日本，從她的屎和尿裏各產生一對男神女神。《萬葉集》《古今集》中有「詠糞」，圖畫上畫着惡鬼在出恭的男女旁邊等着趁熱吃，相聲和詩歌更愛拿屎尿説笑，一些戰後文學家用屎尿的形象來宣洩自我毀滅的情緒。林望説：調查可知，從文學史開端直至現代，屎尿譚連綿不絕，不管哪一時代，哪一階層，哪一種類，幾乎都要談，談得眉飛色舞。他推許《落窪物語》以最為亮眼的形式言及屎尿，是日本屎尿文學的「金字塔」。

糞便的惡臭之源是一種叫糞臭素的化學物質，把它稀釋，聞着就芳香撲鼻了，香水裏添加這東西。難聞的屎尿寫進文學裏，用思想和藝術來稀釋，讀來便有趣。《古今黃金譚》在收尾處寫道：那含蓄，諸賢須好好嘗盡，嗅盡，啜盡，舌頭千轉，品味到心。呵，此書若名為「日本真難聞」，或許能暢銷也説不定。

屁文章

假文學之名，去年説了一通屎，今年想接着説尿。

最近讀了一本遲子建的小説，叫《偽滿洲國》，其中有這樣的段落：「李大風放學回家見父親被揍成這副樣子，甚麼也沒説，他吃過晚飯就去了那女人家。進了他家屋子，見那女人正坐在灶房燒火，他笑了兩聲，解開褲帶，從容不迫地掏出老二，往女人頭上撒尿。女人被這一幕嚇傻了，任尿水在她身上恣肆。李大風説：『你這個騷女人，誣賴我爸，我讓你再敢胡説八道！這回讓你喝點黃金湯，下回就讓你吃黃金飯！』」地不分南北，人不分男女，誰個無尿——「她和宛雲每天只吃兩頓稀飯，一夜下來尿罐被她們娘倆兒尿得浮悠浮悠的，直往外漾。」讀得有趣，但爺們兒撒尿的出口是一口多用，萬一有姐們兒像襲人一般紅了臉，問那是從哪裏流出來的，事情就有點麻煩，尤其是聽説老的少的，醜的俊的，照舊多道德家，貞操堅固。那就改口説屁。屁和屎共用一個通道，反正是已經説過的，死豬不怕開水燙。《偽滿洲國》裏也寫到屁，有威懾的：「李

大風這才拍拍手走出她家，臨出門時放了個沉重無比的屁，嚇得女人直激靈」；有坐牢也無限自由的：「王亭業的胃口卻出奇地好，吃過後肆無忌憚地放屁，那些屁都很蔫，就像除夕夜放的啞炮一樣。」

文化大革命的時候，社會上經常不知從哪裏冒出來幾首毛主席詩詞，特教人激動，「不須放屁」是造反派的高音喇叭最愛高呼的。事後證明那些詩詞有真有假，而「不須放屁」是真的，如今收在《毛澤東詩詞》裏。題目是「鳥兒問答」，那麼，倘若放的話，應當是鳥屁。不管甚麼屁，寫進文學作品裏，西洋人稱之為 scatology。本是醫學用語，日本譯作「糞尿譚」、「糞尿學」或「糞尿趣味」，是人類很原始的趣味。據說日本人對屎尿尤具親近性，自成文化傳統，所以，民間故事也好，文學創作也好，很愛寫排洩物及排洩行為。文化大革命時代對「牛鬼蛇神」的懲罰之一是打掃廁所，所以中國的屎尿譚文學理應更發達。隨着生活現代化，人們對屎尿的關心趨於淡漠，描寫屎尿也像是隱喻了。

調查日本人最暢快事，說是排洩，首先是性交的排洩，次之是屎尿屁。作為中國人，大概還加上吐痰。人的排洩物佔全了固液氣三態，而氣體虛無縹渺，看不見，摸不着，對屁就相對寬容。放屁不必像拉屎撒尿那樣非找個隱蔽的去處不可，但公然在大庭廣眾之前轟鳴，若臉皮尚不夠厚，那就需要有某種特權，例如高官或老闆。他怡然施放，即便聲若洪鐘，或婉

轉悠長，聽眾也不敢竊笑。群集，一聲屁響，眾皆默然，這時若有人臨機應變，妙語解頤，化臭屁為歡笑，各得解脫，則功德無量。前些時候日本到處傳唱一首早安少女組的歌，中間發出卜、卜的聲響，聽來有趣，可能就因為那聲音像放屁。屁是笑料，這是其他排洩物不能同日而語的。京都大學教授山田稔寫過一本隨筆《屎尿譚》，考察古今東西的屎尿譚文學，大概在日本也絕無僅有。他把有意利用屎尿形象的文學作品分作兩類，一類是解放型，落腳點是笑，另類是逆反型，出發點是牢騷、嫌惡、譏諷等。日本文學多後者，濫觴是 18 世紀博物學家平賀源內出於憤激和自暴自棄所撰寫的《放屁論》。

在《朝日畫報》（這是最早以圖片為主的報道性雜誌，最近停刊了，莫非日本已過了「讀圖」的時代）上讀過一篇紀實文學，連載大半年，記述一個少女在文化大革命歲月的經歷，動人心弦（作者沙柚，看來是筆名；中國人在日本作文著書不使用真名很有點異乎尋常）。文中有一段童謠，中文可能是這樣的：從前有個屁，震撼大地，穿過鐵絲網，來到意大利。意大利的皇帝正在看戲，聞到這個屁，大發脾氣，全城戒嚴來抓這個屁。抓住這個屁，關在瓶子裏，嚴刑拷打然後再槍斃。這首童謠堪稱屎尿譚文學的傑作。此屁着實不簡單，偷渡成功，而且進入了主流社會，觸及皇權。最終被排外，下場可憐，更增強了英雄人物的悲壯。或許意大利皇帝看的是東方悲劇，悲之所至，遷怒於屁。

某日，朋友聚飲，一位講笑話。説的是秀才來到陰間地府，閻王爺看着生死簿，放了一個屁。秀才應聲高吟，金臀高聳、驚天動地云云，閻王爺高興，就放他回人間。陽數有限，又得見閻王爺了，秀才自以為和閻王爺早已是熟人，擠眉弄眼，閻王爺卻莫名其妙。小鬼在一旁道：他就是那個前世寫屁文章的。説笑話的這位臉上備足了笑意，瞪亮了眼睛等着滿座反響。他面皮白皙，眼睛就很像窗戶紙捅破了兩個黑窟窿。大家望着黑窟窿，卻呆了面孔，原來哥幾個經常寫寫小文章，一時都默然在心裏對號入座。

　　就此住筆，反正也沒甚麼非説不可的屁話。

作家起名

　　日本人姓名基本用漢字。有調查統計，2010 年給孩子起名居前一百個，男名都是用漢字，女名用假名（日文字母）也只有七個。就在這一年去世的文化人類學家梅棹忠夫會有點死不瞑目，他認為「不擺脫漢字，日本的未來很危險，漢字障礙文明進步」。此公搞了一輩子羅馬字運動，但法律不許人名用羅馬字，只好用假名給兩個兒子起名。近年來流行的漢字名，例如悠真、步夢、結愛、美羽，我們望文生義，也覺得有趣。

　　日語的「名字」，早年是寫作「苗字」，相當於中文的姓，而中文的名，日語作「名前」，所以，姓名是「名字」和「名前」。但平常人們說「名前」，卻是姓，或者連姓帶名。姓是沿襲的，那就只能在名上做文章，讓長輩們大逞才氣。某友得子，文豪夏目漱石致賀，拿起名開玩笑，寫道：「聽說小寶寶誕生，謹致賀意。而且聽說是男孩，那就更好了。名還沒起嗎？八月三日出生，叫八三如何？安然生下來，叫安丸不行嗎？（按：生這個詞有四個音，取其中兩個音，讀若丸）如果

本以為雙生子，卻只是一個，那就叫一人怎麼樣？大概期待了很久，叫長松（按：松與待同音）不好嗎？出生在高田老松町，叫高松可笑吧？」最後又說了一句「名實際不好起」。

生下來一旦報了戶籍，改名就得上家庭裁判所，須拿出非改不可的理由。行不更名，年少很可愛的名子，老了以後叫一聲說不定可笑。戶籍之外，筆名、雅號之類不妨隨意叫。山岡莊八寫小說暢銷，進身為文壇納稅大戶，恨道：山岡莊八掙錢，藤野莊藏交稅；前者是筆名，後者是本名。夏目漱石的本名是金之助。他生於 1867 年陰曆正月初五，干支為庚申，屬金，此日生人將來可能是大盜，所以名子裏需要有金，女人就會叫阿金阿鐵。22 歲自號為漱石，用漂亮的漢文撰寫了遊記《木屑錄》。本為漱石枕流人，給自己孩子起名卻非常普通，老六生於申年，就叫作伸六。另一位文豪森鷗外起名的手法是字音並用，繼承他文學血脈的女兒叫茉莉，看似漢字，又讀若瑪麗，開啓洋氣命名法。

太宰治活得很無賴，文學的一半靠女人。背着老婆，當着「小三」山崎富榮的面，給「二奶」太田靜子生下的孩子寫證明：「太田治子這孩子是我的可愛孩子，願她常以父親為傲，苗壯成長」。安撫山崎，說：你要是生孩子，還有一個修字哪，叫修介很不錯嘛。太宰治本名津島修治，半年後二人投河而死，修字沒用上。用父祖輩父的名字給兒女起名是日本風習，譬如同為小說家的菊池寬給吉川英治的兒子起名叫英明。權勢者常

拿自己名字裏的一個字賞賜。請朋友給孩子命名也是一個習慣。谷崎潤一郎結婚，本來不想要孩子，但初夜總不好避孕，結果就有了女兒。請好友起名，叫鮎子，後來知道漢語裏鮎即鯰，大口大腹，有齒有鬚，並非香魚之義，便改用假名。我也曾興致勃勃為朋友的兒子起名，兄弟姐妹唯有他得了男孩，就叫作慶太郎，覺得有日本味，但實際上日本已不興叫郎。郎的命名法來自中國，譬如武則天寵幸的張易之、張宗昌被呼為五郎六郎。

我們的相聲拿日本女人的名子逗樂，說甚麼甚麼子。子，本來是皇家、權貴之女的用字，20 世紀初講究平等了，百姓像撿了寶貝似的用將起來，以至名必稱子。即便沒有子，通常稱呼也加上。漱石給長女起名叫筆，希望她的字比媽媽寫得好，但在書信日記裏都寫作筆子。1960 年前後出現「去子化」，平成年間幾乎沒有叫子的了。2010 年排前一百名之中只有兩個：莉子、菜菜子，而時隔二十多年，以子取名，終於又進入排行榜前三（莉子，與陽菜、結愛並列第二），也令人有「之子于歸」之感。

人名用漢字卻是有限制的。戶籍法規定，給孩子起名必須用常用平易的文字。甚麼字屬於常用平易？日本政府最初設機構審議國語是明治年間的 1902 年。戰敗後，由佔領軍主導，1946 年頒佈「當用漢字表」，計 1,850 字，起名只能用這些字。所謂「當用」，是當前使用的意思（這是日本人誤用了當字），目的在逐步廢除漢字。這種限制當然與計算機管理無關，卻好

像歪打正着，日本人在人名問題上先行一步。有人控告限制漢字即限制自由，有違憲法，社會上議論鼎沸。1951年政府又拿出92個字，專供人名用，如當今走紅的推理小說家東野圭吾的圭和吾，但沒有三島由紀夫想給女兒起名的尹字。常用平易與否，因人而異，種草莓的農家就要求用莓字。從歷史趨勢來看，字數在不斷增加，現今人名用字已經有861個。常用漢字為2,136個，就是說，用漢字起名，從合計2,997個字中選。不消說，常用漢字中好些字不能用來起名，如死、病、尿。又有很多異體字，例如凜，下邊或者寫作示，或者寫作禾。正字與俗字並存，不強求統一，卻也有點亂。凜，似乎應該是男名用字，但可能受電視劇的影響，近些年流行給女孩子起名。日本女人溫柔，那是一種教養，骨子裏自有剛毅，甚至凜凜的。彥，讀若日子，男子的美稱，除了男人拿它起名，幾乎別無用處。人名通常從字面看得出男女，但也有難辨的，如操，忠臣不事二君，或者貞女不更二夫，男女通用。昭和年間男女用昭字、和字起名很普遍，但是自1989改元平成，卻很少有人用平字、成字，大概不景氣也就不吉利吧。

限制漢字，但不限制讀音。譬如一二三這個名子，有人把它讀若華爾茲，又洋氣又好聽。大翔、陽斗、結菜、七海，這些名子都至少有三種叫法。反過來，同樣的假名，漢字可以寫作龜，也可以寫作加芽。根源在於日本原先有語言，從中國拿來了文字，這文字帶來了本來的中國讀音，叫音讀，他們又聰

明地把固有語言按到漢字上，叫訓讀。例如犬，音讀若跟，訓讀若一奴。交流是漫長的，不同時代、不同地域傳來的音不同，都攢了下來，更造成一字多音。名從主人，名子按主人的意願讀，讀得匪夷所思，甚至字典也查不到。在中國不會唸人家的姓名要自慚才學疏淺，而日本寫姓名還得用假名注音，那文化似乎就顯得幼稚。接過來名片，為慎重起見，要問問怎麼唸。古代音讀很有點傲然，今天聽來也悅耳，所以冒憒讀人名，最好用音讀，先聲奪人。

所以能限制漢字，就因為有假名之便，但事情亂也亂在假名上。井上靖有一個短篇小說，叫《加芽子結婚》。這個加芽子姓魚冢，名用假名寫，讀若龜。這是爺爺給起的，象徵着溫文爾雅。早年女名大都是兩個假名，即兩個音節，寫作漢字往往就一個字，譬如鶴、虎、熊，很有點嚇人。時代不同了，加芽子上學被同學嘲笑，乃至談婚時忐忑不安，男方就建議她把漢字寫作加芽子。這正是假名的妙處，左右逢源，不在一個漢字上吊死。不幸那男方病故。再論嫁，男方説自己的祖母就叫這個龜，是家族的中興之祖吧。於是加芽子不再説自己是加芽子，龜就龜。結局圓滿，井上靖就是這麼好心腸的作家。

給小説人物起名，夏目漱石主張「普通的名子為好」，例如三四郎、與次郎。村上春樹總愛用姓或名搞怪，營造非現實世界，《1Q84》也不例外。為此他寫了一大段，且譯來看看姓名在日本的實際應用，雖然是小説家言，如下：

青豆是她的本姓。祖父是福島人，在那個山中小鎮或者小村，姓青豆的人實際上有幾個，但她本人還沒去過那裏。青豆出生前，父親跟家裏斷了聯繫，跟母親家也同樣，所以青豆一次也沒見過祖父母。她幾乎不出遊，但偶爾有這種機會，就會翻開飯店裏備置的電話簿，查找有沒有姓青豆的人，這成了習慣。不過，有青豆這個姓的人物在她以前去過的哪個城市、哪個鄉鎮都一個沒找到。每次她都會有一種被隻身投進大海的孤獨漂泊者似的心情。

　　說姓總是很忧頭。每當說自己的姓，對方就用奇怪的眼睛或者困惑的眼睛看她的臉。青豆小姐？對，寫作青色的豆子。在公司工作時必須有名片，所以這種煩死人的事很多。遞出名片，對方就凝視它好一會兒，簡直像冷不防被遞給一封不幸的信。接電話報姓，甚至被吃吃地笑過。在公所或醫院等候時被叫到，人們就抬頭看她：姓「青豆」這麼個姓的人究竟長甚麼樣。

　　有時也有人搞錯，叫「枝豆小姐」，還被叫作「空豆小姐」。每次都得訂正：「不是枝豆（空豆），是青豆，唉，雖然有點像。」於是對方苦笑道歉，說：「啊，可真是少見的姓。」三十年的人生裏究竟聽過多少次同樣的台詞呢？由於這個姓，被大家開過多少無聊的玩笑呢？要是生來不是這個姓，也許我的人生跟今天是不同景象吧。譬如佐藤啦，田中啦，鈴木啦，要是這種常見的姓，我也許過更輕鬆一點的人生，用更寬容一點的眼睛看世間也說不定。

東京的胡同

　　據說幸福的家庭都一樣，不幸的家庭各有各的不幸，其實，城市也如是。高樓寬街，現而今中國的好些城市看起來跟其他發達國家一個樣，甚至更漂亮，所以來日本旅遊，「幸福的」表面沒甚麼看頭兒，要轉到背後，也就是胡同，那裏遺留着落後於時代的「不幸」，才能觀光到特有的傳統景物。當然，所謂傳統，不會上溯到多麼古昔，拿東京來說，也就是百餘年前明治以及再遠些的江戶時代的風情。

　　這樣可觀的東京是隨筆的，而不是散文的；散文多是要抒情，走馬觀花也不妨感慨一番，而隨筆需要有趣味，尋尋覓覓，拿出些歷史的文化的東西給人看。隨筆式的東京其實是永井荷風寫出來的。

　　永井荷風比森鷗外、夏目漱石晚一輩，出洋幾年，歸來見明治新政府只顧物質上富國強兵，好端端的東京失掉了江戶市街的靜寂美，又比不上具有音律性活動美的西洋市街，不快而嫌惡。當然無可奈何，他只好拿一把黑洋傘，跋拉着木屐，走

街串巷，尋找撿拾東京叫江戶那些年代的遺存，並寫成隨筆，為日後留下談資。他的散步是一種文學行為。就作家來說，從田山花袋到村上春樹，看東京的眼光是外來者的，而永井是東京人，一生基本生活在東京，寫東京就是寫故鄉，感情自然跟他們不同。

小說家大佛次郎說：江戶時代正經人不會在街上閒逛，所謂散步，是明治時代西洋人來日本言傳身教的。永井荷風「從小就喜歡在街上散步」，閒走閒看，乃至彷徨，可算近代散步的先驅。趕超歐美的新時代展現在大街上，但他的興趣在於舊，不要發現或感嘆新。舊時代的風景殘留在胡同裏。他四處遊走，到遠處散步，利用的卻也是奔馳市內的現代化電車。終歸是胡同生活的旁觀者，在這一點上，與旅遊觀光者相通。賞玩之餘，「看見在如此貧窮的胡同裏一如既往地貧窮度日的老人，難禁同情與悲哀，又加上尊敬之念」。他一度還搬到胡同裏住，雖然地近平生所好的花街柳巷，卻終於受不了那種沒有私人空間的江戶人情，不久就逃回靠父輩遺產所營構的孤僻天地。

永井荷風的東京散步記《日和木屐》印行於 1915 年，此後東京又經歷了關東大地震、美軍大空襲以及 1964 年東京大奧運，書中所記錄的景象也所剩無多。有一個叫橋本治的小說家，東京奧運會那年 16 歲，他說，東京奧運會是從徹底破壞在戰後廢墟上復興的東京市街開始的。自 1960 年勃興建築熱，

東京整個籠罩在塵埃中，待塵埃落定，風景完全變了樣。2007年底橋本治出版了一本《日本該走的路》，主張把現存的超高層樓房全毀掉，外觀上回到 1960 年代前半。說這話無非美美嘴，所幸有《日和木屐》，如今已成為遊覽東京胡同、觀賞胡同風景與文化的指南，彌足珍貴。

永井荷風說：「胡同雖然窄而短，但富於趣味與變化，有如長篇小說。」林子大了甚麼鳥都有，像東京這樣的大林子很適合拿來寫小說，尤其是推理小說，例如松本清張的《點與線》，但我喜歡隨筆的東京。倘若你來遊，那麼我建議，去逛逛淺草、深川那一帶的小街，或者從日本橋起步，逛一逛繁華背後的陋巷，最後到銀座的三越百貨店選購高級化妝品，帶給夫人或女友，這樣的旅遊更有些意思。可能的話，那就先讀讀永井荷風的隨筆，不然，一路走過去也品不出多少味兒來。

永井荷風（1879-1959），號斷腸亭主人。三島由紀夫說他的魅力「在於用最優雅的文章寫最低級的事情，用最都市化的文章寫最粗鄙的事情。」呵呵。

缺電與陰翳之美

由於地震以及海嘯，核電站發生事故，日本缺電了，據說地震之前比歐洲亮四成的大東京為之昏暗。不僅給生產、工作及生活帶來不便，治安也出現問題，女人的鞋跟敲擊夜路的聲音急促了，甚至可以描寫為一路小跑。凡事有兩面，也有人說這下子抬頭能望見星星了，又呈現陰翳之美。這陰翳是文學家谷崎潤一郎將近八十年前禮讚的，他說：「會成為甚麼樣景象，關了燈試試吧。」

以前曾驚訝東京的大辦公樓整夜亮着燈，有一種現代化萬家燈火之美。眼下強行節電，像一個運動，也使厭膩了平常日子的人有一點興奮，但整座樓整條街關掉許多燈，好似落入了荒野，也令人恐慌。

陰翳不是指黑暗，谷崎說，「美不在於物體，而在於物體與物體造成的陰翳圖案，在於明暗」。沒有光，伸手不見五指，黑影幢幢，也就無陰翳可言。

《陰翳禮讚》發表於 1933 年底至 1934 年初，在谷崎隨

筆中最為著名。不消説，那時候日本的燈光不夠亮，但谷崎禮讚的並不是當時，而是還沒有電燈的時代。2011 年 3 月東北地方發生大地震，引發的海嘯使很多人罹難，而 1923 年 9 月關東地方大地震引起大火，幾乎把東京、橫濱化為焦土。谷崎舉家往關西避難，從此不歸，並迷醉於京都、大阪傳承的日本傳統文化，轉向古典主義。1867 年以前的江戶時代，取亮有兩種燈：室內的行燈（紙罩座燈），外出的提燈。行燈之所以「行」，因為它先前也用以照路，被更為便攜的提燈取代，就專司室內了。一般是放在塌塌米上，也可以吊在天井或掛在柱子上。行燈用菜籽油，提燈用蠟燭，蠟燭比菜籽油貴，明治年間才普及。如今旅館還多用行燈，這是和式的象徵之一，但其中照明的早已是電燈泡。1657 年一場火災燒掉大半個江戶，幕府把煙花巷從日本橋遷移到淺草，並許可夜間營業，從此成為不夜城，日本傳統樣式的照明器具大都是煙花巷的發明。女作家長谷川時雨在《舊聞日本橋》中寫道：「我家有煤油燈的房間，也有行燈，有時還拿出豎洋蠟燭有玻璃罩的燭台。」一根油燈心的亮度不過是二十瓦熒光燈的二百分之一，人就只好活在昏暗中。

　　和式建築不追求崇高，過份地追求廣大，採光非常差。平安時代貴族耽於夜遊，離燈枱稍遠就一臉模糊。於是女人們一根根拔光眉毛，用白粉像抹牆一樣把臉塗白，然後在額頭上畫兩塊眉，染黑牙齒，被漆黑的長髮襯托，臉盤在昏暗中熠熠生

輝。現而今藝伎仍然化妝成這副模樣，好似能劇的面具，穿一襲艷麗的和服，姿態婀娜，恍若另一個世界的人物，但是在光天化日之下不免像活見鬼。怕臉上掉渣，笑也不敢笑，造就了女人的端雅。陰翳養成日本人的曖昧性格，並形成審美習慣。女人要夜裏看，傘下看，遠處看，總之要曖昧。谷崎在《戀愛及色情》中寫道：女人和夜古今都相輔相成，但現代的夜用超過陽光的眩惑和光彩把女人的裸體照亮無遺，而古時的夜低垂神秘的黑幕把女人的姿容籠罩。

谷崎又寫道：「我們的祖先不得不住在昏暗的房屋，不知不覺在陰翳中發現美，以至附加美的目的而利用陰翳」。如果說歐美人消滅陰翳，那麼，「令人感嘆日本人多麼理解陰翳的秘密，巧於光與影的分用」。傳統的陰翳終於被谷崎看出美。或許因為形而下，展現在日常生活中，陰翳之美倒是比幽玄易於理解。以合掌式民房列為世界文化遺產的白川鄉招徠遊客，起勁地演出陰翳。那些燈飾是現代設計，陰翳的程度不得有礙於救火。

谷崎從陰翳感覺了「一種神秘，禪味」。現代主義的明亮把視覺擺在第一位，壓抑了聽覺、觸覺、嗅覺、味覺的功能，惟其在陰翳之中才會有這些感官總動員的審美。欣賞陰翳，和他在隨筆《懶惰說》中提倡以老莊思想為根底的懶洋洋、在《漫談旅行》中主張慢悠悠旅行一樣，並不是單純的回歸傳統，而是對現代化一味追求效率、人們活得慌慌張張的反思。小說

家村上春樹批評福島核電站災難，呼籲不要讓效率這條狗追着跑，與谷崎的觀念也一脈相通。

文學要發現心的故鄉。谷崎寫得很明白：「既然日本已沿着西方文化的路線邁步了，就只有置老人之類於不顧，勇往直前，但必須明白，只要我們的膚色不變，就得永遠背着只加在我們身上的虧損。我寫這種事的意趣無非想在某些方面，例如文學藝術等，留下彌補這虧損之路。」他要把已經在失去的陰翳世界起碼喚回文學領域裏，不過，眼下日本人面對的問題不是美學或傳統，而是每天的日子怎麼過。從沒有陰影的繪畫到溝口健二、黑澤明的黑白電影的光與影，日本人的模仿與創造令人禮讚。憧憬田園生活的人不是在田園勞作的，而是城裏人。享受着文明卻大罵文明，往往不過是矯情。建築有採光規定，頌揚陰翳之美的人也不許遮擋，使他生活在陰翳當中。

谷崎潤一郎是耽美的作家，他筆下的美麗日本不同於川端康成，充滿了不淨的猥雜。長篇小説《細雪》的最後，四姐妹中最漂亮的雪子終於找到了好人家，但她跑肚拉稀了，去東京舉行婚禮那天還在拉。只怕讀者都有點尷尬了。

藏

　　加藤周一是我最敬重的評論家（不單是文藝評論家，並且是社會評論家），也是我素來景仰的日本人之一。他本來是學醫的，1950 年代前半曾留學法國。那時他已經是鋒芒畢露的評論家，對考察歐洲各國的社會和文化抱有更大的興趣。歸國後一邊行醫一邊發表《日本文化的雜種性》等文章。與英法的純種文化相對，將日本文化定性為雜種，前瞻其文化創造的可能性，這種論說在日本文化論上獨樹一幟。後來又長年在加拿大、西德的大學執教，1970 年代後半把講義付梓，即《日本文學史序說》。加藤周一生於中國現代史開端那一年（1919），今年已八十有二。

　　我愛讀他的隨筆，如《山中人閒話》《夕陽妄語》，知識賅博，論點明達。他一向反對戰爭；許多文化人反對戰爭不過是做秀，而他是從骨子裏厭惡並反對戰爭。他說：「戰爭不是天災，那是一個歷史性過程。日本整個社會造成了戰爭，所以日本國民對日本政府的行動負有責任。把這一點當作問題，戰

爭就和地震不同。」這種見解看似和戰後初期的「一億總懺悔」同調，或許為某些故作姿態的政治家所不取，但是，總以為人家的國民都不和自己的政府一條心，裏通外國似的，才每事教中國人「友邦驚詫」。

加藤周一去年末梢印行了一本《我的 20 世紀》，後記當中有這樣的話，讀來很覺得有趣：「人不能自己回答『我是誰』的問題。我說『我是 ×』時，我已經不是 ×，而是說我是 × 的人。可我這樣說的瞬間，我已經不是說我是 × 的人，而是說我是 × 的人的人。這個過程將無限繼續，所以大概我無法到達我是怎樣的人這一問題的答案。我是誰，敲定這一點的不是我，而是他人。」該書中幾次提及富永仲基，他是誰？決定富永仲基是怎樣一個人的，應該是加藤周一吧，他寫過《消失的版木富永仲基異聞》。在說了「和外國比較，例如美國和日本，美國有早早就公開信息的習慣，日本是秘密主義」之後，他引述了富永仲基的說法。

富永仲基比較中國、印度和日本，也就是比較儒教文化、佛教文化和神道文化。三國人各有癖性：中國人是誇張，真都相信就成了傻瓜；印度人是空想，超現實，也不可信。日本呢？日本人的癖性是隱藏，把甚麼都藏起來。

好一個藏字，一字論定了日本。我們拿了這個字再看日本，真感覺到處都藏藏掖掖，似乎光大了老子的「良賈深藏若虛」，不知世界上還有哪個民族敢於和日本比試高低。去過神

社的人莫名其妙，那黑黢黢的神龕裏到底供奉着甚麼東西？深藏不露，甚而也可能本來怕露了底。日本式房間，小得只有四帖半見方，也必有一帖大小的壁櫥，把鋪蓋家當都「押入」其中，家徒四壁，便顯得整整齊齊，乾乾淨淨。中國人來住，不善於收藏，直住得滿滿當當。常見電視或書刊介紹收納的技巧，就是如何把東西藏得好。商店裏購物，特點之一是過剩的包裝，紙包紙裏，藏得嚴嚴實實。盒飯，吃食藏在了裏面。酒館把賬單扣過來放在餐桌上，請客結賬，不願讓客人知道多少錢。紅白喜事，商店有各種各樣的小紙袋賣——給孩子壓歲錢，要裝在小紙袋裏。住溫泉旅館付小費，也預備小紙袋，不像歐美那樣給的收的都明火執仗。茶道、歌舞伎之類的傳統藝能秘不外傳，更神秘兮兮。彬彬有禮，把真面目藏在禮貌裏，也許包藏着禍心。躲藏在片假名後面，狐假虎威。藏起了真實想法，説話做事自然就曖昧。出遊海外，不是看風景，只是拿個照相機到處照，把眼睛藏在了鏡頭後面。外國人常説看不見日本人的臉，藏到哪裏去了？加藤周一説：「大抵把不快的事、不好的事、討厭的事隱藏，或者拐彎抹角，藏頭露尾，總體上造成日本國不大有壞事的印象。」中國人愛誇張、張揚，日本人好收縮、包藏，這兩個民族真的是兩股道上跑的車，而且要世世代代跑下去。近年一些政治家如石原慎太郎者流打開天窗説亮話，不遮不蓋，實在是好事，世人（世界的人們）這才聽到他們藏在心底的話。

加藤周一又說：「反對信息公開的傳統，在日本如果富永仲基的觀察是正確的，那麼，至少從 18 世紀前半延續到今天。」富永仲基生於 1715 年。自幼從師學儒，但十五、六歲就批儒，惹老師掃興。20 歲出家，校勘大藏經。著有《出定後語》。佛教也好，儒教也好，在他看來終究是倫理，無所謂孰優孰劣。他要把神儒佛三教統統廢掉，代之以探求「誠之道」，惜乎 32 歲就死了。

大盜與浴桶

　　日本人也有做賊的，但是和其他國家比一比，好像相當少，以至這裏天下無賊也似的。據說日本人到中國，還有僑居日本的中國人回去，可惱的其一是防賊與被偷。中國人來在日本，驚訝女人乘車走路逛商店，手提包各式各樣地敞開着，就替她擔心，彷彿一個聲音高叫着：扒進來啊，給爾自由。倘若在外國，不被偷才怪哪。日本搞國際化以來，說是賊多了，大概是打開窗戶也進來蒼蠅的意思。渡海而來的賊好像皆成手乃至高手，並非現學。媒體也未免長人家的威風，對外賊大肆報道，更使得「地養雞」一般的日賊黯然失色。

　　其實，日本歷史上也不乏大盜名賊，甚而可歌可泣，我東渡之前就從芥川龍之介的短篇小說認識了一位，叫鼠小僧次郎吉。鼠小僧是綽號，18世紀末出生在江戶（今東京）日本橋附近，高不滿五尺。本是一賭徒，只輸不贏，輸了就去偷，但不偷農商，專門在夜裏潛入武家大宅院偷金盜銀。好像還認真記賬，被捕後交代得一清二楚：行竊十五年，先後潛入

一百三十九戶，其中九十五戶是大名府邸，總共盜得一萬二千兩。過去有一種裝錢的箱子，叫千兩箱，正好裝金幣一千兩，我曾在京都的太秦電影村嘗試過，不堪其重（當然裝的不是真金）。鼠君曾一次盜出三千兩，是如何挾三箱以越牆的呢？36 歲時終於栽了，騎馬遊街，萬人爭睹，日本橋、京橋一帶幾無白地，然後磔殺，梟首。有義賊之名，恐怕是出自平民百姓對武家的反感，也不無窮人的艷羨與奢望──自己不敢做，或者不屑做，卻盼着一覺醒來他在門口給放了金幣。傳聞胞妹長得美，教三弦的。

大佛次郎也寫過長篇小說《鼠小僧次郎吉》，最後的場面像魯迅的阿Q之死，狂熱的群眾喊他是「窮人的菩薩！」大佛和芥川在小說裏都提及一個叫石川五右衛門的，他也是青史留名的大盜。生前名聲並不好，死後漸漸被演義為義賊，行刺豐臣秀吉。歌舞伎這樣塑造他：深夜潛入伏見城，豐臣秀吉枕邊的「千鳥香爐」作響，一時不知所措，束手就擒。秀吉親自拷問，五右衛門慨然痛罵：「你才是盜取天下的大賊。」秀吉怒，就把他放進油鍋裏烹了。虎死留皮，公元 1594 年五右衛門被處以釜煎，人死了，釜留下來，慘烈之餘，人們卻想到了泡澡，把一種連爐子帶桶的洗浴設備命名為五右衛門風呂。

十返舍一九的《東海道徒步旅行》寫彌次和北八徒步旅行，從江戶出發，第二天在小田原過夜，洗澡用的是五右衛門風呂──地上壘灶，灶上架桶，桶底是鐵板，燒柴加熱；有一

木板，浮在水面像蓋板，入浴時踩到桶底，有它作底板就不會燙着腳底板。想來踩底板是需要技術的，不然，踩翻了就要受釜煎之苦。彌次在江戶沒見過這玩藝兒，跳將進去就被燙了出來。發現角落有木屐，恍然，原來是穿着它入浴。彌次泡夠了，出了浴桶把木屐藏起來。輪到北八，也被燙得慘叫，後來找到木屐。在浴桶裏不安分，踩漏了桶底，屁股烙了餅。

現代化五右衛門風呂有鐵鑄的，名副其實的釜，想想都嚇人，還是說日賊。又想起井伏鱒二的小說《軍歌「戰友」》，是很短的短篇，寫公司招待全體職工到熱海別墅住一宿，在飯堂會餐，聽一老傢伙講那過去當兵的事情。可能就在他喋喋不休的當口，小偷進房間偷了錢。叫來了巡查，其中戴兩個星的說：

「你們宴會時唱軍歌了吧？」

「軍歌唱了不老少。」

「那首軍歌，『此地離鄉幾百里』唱了嗎？」

「唱了。」

「得，小偷進來就是那時候。」

據說小偷盯上公司別墅裏會餐的客人，大都是在開始合唱軍歌時溜進來。特別是叫作《戰友》的「此地離鄉幾百里」長達十四段，全部唱完需要三十分鐘。那工夫沒有人中斷合唱返回房間去。

「旅館裏團體遊客遭難的，一般也是在唱『此地離鄉幾百

里』。這首軍歌説是慢慢唱才有味兒，真叫人啼笑皆非。」兩個星説。

　　——關於日賊，我讀到的故事這是最有趣的。

風　鈴

　　暑氣蒸人，想起了風鈴。叮咚作響，彷彿便有了涼意，不像那句心靜自然涼，只是說風涼話。若聯想雨淋鈴，唐玄宗的愛情故事，或許又別有意味。

　　風鈴從唐朝傳來日本，起初也只是掛在廟檐下，後來民居拿來作飾物，再演變為一種習俗，平添了夏日風情。十多年來，每到 7 月，川崎大師（真言宗平間寺）開風鈴市，各地的風鈴薈萃上千種。有金屬的，有陶瓷的，音色各異，而傳統的江戶風鈴是玻璃的，描畫多彩。鈴舌綴一條叫「短冊」的紙片招風，便帶動鈴舌敲打，也可以在紙片上題詞或許願。想來在少有雜音噪聲的年代懸掛在窗前一定很悅耳。本屬於民俗，如今抬舉為日本文化的雅，可是在現代環境中，一家有響動，四鄰不安寧，傳統也大都只能當故事聽聽了。

　　早年在北方編雜誌，刊發過一個短篇小說，叫《鄰居》，就是寫風鈴的故事：隔壁的風鈴響得鬧心，「我」悄悄給摘掉，鄰居不罷休，又掛上新的，並加以固定。幾經折騰，彼此卻從

未謀面，只能從種種跡象猜想一牆之隔的人做甚麼營生。作者是野呂邦暢，高中畢業後一度到東京做工，《鄰居》寫出他體驗的大城市鄰里關係，看似冷漠，仍不失與人交流的渴求，筆調幽默。他還當過一年兵，這段兵營經歷寫成小說《草劍》，1974年獲得芥川獎。天妒英才，我讀到《鄰居》時他已經病逝，才活了42歲。

野呂生於1937年，八歲那年從長崎疏散到諫早；「八月九日，在疏散地諫早我看見長崎方向閃亮耀眼的光」，那是原子彈爆炸，留在長崎的同學幾乎都炸死。退伍回諫早，雖然獲得芥川獎，也沒有再就此進京，始終在遠離中央文壇的地方寫作。他說「沒有生活就沒有作品」，他跟樹一樣，挪到東京會枯死。

野呂是鄉土作家，被稱作「語言的風景畫家」。小說家丸山健二曾解說《草劍》：「小說裏出來的自然是真東西。那是只有生活在自然當中的人做得到的描寫，是只知道輕井澤的夏天或者只知道從溫泉旅館二樓眺望的冬景的小說家絕對寫不來的自然。」

野呂也寫諫早的歷史，《諫早菖蒲日記》被電視劇作家向田邦子看中，策劃改編電視連續劇，但作品質樸，沒有電視台賞識，便又選野呂另一部歷史小說《落城記》。1980年二人在東京會晤，十天後野呂因心肌梗塞猝逝，翌年8月向田到台灣採訪，死於飛機失事，10月，這部向田首次當製作人的電

視劇播映。和向田一樣，我喜愛《諫早菖蒲日記》，主人公是幕末諫早藩炮術教頭的女兒，才 15 歲。

死後三十年，最近三筱書房出版野呂邦暢隨筆集《綠光向晚》，買來置於案頭，旁邊擺着從風鈴市選購的「桌上風鈴」。

觀　能

　　幾年前讀過一本《林望讀能》；並非對能劇感興趣，據說這是世界上現存最古老的戲曲，而是對作者林望感興趣，當時他的隨筆正走紅日本，如《英國真好吃》甚麼的，居然始作俑了喝紅茶風。直到幾天前，才第一次進能樂堂觀看能劇，雖然有點犯睏，卻也覺出趣味。

　　能本來是社戲，在野外演出。京都西本願寺的能舞台建構於 16 世紀後半，現存最古老，後世的能舞台就好像把它原封不動地搬進室內，既保留野趣，又充當佈景。日本人很愛用這種包裝手法來保存過去的傳統。我們通常視之為舞台的地方，在能裏叫「本舞台」，左側有長廊通聯後台（叫「鏡間」），幕布就掛在那裏。長廊叫「橋掛」或「橋懸」，嚴島神社的能舞台建在海上，那長廊真的是一道遺夢的廊橋。長廊是「天橋」，舞台是「彼岸」，在上面演出鬼怪精靈。所以林望說：與西方的舞台空間似是而非之處正在於「天橋」，使舞台具有形而上的意義。舞台和長廊是演出的空間，既有開放之感，又

成包容之勢，倒像是以觀眾為中心。台上照明暗，台下反而更亮堂，正合乎野台或廟台的光景。「能是從選擇能面開始」，能面就是假面具，大概相當於京劇勾畫的臉譜。只有主角戴能面，例如翁面，是最基本的一種，表情極其象徵化。能面掛在臉上，限制了視野，遮斷了感情表現，而且發聲並響遍場內也必須紋絲不動，應當是極難的。其他人眾在台上暴露着嘴臉，毫無表情，反倒弄得滿台鬼氣。能劇很短小，首尾完整，情節簡單。我觀看的兩齣是《六浦》和《唐船》。能面有表演程式，但我是外行，聽同來的內行講了講門道，還是看不出熱鬧。各種能面都帶有表情，但那種表情一直僵在臉上，反倒失去了表情，以致常被拿來説日本人：像能面一樣沒有表情。

不過，《唐船》有兩對小演員上台，童聲童氣，有了些熱鬧，我也終於打疊起精神。先是九州箱崎某出場，道白：唐土（中國）與日本互相爭奪船隻，唐土扣押日本船，日本截留唐土船，某也奪得一隻。船主叫祖慶官人。某多有牛馬，讓他放牛牧馬。十三年過去，官人留在中國的兩個孩子得知父親還活着，從明州（寧波）出海，到箱崎千金贖父。箱崎，即現在的福岡市箱崎町，往昔是日本與中國、朝鮮交易的門戶。官人已經在日本娶妻生子。此日放牧歸來，路上給兩個日本孩子講祖國之大，不期見到兩個中國孩子，悲喜交加。箱崎某打算把日本孩子充當奴隸，不允許帶走。官人兩頭為難，要投海自殺，被兩對孩子伸手攔住。箱崎某生出憐憫之心，同意放日本孩子

出國。六個人（還有一個黑鬚的艄公豎桅掛帆）擠在一條「小船」上，官人獨立，手執一柄「唐團扇」，表演「喜悅的舞樂」。翁面木然，揚揚扇，跺跺腳，鼓無擊點之變，笛有漏氣之聲，雖說是大海茫茫，旅路迢迢，但單調呆板重複冗長，教我失去了欣賞的耐性。能是禪，是餘白過多的藝術。

《唐船》是「三部曲」，我觀看的可算是第二部。第一部是言語不通，官人懷鄉，日本妻子斟酒相慰。官人有了醉意，跳家鄉舞，想中國妻。日本妻子明白了他的意思，大怒。第三部是日本妻子渡海尋子。這兩齣是後來編排的「狂言」，近似中國流行的小品，應該很滑稽。

據說，《唐船》可能出自世阿彌之手。能劇的腳本叫「謠曲」，不少劇目是中國題材，如猩猩、張良、龜鶴、枕慈童、楊貴妃、邯鄲、白樂天、三笑、昭君、項羽、西王母、天鼓。《唐船》也是其一，但它取材於當時的現實生活，今天看來就是有歷史背景。

公元 1350 年前後，倭寇在大陸沿海活動更加猖獗，甚至大團夥擁有數百艘船。1369 年明太祖朱元璋致書，要求日本加以管制。1374 年觀阿彌、世阿彌父子在京都的神社演出神事猿樂能。室町幕府第三代征夷大將軍足利義滿好孌童，世阿彌深受寵愛。義滿專權，傳聞後圓融天皇的兩個愛妻都與他私通。明朝建國之初即採取鎖國政策，只認可朝貢貿易。為取締海盜和倭寇，禁止走私，朝貢船須攜帶明朝發行的勘合。1401

年義滿派僧人阿祖和九州商人肥富赴明，獻上金千両、馬十匹，送還被倭寇擄掠的「漂流者」。翌年，明朝遣使，國書上稱義滿為「日本國王」，允許勘合貿易。1408 年 3 月，後小松天皇屈尊行幸義滿的府第，在那裏觀看了猿樂能，是為天皇觀能之始。5 月，義滿罹病猝死。越明年，明朝追謚恭獻王。第四代將軍義持早就看不慣老子義滿卑躬稱臣，1411 年把明使趕了回去。義持還拒絕了朝廷對義滿的加封，打碎他生前企圖僭越太上皇的野心，或許是以此報復對弟弟的偏愛。1419 年李氏朝鮮發兵一萬七千餘，討伐倭寇根據地對馬。同年，幕府正式與明朝斷交。義持臨終前讓四個弟弟抓鬮，義教就任第六代將軍（其子義量是第五代將軍，旋即病故，可能是酗酒的結果）。他疏遠了世阿彌及其子觀世元雅。1432 年義教向明朝稱臣，重開勘合貿易。斷交期間恰好十三年，復交後「唐船」接祖慶官人返鄉。世阿彌不但演技高超，而且是傑出的腳本作家，所著《風姿花傳》是中世最高的能樂理論書，闡說幽玄論。憑藉義滿的庇護，世阿彌賦與能劇以延續至今的不朽生命，但自身晚年悽慘，還曾被流放佐渡島。

　　林望寫書，是告訴看能劇的人，關鍵在究竟該如何品味戲文的甚麼地方，哪裏蘊含着甚麼樣的問題。可惜，我費力看明白的頂多是「劇情」。倒也看得感動，甚而想改編成中國的甚麼戲。

浮世繪

　　日本的東西，我們一眼能認出來的，浮世繪是其一。像和
服一樣，即便它源自中國，我們卻早已不大明白到底怎麼中國
了，莫如只當洋玩藝兒，欣賞起來也省得像專家那般費心。

　　我初次見到浮世繪並不曉得它叫浮世繪，那是在文化被革
命的年代。祖上沒傳下甚麼文物，父母南遷時長春已不叫新
京，沒趕上「搶皇宮」。我生長在長春，小時候電壓是一百一
的，保險絲叫「羞死」，多年以後才知道床上鋪的草墊子是日
本人丟下的「塌塌米」。倒是趕上打砸搶，但天生一個逍遙派，
不好這三樣，也不好撿。有一位朋友遠見卓識，就撿來了好些
字畫，其中有浮世繪，我看了卻覺得還不如以前過年家裏貼的
年畫。

　　年畫和浮世繪屬於世俗畫，異就異在年字，年畫是用來過
年的，少不了喜慶的意思，而浮世繪無所謂年節，拿在手裏把
玩，如今鑲進畫框裏欣賞那是學人家西洋。浮世，也就是當世，
浮世繪描繪現世，有手筆畫，也有木版畫，通常説的是後者。

浮世繪版畫由三個工種完成，繪師繪畫，雕師雕刻，刷師刷印，相輔而成，卻只有繪師留名青史。他們是畫家，也是設計家，可是被近代美術排斥在外，終歸是畫工。浮世繪是商品，繪師也不能違逆版元（出版商）的市場志向。現今存世多的作品當年應該是暢銷的吧。最具代表性的浮世繪師是葛飾北齋，今年（2010）適逢他誕辰二百五十週年。

1603 年德川家康被朝廷封為征夷大將軍，在江戶（今東京）設幕府，另立中央，1867 年第十五代將軍把大政奉還天皇家，這二百六十年，史稱江戶時代。江戶是政治中心，幕府也大力打造武士文化，而隨着城市經濟的發展，民間又產生對抗武士文化的市人（「町人」）文化，其中的美術就是浮世繪。北齋生於 1760 年，浮世繪問世已經上百年，菱川師宣被視為鼻祖。這種繪畫以前是用作插圖，師宣使之獨立，能單獨欣賞。《回眸美人圖》是他的傳世之作，總讓我油然想起白居易的回眸一笑百媚生。

北齋六歲就喜愛執筆狀物。那時受中國畫譜、詩箋的影響，單幅浮世繪從手筆添彩邁進紅、綠兩三色的套印，1765年前後套印的色彩多至七色、八色，艷如蜀錦，便叫作錦繪。世上風行美人畫，鈴木春信（1725-1770）的色彩感覺尤為迷人，但人物千人一面，男人女性化，女性少女化，手小得妖裏妖氣，大概是當時男人心目中的理想模樣吧。文藝評論家江藤淳看見清初風俗畫的構圖與色彩便產生幻覺，與鈴木春信的浮

世繪重影。春信過世後，行時的是鳥居清長（1752-1815），他筆下的美人走出了春信的童話般世界，體態成熟了，儀表堂堂，具有現實感。美人其顤，恍若當代少女漫畫的身影，可見漫畫不單是崇洋媚外，也發揚了傳統，又更加變形。以中國為中心的東亞文明從未把人的裸體加以理想化，浮世繪不描繪裸體，不惜重彩的是衣裳，或許因為身體是自然的，畫裸體表現的是天性，而衣裳象徵了社會歸屬，使人能窺見另一個文化世界。美人畫聖手是喜多川歌麻呂（1753-1806），開創叫「大首繪」的半身像，例如《當世三美人》，端詳三人被理想化的瓜子臉，眉眼各異，也有了微妙的表情。

與美人畫並世流行的是優伶畫，類似劇照。北齋 19 歲拜勝川春章為師，學畫歌舞伎優伶。打破勝川派壟斷，給優伶畫出個性的是東洲齋寫樂，例如《奴江戶兵衛》。那對鬥雞眼，每見都忍俊不禁，實際是歌舞伎的亮相，今天也在舞台上顯示英雄氣概。寫樂是一個謎，自 1794 年，十個月之間刊行一百三十多幅錦繪，像流星一閃，來去無蹤。於是常被拿來寫推理小說，最近又有島田莊司的《閉鎖之國的幻影》上市。不過，似乎當時人們並不關心他的來去，蜀山人（大田南畝）1800 年在《浮世繪類考》中說他畫得太肖像，難以持久。優伶畫強調對象的特徵，並加以美化，讓人從舞台印象來懸想，不追求逼真，而寫樂把缺點也如實表現，甚而誇張，簡直像漫畫，優伶當然不樂意讓他畫。

江戶時代是太平盛世，幕府修整了通往京都的道路，商旅往來，又盛行朝山旅遊。尤其東海道，十返舍一九的滑稽小說《東海道行旅》也推波助瀾，行人不絕如縷。這條幹道（「街道」）以江戶的日本橋為起點，沿海向西通達京都，沿途設置五十三個驛站（「次」）。北齋年輕時西方透視畫法已經借中國版畫傳入日本，名為「浮繪」，他以東海道為主題畫了七套，但真正出名的是 70 歲以後的作品《富岳三十六景》，使風景畫成為錦繪的一個類型，而《神奈川海浪裏》《凱風快晴》等傑作更將浮世繪推向藝術巔峰。現代畫家橫山大觀有一幅《觀瀑》，構圖應得自北齋的《觀瀑巡禮》。風景與世俗，北齋着重於世俗人物，自然風景每每是搭配。巧於構圖，雖講究透視，但視角多樣，這也是浮世繪的特點。畫東海道風景最有名的是後起之秀歌川廣重（1797-1858），始自 37 歲，一生畫了二十來套，是純粹的風景畫繪師。18 世紀本居宣長大力倡導反抗中國文化的國學，北齋、廣重們的風景畫反映了民眾對本國風景的執着，並且把風景從文學性發現擴展到庶民旅途所見，生活氣息濃郁。廣重不大用透視法，採取斜線構圖，妙在旅情。他的風景寫實，但也是藝術創作，如《東海道五十三次》裏描繪的蒲原，地處太平洋一側，不會有積雪景色，他畫出了旅途之苦。雪景、霧景、風之景，廣重尤其擅畫雨，《東海道五十三次》五十五幅錦繪（包括日本橋出發和到達京都）當中有三幅雨景，如第四十六幅《莊野》。1887 年梵高摹畫

了距他三十年前廣重畫的《名所江戶百景》之一《大橋驟雨》，至今猶是日本文化的驕傲。

說來日本文化對西方有所影響的，恐怕也就是美術，先有陶瓷，再是浮世繪。雕刻浮世繪的木板是櫻木，鏟掉舊刻再雕新刻，反覆使用，所以雕版少有留傳。印製的紙是和紙，即日本宣紙，經水浸泡就又能造紙，所以像年畫一樣，舊浮世繪很少被特意保存。好像舊報紙，1856 年用「北齋漫畫」填塞貨箱，把陶瓷器運到歐洲。孰料巴黎人攤開來一看，驚奇驚艷，興起了「日本趣味」。浮世繪用輪廓線追求二維空間的秩序，對一些印象派畫家也產生影響。江戶文化具有產生「北齋漫畫」的力量，而巴黎的文化具有從藝術上評價它的力量。

浮世繪版畫的色數由少趨多，似乎越多越美，但幕府於1787 至 1793 年推行改革，提倡節儉，錦繪也不得不抑制色數，少用紅色等艷麗色彩，幾乎給人以單色之感。荷蘭獨佔先機，自 1600 年和日本交通，以致日本有所謂蘭學，借助荷蘭語吸收西洋文化，但不知繪師們見沒見過 17 世紀荷蘭畫家約翰內斯·維米爾的《戴珍珠耳環的少女》的藍纏頭、《倒牛奶的女僕》的藍圍裙。藍有多種，18 世紀初柏林發現一種藍，1830年前後清朝商人從英國進口，有所剩餘，轉賣給日本，其發色比日本歷來使用的植物顏料強烈，錦繪便時興「藍刷」。輪廓線也用藍色，即便整個畫面只一色，濃濃淡淡，看上去別有彩色之感。用來表現浮世繪風景常見的天、海以及山水更恰到好

處，不次於藍色文明。

　　現代文學家永井荷風在《浮世繪的山水畫與江戶名所》中寫道：「我們由北齋的精密寫生與隨處插入的諸家狂歌想像當時人的舒暢風懷，同時我們也有點覺得彷彿在那種幸福的氛圍之中。當時的藝術不僅是時代和風景，而且以對所有事物的讚賞與感謝作為其感興的最大源泉，以描繪出叫作江戶的樂園生活何等有趣快樂為絕對使命。廣重的山水畫也從這一意義大量畫出江戶市街和郊外風光。」這樣的浮世繪哪裏看得出「東洋的悲哀」呢？其實，永井悲哀在畫外，也就是《浮世繪鑒賞》第一句所言，悲哀現代一味模仿西洋文明使日本文化走上末路。浮世繪讓他悠遊於夢想世界，感受到有如宗教的精神慰藉，但跂拉着木屐散步在東京街頭，「天天破壞昔日名勝古蹟的時勢變遷使市中散步帶有無常悲哀的寂寞詩趣」。明治新國家建立在對於「前朝」的否定上，傳統文化被否定，浮世繪也不能幸免。由於歐美人說好，這才又自珍起來，但湮滅散逸，作品多收藏在國外美術館。

　　複製性使版畫具有傳播性，江戶時代末晚浮世繪沒有向美術發展，而是被用作傳媒，在文明開化上發揮作用，同時也蘊含被先進媒體取代的命運。版畫的傳媒性後來被漫畫繼承。日本人愛看圖，用圖說事，自有其淵源，可以上溯到浮世繪、繪卷，恐怕不是其他文化說學就學得來的。漢字象形，但中國人文化情結不在於圖像。浮世繪影響了西洋，卻不曾影響中國，

或許是自以為師的不是吧。

　　學習人家的東西，往往是模仿，不免有遊戲之心，這正是日本文化的一大特徵。詩有狂詩，畫有狂畫，總之是一個笑字。北齋觀察無慈悲，人生百態都被他對象化，盡收筆底。40歲前後世上流行狂歌，有人致力於出版，促成狂歌師和浮世繪師組合，詩配畫，就叫作狂歌繪本，北齋也熱心作畫。為狂歌而繪，但紙面大部份被繪畫佔據，狂歌倒像是題詞。後來又全力為「讀本」（傳奇小説，如曲亭馬琴的《八犬傳》）畫插圖，類似我國的繡像小説，筆法及構圖顯然影響了當代漫畫。

　　江戶有六大繪師：鈴木春信、鳥居清長、喜多川歌麻呂、東洲齋寫樂、葛飾北齋、歌川廣重；歌麻呂的美人，寫樂的優伶，廣重的風景，而北齋作畫七十年，流行甚麼就跟着畫甚麼，陣陣落不下，畫則必工。年高七十有五，刊行《富岳百景》，自述：70歲以前所畫，實不足取。73歲稍稍悟出了禽獸魚蟲的骨骼、草木的生長，所以到86歲將益發長進，90歲更窮極其奧義，100歲真正臻於神妙。

　　太平盛世的文化是世俗的，享樂的。評論家加藤周一說：「江戶時代的繪畫，重要部份是浮世繪版畫，浮世繪版畫的重要部份是春畫。」北齋的春畫（春宮圖）也堪為一絕。

　　他卒於1849年，死前畫了一幅富士山，一股黑煙纏繞潔白的靈峰，升上空中，煙中有一條龍。

春　畫

　　韓國學者李御寧拿一個「縮」字評說日本文化，意思是日本人好把甚麼都往小裏縮，列舉了一些例證，如摺扇、俳句。然而，林子大了甚麼鳥都有，用一個字論定文化更難免掛一漏萬。比如，日本文化的驕傲之一春畫，足以教李御寧碰壁，那上面畫男根（陽具）的手法就不是縮，而是擴；擴之又擴，其大無比。

　　最近在《萬象》雜誌上讀到一篇《閒話「那話兒」》，那位作者有幸參觀柏林的性博物館，見所未見：「裏面所藏多幅日本浮世繪，畫中主角都是那話兒甚偉，比整個身子還要長出許多，艱於步行，旁邊十來人手抬肩扛，幫他承重。」因為是性博物館，自然不着眼於美術。西洋的繪畫雕塑中也可見甚偉者，像長長拖地的法號，但是據《日本美術大事典》，對象的尺寸畫得過份大，乃日本春畫的特點，在世界上獨一無二。

　　春畫，當初叫「偃息圖」，是作為養生長壽法從中國傳入的。後來又叫它「枕繪」。過去人使用枕頭，下面還墊個體操

跳箱似的小箱子，叫「箱枕」；女兒出嫁時，母親把描繪男女交媾的春畫放進箱枕裏，讓初嘗禁果的新人看圖行事。中國明清乃至民國年間也有過類似習俗。近年印行的《濰坊民間孤本年畫》中收有「卷畫」，這種民間繪畫就是供母親嫁女時放在陪奩的箱底，啓蒙夫婦之道。不過，春畫的主要用處並非性教育。有人說那是用一隻手讀的，另一隻手呢？手淫。17 至 19 世紀中葉的江戶時代，幕府所在的江戶男多女少，三人中二男一女，那些買不起「春」的男人只好借「畫」自慰。

　　春畫風行於世，不亞於當今的漫畫。池大雅一等的文人畫大家也涉筆成趣，浮世繪的繪師更沒有不熱心的，如著名的菱川師宣、鈴木春信、喜多川歌麻呂、葛飾北齋。春畫在浮世繪中佔很大比重。最初是手工繪製，那只有富人才能夠享樂，自從菱川師宣創製木版浮世繪，春畫迅即大眾化。江戶幕府推行儒教，對傷風敗俗的春畫一再禁止，卻越演越烈。日本拼了命「脫亞入歐」，浮世繪被棄之如敝屣，但 19 世紀後半至 20 世紀初居然在歐美獲得人氣，影響及於印象派、新藝術派等藝術運動，日本人這才大吹浮世繪以及春畫的美術價值。

　　日本繪畫不講究透視，性器在二維空間裏被隨意置於顯眼的位置。誇張的變形表現是否出於對現實的反動，那要請烏鴉寶貝們發言，但似乎不能歸因於男性的本能欲望，因為女性的相對位置畫得也同樣壯觀。這裏或許有古來的生殖器崇拜，此風猶存，日本人創作和欣賞春畫有一種坦然。白髮三千丈，緣

愁似個長，而日本人誇張，無非為招笑，所以春畫本來又叫作
「笑繪」。笑是日本文化的一個核心。性崇拜變為性諧謔，電
視上便常見藝人做出下流動作來搞笑。

以翻譯法國作家薩德聞名的澀澤龍彥說過：「日本初期春
畫中也有完全無視乳房的，證明當時不那麼看中乳房美。」不
關心乳房，性意識好像還處於原始階段，是春畫的又一特徵。
單純的裸體在東方未形成藝術，春畫也少見赤條條來去無牽
掛。像中國民間的年畫一樣，畫面用服飾、器具加以充實和絢
麗，就效果來說，更刺激窺視與偷情的慾火。

春畫是淫畫，不論它多麼地藝術。至於可看不可看，是另
一個層面的問題，不必拿藝術來說事。名滿天下的評論家立花
隆愛好春畫，自道頭一次看見不加遮掩的春畫是上世紀 70 年
代在紐約。1993 年皇太子大婚，那一年警察也與時俱進，默
許了亮出你的陰毛或空空蕩蕩。春畫出版物勃然而興，如雨後
翹然的春筍。日本漫畫以及 AV 的色情正是繼承了春畫傳統，
在大街小巷氾濫，並波及世界，只是教未滿 18 歲的人非禮勿
視。明治以後日本藝術也走向現實主義，從漫畫上看，「那話
兒」尺寸趨於正常，而動作和表情更其誇張了。

2001 年京都國立博物館破天荒展示「我們怎樣表現人來
的」，公然陳列喜多川歌麻呂的春畫，據說有劃時代之意義。

天　狗

　　關於天狗，小時候聽説過天狗吃月亮的故事，還有二郎神帶一條狗是天狗。大了以後讀郭沫若的詩，他歌唱天狗。再後來東渡日本，到處有天狗，便尋思，郭沫若是在日本寫的天狗，那天狗應該是日本狗吧。

　　陳寅恪批註《舊唐書》，有這樣一條：「天狗，日本所傳，當由唐代輸入。」甚麼東西傳到了日本都會被改造，天狗也伸長了鼻子，趿拉上木屐，而且是當中一個齒。孫悟空跟二郎神比試，變成一堆屎，被天狗吃了，可見中國的天狗還是狗，雖然本領大到吞月亮，卻改不了吃屎。日本的天狗不再是狗，藤澤周平在小説中寫到三個村民看見「天狗衝開月光下發亮的芒草疾奔」：

　　「天狗從東方來，橫越道路，飛入西方原野，眼看着越來越小消逝了。橫越道路時看了看登時嚇得木然不動的三人。嘴角裂到耳朵，眼睛火紅，從路上向西方原野飛起時，一個人確實看見牠腋下扇動了翅膀。

還有一天早上，穿過原野的道路近旁，天狗吃剩下的野狗散亂着幾副慘烈的骨架；又有一個晚上，月亮落下去的黑暗中突然燃起熊熊火焰，光亮中站着巨大的天狗。」

這不正是郭沫若高歌的天狗麼：「我飛奔，我狂叫，我燃燒」。當年打敗了俄國北極熊的日本不就猖狂得「我是一條天狗呀！我把月來吞了，我把日來吞了，我把一切的星球來吞了，我把全宇宙來吞了」麼？

在東京街頭只能看見面具似的天狗，掛在酒館門口，狗臉紅紅的，確然像「我的我要爆了！」天高雲淡，去高尾山賞紅葉，先在站台上看見最現代的天狗形象，花崗岩雕鑿的，重十八噸，鼻長一點二米，一副兇神惡煞的尊容。山上藥王院裏有好些天狗，模樣各異，可見日本關於天狗的傳說很紛紜。

京都曼殊院藏有兩卷 14 世紀的古畫《是害房繪卷》，被列為重要文化財物。這個是害房是大唐的天狗頭領，渡海來到比睿山，變作老法師，找天台座主慈惠大僧正鬥法，結果被捆住打個半死。想要洗溫泉療傷，日本天狗說，溫泉是靈地，去了更遭殃。一群日本天狗就做了澡盆，燒水幫是害房浴療，然後舉行歌會，送牠回老家。畫上的天狗是人身，從頭到尾很像鷹。這一則中日友好的佳話出自大約 12 世紀前半成書的《今昔物語集》第二十二卷《震旦智羅永壽渡此朝語》。芥川龍之介的小說《地獄變》寫一個技藝高超的畫師，狂妄而冷酷，人送綽號叫「智羅永壽」，就是這中國天狗的名字。

日本傳說中有兩種怪物，河童與天狗，河童的屁是無聊的，天狗挺着一根炮筒似的鼻子，傲慢無禮——「我便是我呀！」

漫　畫

　　據說，1990 年代前半中國大陸年間出版日本漫畫已突破一億冊（這個統計當然不會把盜版算進去）。像台灣、韓國、香港等地一樣，大陸青少年也喜愛日本漫畫，儘管行政管理上有所限制，出版的勢頭也有增無減。以學生為主的漫畫同好者團體多達兩萬個，遍佈全國，也活躍在北大、清華等高等學府的校園裏。但是，不管年輕人怎樣大看特看，恐怕漫畫在中國也不可能像日本那般發達而氾濫，因為中國文化裏壓根兒就沒有漫畫的傳統。

　　日本每年出版漫畫二十多億冊，佔出版物總量的三分之一，令整個世界稱奇。究其原因，常聽說是因為有手冢治蟲，他被譽為戰後漫畫之神。那麼，為甚麼偏偏日本出了個手冢治蟲呢？追根溯源，需要從文化傳統中尋求答案。

　　日本漫畫的始祖是平安時代的鳥羽僧正（1053-1140）。此人名覺猷，出身於皇族，早年出家，受鳥羽上皇厚遇，任大僧正等職，常住在鳥羽離宮內的證金剛院，所以被叫作鳥羽僧

正。他擅長白描，畫佛像，也畫諷刺世俗的「戲畫」（滑稽畫）。京都高山寺藏有四卷《鳥獸人物戲畫》，前兩卷用擬人的手法勾畫猴子、兔子、蛤蟆等，如猴子傾聽蛤蟆説法之類，諷刺貴族和僧侶，傳説是鳥羽僧正的手筆。五、六百年之後，德川家執掌天下，嚴防謗議幕府，只是對娛樂出版物網開一面。18世紀初，京都、大阪一帶興起一種人物畫，筆法很活潑。據説畫家月夜看見映在地上的影子，別開生面，所畫人物都腿長臂短。再配以三角形的鼻子，小米粒的眼睛，常常赤裸着下身，構成早期日本漫畫人物形象。這種畫就叫作「鳥羽繪」，表示淵源在鳥羽僧正。起先是畫在扇子和小包袱皮之類的隨身物品上，所以本來就具有大眾性和日常性。流行開來，以致説某人腿長，就説他像鳥羽繪。今天的漫畫人物大多有兩條長腿，那不單是崇洋（歐美），也有着日本傳統。清乾隆三十七年，日本明和九年（1772），江戶城流行瘟疫，又接二連三地失火，謠傳四起，説是因為關西傳來了鳥羽繪，把人畫成妖怪，引起天災。浮世繪大師葛飾北齋（1760-1849）也畫鳥羽繪，但形象變成手臂細長。自 1813 年，北齋為初學者繪製人物圖譜，四十年間先後刊行十五編《北齋漫畫》（有兩編為他人所輯），計三千餘圖，堪稱北齋素描集大成，影響及於歐洲。人物的動作誇張，情趣生動，大有呼之欲出之感，洋溢着幽默和諷刺。其中有追求動感的連續畫面，更近似現代的卡通。1920 年代後半，被「漫畫」的概念涵蓋，「鳥羽繪」一詞退出了歷史舞台。

其實，不單美術，整個日本文化都富有漫畫性，如文學中的川柳，體育中的相撲。陶器的樸拙不也是一種漫畫手法麼？剖腹要那麼裝模作樣，好似演歌舞伎，雖然面對死亡，觀眾卻怎麼也嚴肅不起來了。尤其有趣的是禪宗開山祖達摩被做成又紅又圓的不倒翁，而且有眼無珠，擺在那裏作鬼臉，必須成就了人們的心願才給他塗墨點睛。日本人過度的鞠躬，彷彿把禮貌也漫畫了，我們看見就忍不住笑。中國人向來把甚麼都弄得崇高，而日本人拿來任何東西，最大的改造是加以程式化、包裝化，乃至漫畫化，就變成日本的文化。由民族性生成的日本漫畫，永遠為日本所獨有，其他民族終歸學不來。

魯山人與畢加索

　　大概日本無人不知畢加索，但提及北大路魯山人，雖然他是日本人，卻不大為人所知，知道不知道魯山人不屬於常識。

　　魯山人是陶藝家，其作品也叫作魯山人，死後大貴特貴。小說家山口瞳家裏早年花二十萬日圓買了一窯魯山人，日常使用，後來聽說一個盤子竟賣到數千萬日圓，趕緊都入庫。

　　日本把燒製陶器叫「陶藝」，這個詞是加藤唐九郎等人在 1932 年創造的，意在從工匠中提升出藝術家來。當時已頗有名氣的唐九郎（1898-1985）參觀「魯山人陶瓷器作品展覽會」，魯山人問：你會寫字嗎？答：不會。魯山人喝道：不會寫字搞不了陶器！

　　書道（書法）是魯山人造型藝術的骨格。人過而立之年，憑書法篆刻在金澤的古玩商家當食客，時常去山代溫泉，為那裏的窯主刻製招牌，得以見識燒陶的工藝與妙趣。後來講吃講喝，致力於菜餚藝術。「沒有審美價值的菜算不上好菜，看在眼裏越漂亮越好。食指動，在於色彩、造型之美，在於香氣，

所以菜餚首先要愉悅眼鼻。」出於這一主張，竟至建窯燒製杯碟盤碗，為菜餚穿上好看的衣裳。當時日本陶藝界追摹清代陶瓷成風，魯山人卻是以古陶瓷為「座邊師友」，尤偏愛日本桃山時代（1573-1615），仿字當頭，創在其中。桃山陶瓷打破器的基本形狀——圓形，如歪瓜裂棗，比起技術來，更追求橫生妙趣，正合乎魯山人性格。他為人傲岸不遜，表現在藝術上就變成豁達奔放，不拘一格。做壞了方盤，給裂縫塗一道金，頓生奇趣，傳為絕品。我們中國人以瓷器為貴，紫砂壺也追求瓷器趣味，齊整勻稱，明亮光滑，如今更時尚用外國工藝成套生產。日本人向來崇尚不完整美，假名、俳句都帶有不完整性。他們到了景德鎮，更喜歡郊外民窯的古樸稚拙。魯山人燒製酒壺花瓶，外觀只劃上一刀就生動起來，又野性勃勃，彷彿流露了內心的殘酷。說是燒製，其實他本人並不和泥做胎，燒火看窯，而是雇請能工巧匠打下手，跟畢加索作陶是同樣路數。

　　法國南部小鎮瓦洛西是陶器之鄉，1947 年，65 歲的現代美術大師畢加索到此一遊，對作陶發生興趣，以至居留了八年。我不懂畢加索，但日本的雕刻森林美術館藏有畢加索陶藝作品近兩百件，最近京都舉辦畢加索陶藝展，也專程去參觀。那些作品，惹人注目的其實是畢加索繪畫，多是變形的臉，深藍或銅綠，似乎不過把畫布換作了陶瓷。看魯山人則整個看陶器本身。他也畫上幾筆，特別是線條，魅力全在於「人間書道」。魯山人說過畢加索壞話：畫不美，線條差勁兒。

1954年瑪麗蓮‧夢露攜棒球手到日本度蜜月，魯山人那年也走出國門，遊歷歐美。三年前在瓦洛西舉辦日本陶藝展，畢加索對魯山人大加讚賞，為此他造訪畢氏工作室致敬。有一張照片傳世：膀大腰圓的魯山人側頭低眉看着畢加索，好像看孩子過家家，一臉的無奈。回國後終於按捺不住，嘀咕了一句：原來我才是大藝術家。

　　魯山人把自己的陶藝稱作「雅陶」。那時柳宗悅倡導「民藝」，即民眾為民眾製作的民眾藝術。魯山人出身孤苦，自學成名，追求貴族化，他的美食特別為上等人服務，而柳宗悅生在海軍少將之家，畢業於東京帝國大學，卻鼓吹民間工藝，專跟他作對似的，當然要作文叫罵。不過，就「實用美」來說，魯山人跟民藝沒甚麼兩樣，他的作品是菜餚的陪襯，盛上了美味才徹底完成。

　　晚年雖然每天照樣喝昂貴的外國啤酒，但日子不好過。文學家川端康成出面搞了個「魯山人後援會」，會員交會費，老魯送陶器。據說他遺留作品多達二十萬件，粗製濫造之譏自是難免。1955年日本創設「人間國寶」制度，把北大路魯山人算一個，他拒不接受，說：金錢無所謂，也不要勛章，那就再自由不過了。

　　畢加索也不要法蘭西騎士勛章。

漫　談

　　相聲本來是聽的，聽表演者耍嘴皮子，但事到如今，除了坐出租車碰巧聽到三五句，幾乎只偶爾在電視上看看了。日本也有相聲，也是説去聽相聲，對口的叫「漫才」。其源可溯，據説是古已有之的「萬歲」（日文寫作繁體字）：過年時二人搭夥到人家門口蹦跳説吉利話，也叫「萬歲樂」。距今百餘年前，大阪有一個賣雞蛋的行商把「萬歲」加工一番，從街頭搬進雜耍場表演，敲鼓彈弦伴説唱，簡寫為「万才」。上世紀30年代大阪又出了一對「万才」家，唱不拿手，就利口喋喋，開創了以説取樂的形式。當時正風行漫畫，萬不如漫，從此改稱為「漫才」。

　　落語和漫才完全是兩股道上跑的車。我不愛看漫才，覺得像兩個大阪商鬥嘴，俗過了頭兒，卻喜歡在「寄席」（曲藝場）看落語。舞台上一人危坐，身着和服，就顯得雅。正是：危坐高台噱倒人，連珠妙語似無心，世間萬般皆可笑，欲笑古時先笑今。落語是説笑話，源流應更古，直溯到人類説話之始也説

不定，而有書可證的歷史是四百年。曲藝場的舞台叫「高座」，左手立一架，掛曆似的掛一條白紙，上寫落語家藝名。於是弦鼓嘔啞，這落語家哈着腰登場，在墊子上落座，把扇子放在膝前，恭恭敬敬施一禮，便打開話匣子：我來給大家說一段逗逗樂。小時候父母教我作人不要被人笑，可結果辜負了父母的期望，成了被人笑的……他嘴上東拉西扯，眼裏察看場內形勢，到了這時候才捉摸說哪個段子。

清人黃遵憲在《日本雜事詩》中吟到落語：銀字兒兼鐵騎兒，語工歇後妙彈詞，英雄作賊駕鴛殉，信口瀾翻便傳奇。周作人撰文指出，黃遵憲的註文所言確為落語，但七絕所詠實是講談。周說：「落語則是中國的說笑話」，「這裏我覺得奇怪的，中國何以沒有這一種東西。我們只知道正經的說書，打諢的相聲，說笑話並不是沒有，卻只是個人間的消遣，雜耍場中不聞有此一項賣技的」。可是，這裏我覺得奇怪的，落語類似中國的單口相聲，何以說沒有這一種東西呢？單口相聲不是至遲在清末就出現了麼？

落語的道具一般是扇子和手巾。關西一帶也使用醒木，叫作「小拍子」，膝前要擺個小柏子，用以拍案。落語家口若立板上流水，繪聲繪色，那一把扇子是槍是箸，打開來是杯是笠，半開倒持又當作酒壺、提燈。1966 年，那時候我們正樂於揪鬥侯寶林，落語用「笑點」向電視進軍，迄今已連播兩千回，仍沒有跌下「冰點」之虞。有道是，電視機前苦夜短，笑人笑

己笑哄堂，莫將笑點變冰點，更比誰家笑最長。這節目是群口相聲，但不是漫才擴軍，而是落語成群，五六位落語家跪坐成排，旁有一人主持，他出題，你一句我一句各逞才思，誰說得妙，主持就讓人給他屁股底下加一個墊子。坐墊也算是道具。

還有一種叫「漫談」的，也是一個人說，不過，不同於落語，漫談是站着說，西服花哨，內容取材於日常生活。漫談家綾小路專門拿中老年開涮，把他們涮得不亦樂乎，這兩年大大出名，被土豆粉地瓜粉的粗粉絲們追得不亞於一臉假笑的韓星，連那位有大名的攝影家荒木經惟也給他拍照，跟他對談，出了一本書。但綾小路說了，看他的書要當是散步時蟲子飛進眼裏，彼此都遭殃。且聽他說一段——

今天是打的來的，司機年高八十，問他愛開車嗎，他說愛死了，願意死在工作崗位上。別開玩笑，我可不想被拋將出去。中老年朋友，打開冰箱，卻忘了要拿啥，蹲在廁所裏想起來是要拿香腸。美人薄命，老婆是肯定長壽了。醜女再瘦也是醜女。中老年不可能瘦，為甚麼？因為長在不許剩東西的時代。這代人不浪費，老公剩的，狗剩的，上供的，不統統塞進嘴裏就不舒坦。遛狗瘦身，瘦了的是狗。老婆興起，讓老公喝這個，偉哥，老公說我喝那個幹嗎，老婆來氣，就給他悄悄放進粥鍋裏，結果變成了一鍋堅硬的稀粥……

阿久悠的憲法

　　聽流行歌，常常聽不明白他或她在唱些甚麼，很懊惱自己沒語言才能，怎麼也學不好日語。但讀到了阿久悠的說法：聽不明白歌詞的也很多，以為耳朵不好使了，問問二十多歲的作詞家，也幾乎聽不明白。看歌片兒，偶爾也有挺不錯的詞，但聽唱就不明白了，感覺不出要傳達甚麼的熱情。現在是有曲無歌的時代。云云。連阿久悠都聽不明白，我不由地釋然，要知道，他可是大名鼎鼎的作詞家，四十年間作詞的歌曲有五千餘首，單曲盤賣了六千八百多萬張，日本數第一。

　　阿久悠，這個筆名是「惡友」的諧音。日本國民總產值高居世界第二位，但人們的生活，雖然大多數覺得自己屬於中流，社會因之而安定，卻不大像過得多幸福。有一首歌，叫《落後於時代》，大叔們哼哼唧唧唱卡拉 OK：「不惹眼 / 不鬧騰 / 不勉強自己 / 要當個落後於時代的人 / 凝視人心」。這是阿久悠 1986 年創作的，當時經濟正開始如泡沫泛起。他說過好些有意思的話，例如，「如果說昭和與平成，歌有所不

同，那就是昭和的歌要告訴人甚麼，而平成的歌只在講自己。」
又如，「感人的話不分長短，三分鐘的歌曲和兩個小時的電影，
感人的密度是一樣的。」

阿久悠去世一年了（1937-2007）。

心懷悼念，聽着他作詞的「歌謠曲」，讀了他的半生記。
「歌謠」古已有之，而「歌謠曲」一詞出現於明治年間，當初
用以指西歐的藝術歌曲，從 1930 年代起變為稱呼大眾歌曲，
譯成中國話，大概相當於現代歌曲。所謂「演歌」也歸在其中。
北島三郎唱「演歌」，美空雲雀有「演歌女王」之譽，而山口
百惠唱的是「歌謠曲」，並不算「演歌」。明治時代搞自由民
權運動，有人用唱歌代替演說，宣傳主張，被叫作「演說之
歌」，略為「演歌」。後來變成了街頭賣唱，唱男情女愛，軟
綿綿的，所以也寫作「艷歌」、「怨歌」。1990 年代日本人
喜歡把日本玩意兒叫作 J（Japan）甚麼的（例如，日本職業足
球聯盟叫 J-league），於是歌謠曲的叫法被 J-POP 取代。現今
說歌謠曲，一般認為它就是演歌。1970 年代歌謠曲最為盛行，
東京迪斯尼樂園開園的 1983 年以後式微，阿久悠是這一時代
的寵兒。

誰聽演歌都覺得哀婉，搖曳。據說那種哀來自缺 4 少 7 的
五音節，也就是鋼琴幾乎單純彈黑鍵，這是日本的傳統旋律。
典型的例子是國歌《君之代》，聽來簡直像哀樂，幽幽咽咽，
跟我們的國歌《義勇軍進行曲》恰成對照。不過，可能關鍵還

在於歌詞，淨是寫酒、淚、女人，雨、海、離別，悽悽慘慘戚戚，總歸是一個怨字。阿久悠在半生記中寫到他有十五條「作詞家憲法」：第二條意思是日本人的感情或者精神性不只是「哀怨」和「自虐」；第十一條意思是不說甚麼「反正我這樣的」、「畢竟人生這玩意兒」之類的喪氣、死心、認命的詞語。然而聽他的歌，到底擺脫不了「哀怨」，因為這正是日本人自古以來的審美意識。哲學家梅原猛曾這樣分析——

日本審美意識始自《古今集》，它是日本美學的緣起，日本人感情構成的規範。《古今集》是 10 世紀初醍醐天皇敕撰的和歌集，有漢文序和日文序，內容以中國《詩經》的大序為基礎。漢文序撰於先，日文序成於後，與大序比較，便可以看到中國審美意識在日本曾怎樣被取捨。大序主張詩是感情的表現，而感情被政治的好壞所左右，但是從漢文序到日文序，政治性、道德性逐漸消失，文學的功用變成了平和感情，心動於自然。大序把感情三分為安以樂、怨以怒、哀以思，而漢文序變成怨者其吟悲，日文序則只有思。排除怒，日本的審美意識光剩下悲哀的感情。《古今集》二十卷，有春夏秋冬四季歌，還有慶賀、離別、羈旅、哀傷各一卷，戀有五卷之多。詩人由衷愛自然，沒有詛咒自然的話語。他們只是對悲傷異常敏感，幾乎沒有歌唱重逢之歡喜的，更沒有吟詠人生之喜悅的。人的願望得不到滿足，可能性與現實性發生矛盾時，人的感情有三種可能：一是向外在的敵對者追究原因，會感到怒。二是覺得

自己無力，認為有甚麼力量能幫助自己，滿足不了欲望的原因便在於自己，便感到罪。三是歸因於命運，歸因於自然的必然，於是感到悲。《古今集》詩人向無常的命運尋求原因，他們的感情便染上悲哀的色彩，造成了日本式感情的原型。無疑，佛教對這種感情的形成起到了巨大作用。源自《古今集》的主觀性悲哀美學貫穿在日本民眾的心底，從平家琵琶到淨琉璃、俗曲以及歌謠曲。即便日本人愛唱的軍歌也不單是雄赳赳氣昂昂，而混合着悲哀。

阿久悠「憲法」第七條是「電信整備、交通發達、汽車社會、住宅洋式化、食生活變化、生活樣式現代化，跟情緒有甚麼樣關係呢」？隨着現代化、歐美化，日本式審美意識在徐徐變質，有的感情淡化乃至消亡。現在的年輕人不愛聽演歌，討厭其旋律，甚至認為那不是歌，不是音樂，但就是在他們喜愛的流行歌曲中也飄蕩着哀感。西歐文化是理性的，日本文化是感情的，而且是悲情，缺少怒與笑。不過，日本卻不曾被哀婉唱衰。他們看事物往往悲觀，自虐，櫻花短暫讓他們感嘆人生，但結果並非消沉，並非今朝有酒今朝醉，何妨醉後死便埋，而是抱着炸彈去撞擊美國軍艦。這樣的悲哀感情有時不免像逢場作戲。

李香蘭的故事

　　幾個以讀書聞名的人選出一百部「20世紀人物傳」，日本人和外國人各半，山口淑子的《李香蘭——我的半生》也列在其間。此書是 1987 年出版的，去年為查找「滿映」資料才讀過，但覺得引人入勝的，不是李香蘭的中日關係，而是她和俄國女友柳芭的交往，頗富戲劇性。

　　山口淑子今年應該有 80 歲了，的確可稱作昭和歷史的見證人。她是「滿洲生滿洲長」，在煤都撫順長到 12 歲，18 歲才去過東京幾天。生活的語言是日語，但家庭有漢學傳統，從小跟父親學習「北京官話」。不過，要說使中國出了個「李香蘭」的契機，既不是日本人，也不是中國人，而是流亡到奉天（今瀋陽）的俄國少女柳芭。

　　讀小學六年級時，淑子去東北第一大都會奉天遠足，在火車上偶然和棕色頭髮的柳芭坐在一起。柳芭與淑子同齡，上的是日本人學校，很會說日語。此後不久，山口家搬到奉天，淑子認父親的中國友人李將軍作乾爹，取名李香蘭。她到柳芭

家玩，柳芭給她介紹了一位音樂老師——意大利人，和俄國貴族結婚，本來是有名的歌劇演員。老師認為李香蘭沒有音樂才能，卻扭不過柳芭的懇求，勉強收為學生。訓練很嚴格，起初三個月由會說幾國話的柳芭充當翻譯。老師在「滿鐵」經營的大和旅館舉行獨唱會，讓淑子穿和服墊場，唱的第一支歌是《荒城月》。奉天廣播電台計劃科長（當然是日本人）聽了這場音樂會，看中淑子，找她唱「滿洲新歌曲」，藝名就叫李香蘭。那時她 13 歲，正是日前剛剛解散的少女合唱組初登舞台時的年齡。

聽從父親安排，淑子獨自去北京「留學」。她去柳芭家告別，但門窗破敗，聽說全家人都被日本憲兵抓走了，下落不明。此後，李香蘭唱歌演電影，從東北紅到上海以及日本。1945年 5 月，美軍已經在沖繩登陸，上海舉行中日合作音樂會「夜來香幻想曲」，很有點「音樂沒有國境」或者「隔江猶唱後庭花」的氛圍。在周旋等中國女演員贈送的花束中，李香蘭聽見有人喊她的小名。是柳芭！她看見海報上的照片，莫非李香蘭就是淑子？柳芭一家經哈爾濱、大連流亡到奉天，開麵包店維生。其實他們是布爾什維克，逃來上海，父親和兒子、女兒三人在蘇聯總領事館工作。

最近在街頭海報上看到四季劇團又上演根據山口淑子「前半生」改編的《李香蘭》。幾年前看過這齣歌舞劇：幕啓，一群男女蹦蹦跳跳，翻來覆去唱一句「殺了她、殺了她」。但李

香蘭沒有被槍斃，因為她不是中國人，不是中國人就不能劃為「漢」奸。那年代好像國籍無所謂，淑子認了兩個中國乾爹，卻沒有考慮過國籍問題。男裝麗人川島芳子本來姓愛新覺羅，給日本人當養女，如果像當今中國人那樣望望然汲汲然加入日本籍，或許就不能被當作漢奸處死。不過，讓世上相信李香蘭是日本人可不容易，必須有物證。挽救了戰敗國的李香蘭的，是戰勝國的柳芭。她隻身一人悄悄奔赴北京，找到山口家。父母把戶籍謄本藏在淑子平日最喜愛的布娃娃裏，柳芭帶着它飛回上海。一紙粗糙的戶籍謄本洗清了漢奸嫌疑，軍事法庭宣判李香蘭無罪。淑子終於上了遣返船，聽見廣播電台正播放她唱的《夜來香》。

在東京唱卡拉 OK，時而會聽到日本人唱《夜來香》，尤其有中國人在座的話。似乎這首歌特別有時代感，聽來感覺總有點怪怪的，便想到在那個國際色彩濃郁的環境裏，兩個異國女性的傳奇遭遇，或者再加上一個中國女性，《李香蘭》裏編排的是李將軍的女兒。

幽默以及滑稽

　　在報紙上看見七國財長會議的例行合影，一字排開，不由地驚訝日本人個頭真的入歐了哩。再仔細看，原來那日本人站高了一個台階，黑白照片很模糊，他就像魔女一樣兩腳懸空。心想，他登上台階時必定先幽自己一默，怎麼説的呢？

　　動物裏只有人能笑。日本民俗學鼻祖柳田國男説日本人算是比較愛笑的民族，但幾乎整個世界都覺得日本人不苟言笑，面目可憎。以文學藝術為證，他們確實自古很愛笑，或許真的是明治以來只顧趕超，躋身於強國之林，忘掉了笑容。

　　幽默，這個詞是 16 世紀出現在英國劇作家筆下的，明治時代（1868-1912）日本拿了來，起初用各種漢字詞語迻譯，如滑稽、詼謔，後來坪內逍遙採取了音譯，以示有別於單純的笑、滑稽、詼諧等。給幽默下定義難乎其難。日本從英國文學學來了幽默，先驅是夏目漱石，他説：「幽默是從人格的根底產生的風趣。」寫過《法國文壇史》的河盛好藏説：「幽默的本質是拿自己本身當材料，取笑人的愚蠢、無聊。懂幽默的人，

有幽默感覺的人，具有能用跟別人看自己的同樣眼光看自己的勇氣和智慧。以夏目漱石的小說《我是貓》為代表，日本近代文學拿幽默革了傳統文學的命。漱石推舉芥川龍之介，誇他的小說《鼻子》自然流露的可笑有上品之趣。從這一系統來說，當代作家中遠藤周作的隨筆和井上廈的小說最讀得出幽默，令人忍俊不禁，甚而抱腹絕倒。

幽默是故意逗人笑。也有只為了自我滿足的，但一般要有人在場，是會話的潤滑劑。幽默要共得其樂，說的人自覺幽默，聽的人也覺其幽默。笑話、開玩笑、說俏皮話、插科打諢、冷嘲熱諷、吹牛皮放大炮、語言遊戲等都是幽默感覺，但時至今日，似乎用幽默一詞仍然很洋氣，顯得有品位，倘若更多些智慧，那就是機智。日本人可能不大有幽默，但滑稽是從古到今都不缺少的。

日本史書上記述：天照大神被弟弟氣壞了，躲進岩石窟洞裏，天下一團黑。八百萬天神慌了神，聚在洞口百般哄她出來。一個叫天宇受賣命的女神亮出乳房跳舞，跳得連肚臍眼下面也暴露，惹得眾神大笑，天照大神想看個究竟就出來了，於是太陽又照耀萬物。

民間故事《鬼笑了》講一個女兒被鬼抓去，母親來營救，她們把鬼灌醉，乘船逃走。鬼醒了，追上來，倒吸河水。母女趕緊把衣服掀起來，鬼看見她們見不得人的地方，笑翻在地，吐出了河水，母女逃走。至於為甚麼笑，那就只有鬼知道了。

日諺有云：笑門招福。他們的滑稽以及幽默有文化內涵，有歷史支撐，其特色似在於笑與性同樣神聖，能招來太陽與幸福。不過，今夕何夕，歐美影響所致，拿性說笑不留神就會被狀告性騷擾。

德川時代（亦稱江戶時代，1603-1867）的日本閉關鎖國，一掃以往的厭世情緒，肯定現世，追求享樂，雅俗文藝無不以賣笑為能事。如果把江戶文學比作一個人，那麼，漢詩文是它的頭，笑話之類是它的腳。17世紀初和尚安樂庵策傳彙編一千多個笑話，刊行《醒睡笑》，在民間廣為流傳。井原西鶴模仿《源氏物語》寫《好色一代男》，以及十返舍一九的《東海道中膝栗毛》、式亭三馬的《浮世風呂》都是在公然逗笑。日本文學本來是風趣的文學，但幽默及幽默意識輸入後，文學研究者每每貶低本國古已有之的滑稽。日本詩歌是捉對存在的，有幽玄的和歌就有癲狂的狂歌，有連歌就有俳諧連歌，俳句定型又隨即有川柳來搞笑，相輔相成。正岡子規評小林一茶：從俳句的實質來說，「一茶的特色主要在於滑稽、諷刺、慈愛這三點，其中滑稽更屬於一茶的獨擅」。仿製俳句的漢俳所缺憾的就正是滑稽，或許因為它是用來友好的。

笑話在德川時代用一種新形式表演，那就是相聲。安樂庵策傳被奉為相聲的始祖。單口的「落語」通常是取笑別人，而對口的「漫才」總是拿自己耍笑，其滑稽與近代以來的幽默無關。

笑尤其表現在漫畫上。報紙天天連載以諷刺為主的四格漫畫，晨報有，晚報也有，早晚笑兩次，笑得蔚為大觀。漫畫在日本真可謂歷史悠久，19世紀浮世繪畫家葛飾北齋畫了約四千幅《北齋漫畫》，生動活潑，當時對法國印象派也頗有影響。再往上追溯，還有把兔子、青蛙、猴子等擬人化的《鳥獸人物戲畫》，繪製於12至13世紀之間，作者傳說是覺猷和尚，日本視之為漫畫的始祖。

樂天知命並不是幽默，而是對環境的無奈，對命運的順從，近乎尷尬。幽默，很大程度是語言的機巧和樂趣，所以漢字文化圈的幽默自有其共性，例如笑的詞彙，日本幾乎跟我們一樣：哄笑、微笑、爆笑、苦笑、嘲笑、冷笑、失笑以及笑納、笑覽。開花的開，日語是寫作口字加关字，這是笑的古字。我是在中國不大幽默的時代來日本的，更覺得日本人幽默，好像他們從未被儒教或別的甚麼教板起過面孔，笑得很自然。幽默又來自生活，因而各地有各地的逗趣，各國有各國的幽默，常難以翻譯。日本人笑比較在意場合，有約定俗成的規矩，到了可以笑的場合便笑得肆無忌憚，很容易教他人反感。

富士山麓有一片林海是自殺的勝地，村民很覺得晦氣，立了一塊牌子：等一下，要是有死的心思，那就甚麼都能成。試圖用幽默來挽救人，雖然赴死之人看了可能只苦笑一下，還是走進莽莽林海，不知所終。

有人做過實驗，糖尿病患者一邊吃飯，一邊聽大學教授講

課血糖值上升，如果聽相聲就不大上升。笑一笑對健康大有好處，不過，有人說：給幽默下定義，加以分析，那是不幽默的人打發時間。

北野武拔刀

　　北野武主演的《座頭市》是武打片，雖然也並不現實，但一招一式，以快取勝，不至於像我們的大片打得天花亂墜。原作是小說家子母澤寬 1948 年寫的隨筆，才五、六千字，寫道：「天保年間有一個叫座頭市的盲目的拔刀名手」，「手持藏刀杖的拔刀的達人，手法特厲害的按摩師」，不過如此。男優勝新太郎拿來拍電影，從 1962 年到 1989 年共拍了二十六部。這位座頭市是浪人，東遊西走，除暴安良，看點尤在於拔刀神速，喊哧唦嚓就撂倒一片。勝新太郎和座頭市都出了名，而北野武飾演的座頭市滿頭金髮，最後驀地睜亮三角眼，全場大跳日式踢踏舞，雖然像是對勝新太郎追求惟妙惟肖的破壞，卻也把自己的故事搞得很胡鬧，可惜了演對手戲的淺野忠信的冷面。

　　日本武術裏真有拔刀術。

　　「拔刀術」，大名叫「居合道」，但譯成中文，只好以拔刀術名之，因為「居合」二字在中文裏莫名其妙，不像柔道、空手道可以望文生義。「居」是坐的意思，拔刀術的特色是坐

着拔刀。這種刀法是要比敵人更快地拔出刀砍殺，而且要練得隨時隨地都保持警惕，先發制人。動作基本是這樣：跪坐，面對看不見的敵人，拔刀而起，劈砍，做揮掉血漬狀，收刀入鞘。劍道當然也拔刀，但不以倉促臨敵為着眼點，刀拔得悠然才顯得沉着，勝利在握似的。日本人喜歡把事物弄得有禪味，拔刀術的禪味說法是「刀在鞘中見勝負」。

15世紀中葉至16世紀中葉這一百年是日本的戰國時代，群雄割據，武林高手輩出。其中有一個叫林崎甚助重信的，身世不詳，傳說他做了一個夢，夢裏被傳授拔刀絕技，醒後就成了拔刀術鼻祖。門徒甚多，紛立流派。1876年明治政府發佈廢刀令，武士腰間失去大小兩把刀，武術式微。大正及昭和初年，由於中山博道（1873-1958）等人的努力，拔刀術略為振興。日本戰敗，美國佔領軍嚴禁武術，不許民間藏刀劍，拔刀術瀕於滅絕。1952年美國主導的對日媾和條約生效，百禁頓開，武士道復活，成立全日本居合道聯盟。「居合術」改稱「居合道」，加一個道字，強調文化性，修煉禮儀，陶冶性情。當初是表演，後來發展為競技。技藝等級為初段到十段，稱號有三種：煉士、教士、範士。現在招徒最多的是夢想神傳派。雖歸為體育運動，但劍道、弓道也好，「居合道」也好，彬彬有禮的背後是殺敵之心。那揮掉血漬的動作，猶如收束雨傘後揮掉雨滴，更多了一份安然自信。

江戶時代二百餘年天下太平，拔刀術也曾被走江湖的當作

了聚眾的招徠，擺起兩三個木箱似的東西，站在上面拔一米多長的大刀，賣還魂丹、牙粉甚麼的。那年月日本人身材矮小，拔長刀尤為不易。遙想秦王當年，遭荊軻行刺，一時慌了手腳，竟拔不出劍來，旁觀的臣子們驚呼「把劍推到身後」，才總算拔出劍，砍倒了荊軻。劍為何拔不出來呢？想來是秦王倉惶，劍別到了身前。拔劍的動作一般很自然是左手握鞘往屁股後面靠，舒展右臂拔出劍。這個歷史故事倒像為拔刀術提供了實戰依據。上中學時讀古文，把「流血五步，天下縞素，今日是也，挺劍而起」連成一氣讀，很覺得有一種話音未落劍出鞘的氣勢。

影視把高手拔刀演得超乎現實，看得有趣，吟詩一首：電光一閃裂長空，霹靂千鈞刃見紅，此劍何曾出木鞘，但有風聲鞘裏鳴。而加藤周一是評論家，說出話來就別有意義，他說：「座頭市是幕末盲人，是拔刀快的名人。他看不見遠處敵人的動向，不能預知下一步形勢的變化，所以也不能訂出安全保障計劃。但敵人一旦近身，電光石火般從手杖裏拔出刀，忽地砍倒敵人。尼克松、基辛格的美中接近後，田中角榮反應非常快。他承認中國就像是座頭市的手杖。戰後日本外交是座頭市型。」

藝　伎

　　對於藝伎，並非人人都看好，例如以名篇《墮落論》驚世的阪口安吾便說過：舞伎本來是加工出來供人玩賞的，雖是女孩卻沒有女孩的羞恥，也沒有自然的妙趣，這麼無聊的存在真少見。但多數文人都賞玩不已，用生花妙筆把藝伎寫成了國色的文學家也代不乏人，如谷崎潤一郎、川端康成以及渡邊淳一。

　　哲學家九鬼周造曾留學德國，師事海德格爾，也曾在法國跟年輕的薩特學法國哲學，「實存」一詞就是他首創的譯語。著有《「粹」的構造》，把日本民族特殊性歸納為一個「粹」字，而「粹」的審美基礎在於男女關係。這種男女關係不同於「戀」，並不用認真而執迷的熱情來束縛人，而是一種割斷了束縛自他的情愛的「心不專一」。九鬼的母親當過藝伎，第二任妻子也是藝伎，正是對藝伎的切身感受與深入考察使他得出了這樣的日本文化論。

　　江戶幕府本不把藝伎當回事，但 1867 年應拿破侖三世之

邀，拿出陶瓷參展巴黎博覽會，還派遣了三名藝伎，無意之間將藝伎推為日本文化的代表。明治年間日本人渡海到美國演戲，六歲進入花柳界的藝伎貞奴上台跳舞便成為日本第一個女優，後來在巴黎表演更轟動一時，社交界婦女爭相模仿她的歌舞伎服裝。在清末王韜等人看來，藝伎也不過是「亦饒有古法」，西方人卻大為驚艷。江戶時代以來他們遊日本無不被領到花街、遊廓，心蕩神馳之餘撰寫見聞錄，給歐洲大眾也打下「富士藝伎」的印象，雖然迄今仍誤為東方娼妓。

京都的祇園是日本最具代表性的花街，那裏有一個 14 歲出道的藝伎叫阿雪，胡琴尤其拉得好，美國大亨摩根的外甥對她的嬌小身軀和黑髮一見鍾情。阿雪有戀人，予以拒絕，這老外軟磨硬泡了三年，用四萬日圓的天價（當時小學教師起薪是十二日圓）為她贖身，終成眷屬。這簡直是一大事件，使藝伎作為日本女性的形象走向世界。

葡萄牙人莫賴斯不如小泉八雲那麼出名，但在向西方介紹日本文化上功不可沒。在澳門開始寫《遠東遊記》，後來到日本，是第一任神戶領事。頗有青樓薄倖名，遇見叫阿米的藝伎，死追到手結了婚。他極口讚美日本女性，那種美好與溫柔無疑都是從藝伎身上發現的，可能有天性，更多的卻是自幼被嚴格訓練的結果。

藝伎，像日本庭園一樣，看似自然，其實是極盡人工，有如活的玩偶。她們是一刀刀雕琢而成的藝術品，實屬鳳毛麟

角，不妨自詡為藝術家，若推而廣之，跟滿山滿谷的燕雀畫等號，便誤解了普通女性。花街守舊，但藝伎有一大自由，即戀愛自由。以藝維生，可以找人包養，也可以一輩子獨身，這才是明治以後普通女性所艷羨的，並加以美化。今夕何夕，自由臭了街，女性不再憧憬，花柳界也因之後繼無人。歐美對日本傳統文化的最大誤解之一是藝伎，以為婦女全都是那副模樣，舉案齊眉。

確實，日本不少傳統文化靠花街維持，這一行式微，它周圍的和服、髮型、化妝、餐飲、美術品等等，也都將隨之衰敗。特別是 1964 年東京奧運會前後，城市改建，花街所在大都消失了，如今把殘存的花街視為城市景觀，觀光資源，時有加以保護的呼聲。甚至有人說：大和魂實質不是好戰，而是好色精神。相撲、藝伎之類是畸形文化，任其自生自滅又何妨，其實與中國不需要梳幾條長辮、裹幾雙小腳來保存傳統文化差不多。東遊日本，倘若趕上了，就當作歷史的一抹餘輝來欣賞吧。

醜陋的相撲

我討厭相撲。

有時打開電視也順便看幾眼大相撲比賽的實況轉播，卻是看它的原始與醜陋。日本文化中有不少原始而醜陋的東西，即便是打着保持傳統的旗號，也不值得恭維。相撲即是其一。記得在農村的日子裏，三兩個知青靠着土牆曬太陽，百無聊賴，這時若有狗咬架，精神就為之一振，興致不下於西班牙人看鬥牛。至若是兩頭肥豬，哼哼唧唧擠香油，那就會讓人更感到人生的無聊。相撲力士正像是肥豬，還在比賽時你推我抱，雙方都一聲不吭。

像櫻花是國花一樣，相撲是日本的國技，也不過是相沿成習的說法。大概起因於小說家言——九十年前的 1909 年，用作比賽相撲的館舍在東京的兩國一帶落成，某小說家作文，稱「相撲乃日本之國技」，館舍就此命名為「國技館」，相撲從此變成「國技」。特別是昭和天皇很愛看相撲，御駕親覽，難得地與民同樂，更教日本人認定那是國技無疑。

摔跤格鬥，各國皆有，偏要說相撲獨特，就獨特在力士的

肥胖上。中國自古對腦滿腸肥沒有好印象，被貂蟬送了性命的董卓是一例。肥胖乃人類的大敵，這已是生活常識，但日本人我行我素，甚而變本加厲，把填鴨似暴飲暴食而肥胖得變形的相撲充作體育運動，視為一種美。年輕女人玩命地瘦身，卻樂意嫁胖大夫君，莫非心存綠肥紅瘦的審美意識？最可憐的是外國駐日大使館人員，還得跟在日本人後面為原始而醜陋的得勝者頒一個獎。相撲世界從生活、制度到比賽方式都極為落後。日本男人一有機會就脫得只剩下兜襠布，好像日本整個是一個混浴大溫泉。這種赤身裸體願望，並非現代人回歸自然，而是身上保留的原始性逞現。當年力士去美國表演被迫穿上短褲，今天的話，日本人就敢於說 NO 了。肥頭鼓鼓，大腹便便，力士本身是飽食的形象。場地用泥土和稻草製作，彷彿是農村的場院。一說，相撲在日語裏讀若「素舞」，本來是祈禱或感謝豐收的儀式性舞蹈。相撲基本不具備體育精神，是神道、佛教及土俗信仰的混合物。孩子被力士抱一抱就健康，電視也年年報道這種習俗活動，孩子哇哇大哭，哭得力士更像是咒禁師。對於日本人，相撲與其說是體育，不如說是舞台表演，而且帶一副色相。

在街上偶遇相撲力士，肥碩高大，頭頂挽一個油亮的髮髻，身穿淡素的日式長衫，赤腳趿拉着現代化草履，鴨一樣走路，誰也不由地以為看見了日本傳統。日本人最大的情結即在於自己的文化總是籠罩在其他民族文化的陰影裏，特別介意所謂獨自和傳統。所謂傳統，大都是閉關鎖國的江戶時代的創作。相撲的

歷史很悠久，可以上溯到《日本書紀》裏記述的野見宿彌和當麻蹴速角力，但今天的商業相撲，其樣式基本是江戶時代形成的。當初，好力士是藩（諸侯）的門客，蓄養好力士，藩的名聲也赫亮。通常力士靠廟會獻藝、街頭賣藝為生，其中多地痞無賴，滋事擾民，17 世紀後半江戶幕府曾再三發令禁止。1791 年，第十一代將軍德川家齊觀看了相撲，使其地位大變。到了明治時代，廢藩置縣，相撲失去後台。其後得到新興企業家的援助，被當作傳統，在國粹主義的風潮中東山再起。時至今日，每年舉行多次的相撲比賽仍打着維護傳統的旗號，不允許女性踏入場地給勝者頒獎，但當事者也明知落後於時代，便找來寫電視劇腳本的內館牧子充當橫綱審議委員。這位女作家着實不含糊，說：「我堅決反對女人進場地。大相撲不單是西歐式的比賽運動，還有傳統文化的一面。在文化範圍裏不必使用男女平等的原則。」更有意思的是數年前圍繞夏威夷出身的力士小錦晉升橫綱的問題，日本響起一片「攘夷」的喧囂。小錦公言不升他橫綱是人種歧視，相撲協會理事長大加申斥，最後饒他一句「日本的文化風習也真難理解」。小錦一把鼻涕一把淚，說自己敗給了傳媒，其實他是敗給了日本人維持所謂傳統的情結。同樣是夏威夷出身的曙和武藏丸先後當上橫綱，並非日本有所國際化，而是他們的言行遠遠比小錦日本化。小錦終於離開了為日本保持傳統的相撲行業，出演電視廣告，洋味十足，好像觀眾也覺得蠻可愛。

　　如同中國的纏足，變態的傳統相撲早應該從人類歷史上淘汰。

貴人的牛車

　　初到日本那會兒，中國還不興憶舊，沒有鄉下剛吃上肉、城裏又吃野菜了之類俏皮話，逛東京小巷，看見商家門楣上掛着布簾，倚牆擺一個大車輪子，覺得很日本，那麼有田園風情。住得久了，知道那巨輪是牛車的，而所要表現的意象，不是生活烙印在我頭腦裏的老牛拉破車，走在鄉間的小路上，居然是一種雅。

　　日本人穿和服，我們看見覺得雅，那上面的花樣就常見牛車或者車輪。形形色色的花樣都是有説法的，例如一個個竹傘與犬，便意味笑字，還有研磨蘿蔔泥的礛，這是外出吃飯時穿的，蘿蔔解毒，穿上一身蘿蔔礛，赴宴最保險。古時候皇家貴族才能坐牛車，刺繡或印染在和服上，那就是盼着把貴人拉來結良緣，很有點性感。

　　據説老子坐牛車去了國外，牛是青牛，而孔子反其道而行，打算乘桴浮於海，海是在東邊，但不知他周遊，坐的是馬

車還是牛車。那時大概是馬車神氣，漢末以後則時興牛車，到了唐代，牛車似乎又成了婦女的專用工具。就在這年月，日本進步到仿照長安城修建都城，叫平安京（今京都），城裏有了路，有權有勢的人也坐上牛車。某女，丈夫是妻妾成群，她就寫日記（被稱作《蜻蛉日記》）抱怨，老公的牛車從門前經過，軲轆軲轆去了別的女人那裏。用王維的詩句來說，「那堪聞鳳吹，門外度金輿」。史籍《三國志》記載倭地的「婦人不淫，不妒忌」，看來平安時代中葉她們仍不像東晉王宰相的老婆那樣愛吃醋。日本傳說秦始皇乘牛車，牛愛吃鹽，後宮女人很聰明，偷偷把鹽撒在門前，牛停住舔鹽，吾皇就地下車一夜情。好像中國本來說的是司馬炎，拉車的是羊不是牛，而後面的發展更完全是日本文化了：如今也常見酒家在門口放一小堆鹽，盼望着顧客像皇上一樣光臨，千客萬來。

平安時代（8世紀末至12世紀末），原則上五品以上的皇家貴族才可以不用兩條腿走路。估計當時日本有二千萬人口，有權坐車的人一百多。牛車在貫通南北的朱雀大路上慢騰騰行進，南端是羅城門（羅生門），老百姓敬畏，艷羨，也不無暗恨。車篷像一座小房子，堪稱房車。用櫟木槺以為輪，櫸木為軸。牛車也罷，汽車也罷，凡車必有檔次，材質與形狀各異，明文規定甚麼品位坐甚麼牛車，越高貴越以繁其飾。趕牛護轅的厮從也有人數、着裝的規定，宰相一級為六人。把牛套在枙下，從後面上車，停車卸牛，然後從前面下車。日本人

坐車坐轎都是盤坐或跪坐其中，這種坐姿終於被西洋的汽車打破，而電車現今也有特別鋪上塌塌米的，享受傳統。男人坐車捲起簾子，女人則放下簾子，卻要把和服下襬露出來一截，以示裏面坐的是美女，招搖過市。上朝之日，宮門外軒接轂擊，為易於發現自家車，施以標誌，由此產生了家徽。若得到天皇恩寵，驅牛直入，可以到宮中下車。

可是，出了城，依舊是荒山野嶺，走不了牛車，只好卸下車篷抬着走，進而演變為「輿」。不必受顛簸之苦，「輿」比牛車舒服得多，以致平安時代後期，除了擺排場，貴族們不愛坐牛車了。戰國時代（1467-1568）牛車一度被廢除，豐臣秀吉執政後復活，但不是恢復舊制，車輪巨大化，需要蹬梯子上去，叫作「御所車」。德川家康也效仿，扈從們騎馬前呼後擁，他坐上這種牛車覲見天皇。牛車成為武士嚮往的貴族化象徵。時至今日，尤其是京都的廟會，往往有牛車出現，彷彿向人們提醒曾有過天子腳下的高貴與繁華。天皇及皇后不坐牛車，他們坐的叫「輦」，有銅鳳凰裝飾的「鳳輦」，還有大蔥花裝飾的「蔥花輦」，由十二人抬，另有五個人挽綱，以免搖晃。

再後來出現的「駕籠」，雖然和「輿」一樣，都不妨譯為轎子，但兩者有所不同：輿好似車有兩轅，由眾人抬，而駕籠像小房子掛在一根長棒下，前後二人扛。人以等分，物為人貴，幕府對駕籠的乘用也定有等級，不是有錢就可以開奔馳、坐寶馬。民間用牛車運輸是江戶時代（1603-1867）才開始的。日

本自古無馬車，洞開國門之後西方人駕着馬車來，但不過二、三十年，尚未發達就被火車等淘汰。

　　日本國京都府京都市的市徽是一個牛車輪子。

梁山伯的武士道

聽了一首歌，不知是不是同唱的，唱道：如果我是梁山伯／一定放過祝英台／讓她和別人去相愛／生個漂亮的小孩／如果我是梁山伯／一定把愛藏起來／在故事開始前離開／我一個人去傷懷⋯⋯

歌裏梁山伯對祝英台的這個愛法，用《葉隱》的話來說，那就是「忍戀」，把愛藏起來，隱忍地愛戀。

《葉隱》，也叫作《葉隱聞書》，被好些日本人奉為武士道經典。書成於我大清康熙年間，但翻譯捉弄人，一本古書迻譯為我們的現代語言，彷彿內容也現代化，像「刺身」一樣新鮮。距今三百年前的日本，德川將軍家獨掌大權，天皇靠邊站，各地藩主也不敢亂說亂動，世間已太平半個世紀。藩國有二、三百個，佐賀還不算太小。佐賀藩有一個藩士（藩的武士）叫山本朝常，隨侍第二代藩主。初代藩主死的時候有二十八名藩士殉死，但二世厭惡這陋習，德川幕府也明令禁止，所以朝常只能喟嘆生不逢時，主子死後便剃去武士的標誌性髮髻，到

郊外結庵隱居。十年後，做文書工作的藩士田代陣基受處分閒居，無所事事，找到這位老前輩，聽他講那過去的事情，追憶激情燃燒的歲月，記錄整理，攢成了《葉隱》。

明治時代之前的江戶時代（1603-1867）人分四類，士農工商，以武士為首。武士不是俠，而是忠於主子的軍士，其他三民未必致以崇敬，民間打油詩（川柳）很愛拿他們開涮。武士的根本道德是儒教。山本朝常講說的是不知死，焉知生，而生的全部內容就是為藩主盡忠，効犬馬之勞。關於死，他並不求真知，不在乎看透不看透，只是把死當作盡忠的終極表現而已。諸如朝聞道夕死可矣、視死如歸，話都說得比他更明白。「武士道就是發現死」，這是後世讓《葉隱》大出風頭的一句話，但當時大家好不容易過上消停日子，鼓動去找死，當然招人嫌，所以連佐賀藩校（從武治轉向文治，藩培養藩士子弟的學校）也不把《葉隱》當課本。像《嘆異抄》等古籍一樣，此書是近代以後被捧為經典的。

1905 年日本打敗帝俄，舉國好戰，有人抄錄一部份付梓，《葉隱》這才首度面世。印本也呈獻乃木希典，這位陸軍大將後來為明治天皇殉死。自 1937 年，《葉隱》「大為流行，被社會強制為必讀之書」，特攻隊（敢死隊）讀了，以死為目的，如同櫻花開就是為了落，紛紛斷送年輕輕的性命。戰後，這本「醜惡的、本該忘掉的、骯髒的書」被丟進垃圾堆，到了 1967 年，日本基本上實現超英趕美的百年心願，文學家三島

由紀夫把它撿回來，寫了本《葉隱入門》。「入門」三年後剖腹自殺，而他始作俑的《葉隱》熱以至於今，並借着他的文學大旗走向世界。不過，這股熱始終是讀書界的鼓噪，並不曾形成社會風潮，所以近年自殺率飆升，卻沒見有死得那麼「葉隱」的。

三島由紀夫說，山本朝常活在太平之世，年輕人都想當娘們兒，萎靡不振，他說了有勇氣的話。三島也要說有勇氣的話，做有勇氣的事。他當然不可能誤讀，而是把死更往死裏說，也比朝常說得浪漫。其實，《葉隱》論武士的修養，更多的是講怎麼活，乃至剃頭抹粉，不厭其煩地教說封建的主從關係在日常生活中的具體作法。他給這種關係找了一個倫理支撐，即「忍戀」，這「忍戀」而且是戀的極致。日本自許為「神國」卻沒有神學，古典文學有各式各樣的戀愛故事，但沒有戀愛論，以致《葉隱》簡直是唯一從理論上闡說戀愛的書。

朝常所說的戀不是男女之戀，而是同性戀。戰國時代尚武，武士嫌惡女性，尤好男色，特別是主僕之間。對於這種事，日本向來很寬鬆，只是因殉情或奪愛，死人的事時有發生，德川幕府也下過禁令，但收效甚微，明治以後受基督教影響，才視為變態，立法管制。主子隨意戀奴僕，倘若奴僕戀上了主子，那恐怕就只好忍，單相思，「我對你的愛只有我明白」，用所謂忠來表現和報答。這樣，殉死也相當於情死。《葉隱》的年代，忠的是藩主，並沒有忠於天皇的意思，這曾教藉以樹立天

皇崇拜者為難。三島畢竟更聰明，說：對女人或男色的愛如果純一無垢，則完全等同對主君的忠，進而構成天皇崇拜的感情基礎。

記得幾年前看市川猿之助演歌舞伎《新三國》，莫非他和他的觀眾難以理解關羽對劉備的那份死心塌地，居然把劉備改為女性，嘔嘔啞啞，二人的關係變成了男女之戀，並相期來世。兄弟變為主僕，義變為忠，或許拿「忍戀」來解釋正合適。梁山伯與祝英台的愛戀不也是始於兄弟之情麼？

對《葉隱入門》嗤之以鼻，否定《葉隱》，日本也大有人在，甚而斥之為老朽的胡說八道。

武士道與商人道

　　重讀《武士道》，順便翻閱了新渡戶稻造全集，第六卷中有一篇《武士道與商人道》，覺得有意思。這篇短文作於1933年，距他用英文撰寫《武士道》已過去三十多年。

　　作者先講了「甚麼是武士道」，指明其根本是知恥，商人道必須同樣立足於這一道理。過去商人只要賺到錢，丟臉也不在乎，所以士農工商，被置於人的最底層。接着便寫到「中國的商人道」，所謂奇文共欣賞，引譯如下：

　　「這樣，過去日本有一個原則，即商人是騙人的。所以，商人的理想與武士階級截然不同。一方要努力做到丟了命也不能丟臉，另一方不管丟不丟臉，撈不到便宜就是損失。從一個極端到另一個極端，分道揚鑣，商人道與武士道看來是永遠不相容的。可是，人存活的路上不該有那麼大的距離。去過中國的人知道，在中國，多半商店裏設有佛龕似的東西上香供花。日本鄉下也有類似的東西，供奉的是招貓。中國商家安置的當

然不是佛像，是威嚴的偶人，滿臉大鬍子，身穿鎧甲，一打聽，說這是關羽的像，讓我們有點納悶。

要說關羽，只會讓人想到相當於日本的加藤清正的勇武之人，跟商人朝夕禮拜的人好像不相稱。為甚麼中國人尊崇關羽呢？他並非出自商人，也沒聽說能賺錢。詢問因由，說是關羽這個人講信義。

『商人必須重信義，輕信義當不了好商人。』所以在中國一般作為商人的守護神祭祀關羽。確實了不起。有人說日本是武士之國，而中國是商人之國，誠然有不同之處。中國不輕蔑商人，也不認為商人不知恥，反倒是非常講信義的。正如西方諺語所言：把他叫紳士，他就必然會做出紳士的舉動。與此相同，大家都稱讚商人是非常講信義的階級，商人本身也就會心嚮往之。外國人經常說，日本商人不可信，中國人好。不過，最近國家動亂，不像過去那麼好，但直到二十年前，全世界都尊敬中國的商人。尊敬的理由是甚麼呢？未必是因為精於商路，或長於算計，並不是讚揚當商人的技術，而是作為人注重信義，有商人的可貴。」

疑義相與析，我感覺疑義的是，目睹中國這二、三十年來市場經濟大發展，已確然相信日本人是工匠、中國人是商人之說，卻好像沒怎麼見識過這樣的商人道。莫非新渡戶作文時中國商人已不如前，後來更一蟹不如一蟹，以至於今麼？某日偶然看一眼電視劇，經商的，場景有一副字，歷歷在目：苟利國

家生死矣。好一個「矣」字，不知是佈景的人故意改動林則徐筆下的「以」，抑或筆誤，但對於好些商人來說，倘若對國家有利，可真就事關生死。

提到關帝，我生來第一次見到關帝廟卻是在日本。那是1990年，橫濱中華街重建關帝廟落成，初來乍到，對甚麼都覺着新鮮，便特意去參觀；不是參拜，因為對經商不感興趣，燒香磕頭也無益。橫濱是1859開港的，今年（2009）適逢一百五十年，正大舉慶祝。中國人最早來這裏的，是充當歐美人的翻譯；不是口譯，而是跟日本人「筆談」，借助漢文，再通譯給歐美人。明治初年，橫濱有華僑一千來人，大半是廣東人，他們指望關帝也管到日本來，建立了一座小關帝廟，這就是日本第一座關帝廟。再過些日子，農曆六月二十四日是關帝的生日，中華街上耍獅子耍龍，將熱鬧一番。這慶生活動自然也早已日本化，摻入了「祭」的方式，那就是請關帝坐轎子，抬着它遊街。

關帝誕辰有點亂，日本華僑給他過的是農曆六月二十四日，不知是否跟加藤清正有關，因為此公生卒恰好都在這一天。加藤是豐臣秀吉手下的名將，侵攻朝鮮半島時曾率軍跨過圖門江，後歸附德川家康，但終生不忘對豐臣家的忠義。1910年，也就是《武士道》一書出版十年後，明治政府追封他從三位，讓全國人民學習。

還有個傳說，說芹菜是加藤清正從朝鮮半島撤兵帶回來

的，所以又叫作「加藤人參」。不過，日本人普遍吃芹菜卻是被美國大兵佔領了以後，飲食歐美化。他們自來不愛吃芹菜，也不愛吃香菜，嫌其味重。像當今國內的餐館一樣，國人在日本開餐館也供奉關公像，我一直以為那是保護它生意興隆，從未聯想到誠信。還是吃香菜吧。

燃一根火柴

　　天青日朗，到龜戶天神社看梅花。浮世繪師歌川廣重畫江戶百景，其一為《龜戶梅屋舖》，曾被後印象派凡高用油畫臨摹，令日本人大為驕傲。梅屋舖是一家和服商的別墅，早已蕩然無存，如今龜戶那裏當作賞梅勝地的是這天神社境內。

　　看罷紅梅白梅，瞥見角落有一塊「清水誠顯彰碑」，湊上前辨認，原來是日本火柴的元祖。

　　小時候我家把火柴叫洋火，後來滅資興無，凡事不許帶洋字，改口叫火柴。似乎唯洋氣一詞不曾被反掉，以洋氣為美，於今尤烈。上世紀80年代初，一些爇人氏後代得風氣之先，從日本帶回來火柴，精緻而好用，足以當禮物。再過些年我也東渡，才知道酒館旅店大都備有自家火柴，用來做廣告。順手牽羊，年復一年竟積攢了許多。

　　往事越百年，王韜東遊，曾參觀火柴廠，在《扶桑遊記》中寫道：「或謂之火寸製廠，蓋即自來火，粵人呼為火柴。其所製實為一大利藪，於日本國中推巨擘。屋宇廣深，工作八百

餘人，婦女居多。截木作條，車凡十架。熬煮硫黃爐灶悉用西法。暫入一處，已覺不可向邇。製匣裝儲，悉以女工。運售於香港、上海，年中不知凡幾。去歲曾罹回祿，焚毀二廠，今尚為荒土。勸業博覽會特稟於官，畀以鳳紋賞牌。主人清水誠曾赴法國博覽會，往遊瑞士，購新法器具而歸，故事半功倍也。」

他記述的正是這位碑主。

1878 年 7 月清水誠受大藏卿大隈重信之託，赴歐考察糖業，並參觀瑞典火柴廠。那時安全火柴剛發明不久，極為保密，他煞費了不少心機才得以進廠走馬觀花。王韜記為瑞士，不確，也許是手民之誤。清水誠於翌年 4 月回國，而王韜 5 月到日本，二人前後腳。清水誠是 1875 年開始造火柴的，興辦新燧社，產品在日本第一屆勸業博覽會（1877）上獲得鳳紋賞牌。1878 年 9 月首次賣到上海，是為日本火柴出口之始。有一個清朝商人叫廣駿源的，身世不詳，也曾在神戶建廠生產火柴。1888 年清水誠取得書式火柴的專利，而我是百年之後才見識這種火柴。火柴廠一哄而起，競相輸出，以致粗製濫造，甚至擦不燃，在這種混亂中新燧社倒閉。還記得上世紀 60、70 年代，寧長社會主義草，不要資本主義苗，火柴也按戶配給，那火柴常常擦不燃，看着替吸煙人着急。後來看到好萊塢電影，只見牛仔把火柴往馬靴上一擦，噗地就着了，覺得很好玩。清水誠死去的 1899 年，日本火柴佔據中國市場近八成。20 世紀初，日本與瑞典、美國並稱三大火柴生產國。

日本把火柴叫「碼個齊」，來自英語，用漢字寫作「磷寸」。1893年有家股票商在宴會上散發火柴，據說這就是廣告火柴的濫觴。如今火柴的基本功能被打火機之類的發火器取代，幾乎只剩下廣告之用。製造廣告火柴是日本的擅場，有世界上最多的品種。5月12日為火柴日，緣自1869年這一天清水誠從橫濱乘船去歐洲留學。

　　擦燃一根火柴，不耀眼，不烤人，火焰真是美，賣火柴的小女孩便生出幻覺。野阪昭如很有點黑色幽默，套用安徒生童話的題目寫了個短篇小說，不過，譯作「賣火柴的女人」更確切，因為女主人公阿安已經24歲，而且看上去像50歲。童話小女孩失去了母親，在火柴的光焰中看見祖母，而阿安追戀父親，乃至不覺得自己在賣淫。她染上梅毒，變得醜陋而污穢，活命的法子是一個銅板擦燃一根火柴，給醉鬼流浪漢看私處。寒夜，在癲狂中擦燃火柴，燒着衣物，她像一根火柴桿，整個燃燒了。

　　石川啄木有一首和歌，吟詠了擦燃火柴，在二尺寬的光亮中掠過白蛾。更有名的是寺山修司的那首，收在1958年出版的和歌集裏，大意是擦燃火柴，片刻之間，海上霧茫茫，有值得捨身的祖國嗎。

　　王韜遊玩三個月，給藝伎寫了不少詩，卻不詠雜事。百餘年過去，我來代作一首，云：

一頭燃盡不阿身，亮似明眸暖似唇；
燎到指尖難禦冷，照了眼下更迷津。
縱歌當縱千杯酒，偷火先偷一寸磷；
萬里歸帆何所事，煙燈裊裊話東鄰。

又是櫻花散落時

　　櫻花像潑婦，嘩地開了，又嘩地落了。

　　一開便滿枝滿樹，落時如雨似雪，大量生產、大量消費，頗具大眾性。「在觀賞美學的建構上」，確實比貴稀不貴繁、貴老不貴嫩、貴瘦不貴肥、貴合不貴開的梅花省事。梅是冬花，開時天氣乍暖還寒。櫻是春花，怒放之際東京已脫盡寒色，被艷陽一照，光彩奪目。陽光是暖洋洋的，正好在花下痛飲，體會終於擺脫了冬天的解放感。連那些流浪漢也暫時收起對富甲天下的冷漠，載歌載舞。

　　賞花，從文化意義上說來也源自中國。當初觀賞的是梅花，據說是遣唐使帶回來的，作為中國文化的象徵，在平安時代被貴族們賞得如醉如癡。根津美術館展覽「天神美術」，其中有幾幅室町時代的掛軸，把學問、詩歌、書法之神菅原道真畫成「渡唐」模樣，手裏拿了一枝梅，如觀世音手執柳枝，諸葛亮手執羽扇，道士之貌岸然。其實，就是他提議停止遣唐使的。當貴族美意識由清雅轉向華麗，很有些女氣時，淡妝的梅

逐漸讓位給濃抹的櫻。812 年，喜愛櫻花的嵯峨天皇開筵賞櫻，開啓宮廷傳統，以至於今。其子仁明天皇進而將紫宸殿南階下的「右橘左梅」改種為「左櫻」。於是，典禮行事，左近衛府的御林軍排列在山櫻之下。寺廟神社，貴族間盛行在櫻花下舉行「櫻會」。《萬葉集》是現存最古老的和歌集，可比作中國的《詩經》，所收詠梅的和歌一百一十八首，詠櫻四十四首，而 10 世紀初編就的《古今和歌集》中詠櫻七十首，詠梅不過十八首。

史書上初見「櫻」字，是 720 年編纂的《日本書紀》。書中說天皇泛舟行樂，忽有一瓣櫻花飄落在酒杯裏，可見，櫻花一開始就是散落的形象。到了武士主持歷史的時候，人生無常，櫻花的短暫與飄零正好拿來寫照他們的人生觀。17 世紀後半，賞花蔚然成風，「或歌櫻下，或宴松下，張幔幕，鋪筵氈，老少相雜，良賤相混。有僧有女，呼朋引類，朝午晚間，如堵如市。」櫻花觀賞庶民化，漸成年中行事，而梅花似乎始終屬於一種文人情趣。看梅花看其迎春，或許文人也生出好死不如賴活着之感；看櫻花看其散落，怕是連平民百姓也忘乎所以，慨然赴死。

1698 年，信奉朱子學的本草學家貝原益軒刊行《花譜》，首次提出櫻為日本原產之說。說他問過長崎的中國商人，「日本之所謂櫻者，中華無之」。德川幕府的儒官新井白石在《東雅》裏又拉來明朝遺臣朱舜水作證。連這位大儒都說中國沒

有，那就是真的沒有了。「中華無之」變成「唯日本有之」，迄今依然是許多日本人的常識。1748 年，「人中武士花中櫻」的台詞出現在演義家將為主公復仇的歌舞伎戲劇裏，櫻花歷來的女性形象為之一變。其後，力主驅逐儒佛、回復古道的國學家本居宣長自稱「櫻奴」，寫下一首和歌：「人問敷島大和心，朝日爛漫山櫻花。」（敷島，指日本）櫻花從此跟大和心、大和魂掛上鈎。幕府時代末晚，尊王攘夷的志士們風流倜儻，更其張揚櫻花暴開暴落之美。明治年間，三軍齊唱大和櫻，櫻花終至變作軍國之花、靖國之花，三千寵愛集一身。

以《本草綱目啟蒙》名世的本草學家小野蘭山曾指出貝原益軒的誤聽誤信，但櫻花已然精神化，連市井俳諧也吟詠「櫻花開，此乃和國景色哉」，沒人要聽甚麼科學真理了。有「櫻博士」之稱的三好學在 1918 年出版的《人生植物學》中說：「往昔以為中國沒有櫻樹，但現今很多櫻樹在西部及西南部山中被發現。」可是，1938 年出版《櫻》一書，這些記述就曖昧起來了。

櫻花為日本的「國花」，是一個歷史性虛構。本居宣長註釋《古事記》，附會櫻在第一代天皇登基之前已存在，不足為憑，但原產於喜馬拉雅，經四川東渡而來，的確老早就在日本落地生根了。（傳說神武天皇於公元前 660 年 2 月 11 日登基，這就是日本皇統紀元之始。明治維新以後將此日定為「紀元節」，二次大戰後一度廢止，1966 年恢復，名為「建國紀

念日」）岐阜縣的淡墨櫻和山梨縣的山高神代櫻老幹新枝，傳說樹齡已有一千餘年。山野中自然生長的櫻樹上百種，人工培育的園藝品種則多至兩三倍，如彼岸、八重、初見、枝垂、花雲，名目繁多。沖繩的寒緋櫻 1 月即初綻笑容，由南向北，一路開過去，開到高嶺花事了——北海道的高嶺櫻爭奇鬥艷已經是 6、7 月。寒緋櫻原產於中國南方，本來叫緋寒，因其發音容易和彼岸櫻混淆，顛之倒之。櫻花基本是五瓣，但雄蕊變成花瓣，能多至「八重」以上。三名園之一的兼六園有一株菊櫻（已死），花中開花，有三百八十瓣之多，好似一蓬水發銀耳。所謂「花見」，以往觀賞的是山櫻。奈良吉野山是山櫻勝地，1594 年豐臣秀吉曾在此地舉行盛大的賞櫻會。明治初年，自然雜交的品種從東京的染井傳播各地，庭園街路，到處可見的就是「染井吉野」了。

　　染井吉野櫻生長快，七、八年就開花，現今櫻樹百分之八十都是它。未抽葉，先着花，由淡紅變白，一個星期便凋謝。滿城一齊開放，更造成一時性，鼓動趕流行心理。靖國神社有三株染井吉野櫻被當作「標準木」，每年氣象廳官員到這祭祀命喪修羅場的生靈的地方查看，見枝頭綻開數朵小花，便佈告天下：東京櫻花開花了。其中一株叫「雷櫻」，就在跨進大門的路右，長得有些歪斜。和境內多數櫻樹一樣，它也是軍人劫後餘生的「獻木」——

　　1944 年夏，B29 從中國內地飛來，暴雨也似的轟炸日本本

土。國將不國，一些軍人瘋狂叫囂「若有以身體衝撞之決意，勝利則絕對在我」，急如星火地研製「一中必殺的新武器」。這種被美軍稱作「BAKA」（傻瓜）的「火箭推進式自殺飛行炸彈」，掛在戰鬥機下面，接近目標後投下，由關閉在裏面的「自願」以身殉國者操縱，滑將過去，「發現航空母艦就衝撞航空母艦，發現B29就衝撞B29」。正像作家火野葦平的詩寫的那樣：「一旦出擊而去，絕無一人生還」。火野描寫日軍攻打徐州的小説《麥田與兵隊》在1938年大暢其銷，曾戰地採訪過「神雷部隊」。這支部隊是專為抱着炸彈飛翔而組建的特攻（特別攻擊）部隊。飛行炸彈的正式名稱叫「櫻花」，機頭兩側畫有粉紅的五瓣。一個士兵在出擊之前寫下遺詠：「我馬上要開始突擊／魂歸故國／身如櫻花散落／悠久化作護國之鬼／別了／我們是光榮的山櫻／將回到母親膝下開放」。「櫻花」紛紛散落，並沒有取得可觀的效果，不久，昭和天皇宣佈無條件投降。聽了廣播的「玉音」，沒來得及捐軀的特攻隊員們相約在靖國神社再會。1952年神雷部隊戰友會向靖國神社供奉了四株櫻樹，名之「神雷櫻」。

戰爭期間一切樹木都跟着遭殃，櫻當然在劫難逃，被用作薪柴，也落個飛行炸彈的下場。戰後，清除軍國主義的象徵，幾乎把櫻樹砍伐殆盡。1950年代，人們對櫻花還漠不關心，甚至有人家種植苗木，賣不出去，只好付之一炬。東京舉辦奧運會的1964年，眾議院議長等人發願「使日本再度成為櫻花

國度」，成立「日本櫻會」，開展植櫻運動，綠遍四島。當人們都覺得自己也跨如中流，有暇關懷環境、回歸自然時，賞花活動又勃然復興。

有如商品的限時出售，櫻花的短暫也招人，蜂擁而來，爭相觀賞。莫非因天氣驀然晴好，儘管經濟大不景氣，今年賞花人似乎竟多過往年。諺語有云：打架失火，江戶花朵。在東京叫江戶的 1668 年，幾場大火之後，幕府發出佈告，要人們厲行節約，但大權在握的將軍得知人們到上野看花，遊行不減往年，「大為喜悅」，此乃「江戶猶未衰微之證據」也。以古例今，或許當今總理大臣在電視上看到花下吃喝的熱鬧景象，也為之喜悅，更不肯減少消費稅。

前幾年櫻花開時遇見過兩位身穿白色舊軍裝的男人，缺臂少腿，跪在地上行乞。跟前豎一牌，寫了當年的部隊番號，以示無欺。還寫有一行小字：請勿拍照。看見他們，並不覺得煞風景，尤其在皇恩浩蕩的恩賜上野公園裏。

和千年古都不同，東京的櫻花勝地每每在陰暗處立着「戰歿者慰靈碑」。冷不丁想起 31 歲死於肺結核的作家梶井基次郎的散文詩《櫻樹下》第一句：「櫻樹下埋着屍體！」再看櫻花，一片慘淡，不禁渾身一激靈。

看花看人，靖國神社內外形成有趣的對照：裏面多是老年人賞花參拜，或挑小軍旗，或戴舊軍帽，步履蹣跚，而外面多是年輕人席地聚飲，大呼小叫。人生也罷，歷史也罷，終歸是

時間問題。逝者如斯，誰也奈何不得。短暫，自然也不無可厭之處，以致有嫁娶不置櫻花的習俗。

日本人說花，指的是櫻花；說酒，指的是清酒。有了這兩樣，生活就有聲有色，有滋有味。在櫻花下聚飲，人滿為患，必須派人提早去佔地方。看見西裝革履的年輕人或臥或坐，懶懶的，等着同事們完工趕來，也令人感動。既不能為賞花而放下工作，又不能因工作而錯過賞花，兩難之間，自有其可愛。

梅花要一枝一朵地賞玩，而櫻花只要一樹一林地遙遙一望，便茫然生出些感慨。舉杯痛飲，誰還管他花開花落呢？連綴花名，成詩一首，云：朝櫻彼岸八重開，初見花雲攜酒來，無奈枝垂便吹雪，把個空相給人猜。